Silvester in einer kleinen Stadt: An ihrem sechsundvierzigsten Geburtstag haut Vera aus ihrem Leben ab. Nach London, zu ihren Träumen. Am selben Tag feiert Friedrich Wünsche die Wiedereröffnung seines Warenhauses. Er hat es geerbt und hegt große Pläne. Was wäre ein besserer Ort für Utopien als das »Haus Wünsche«?
Wünsche erkundet, ob ein besseres Leben möglich wäre. Ob man nach dem Neuanfang ein anderer ist – oder nur um eine Lebenslüge leichter. Vera und die anderen Geburtstagsgäste, die sich einen Silvesterabend lang Sorgen um sie machen, erwartet ein Jahr voller Veränderung.

JUDITH KUCKART geboren 1959 in Schwelm (Westfalen), lebt als Autorin und Regisseurin in Zürich und Berlin. 1986 gründete sie das Tanztheater Skoronel, mit dem sie bis 1998 an verschiedenen deutschen und internationalen Bühnen Stücke aufführte, an denen sie als Autorin, Tänzerin, Choreografin und Regisseurin mitwirkte. Judith Kuckart veröffentlichte zuletzt die Romane *Kaiserstraße* (2006), *Die Verdächtige* (2008) und *Wünsche* (2013). Für ihr Werk wurde Judith Kuckart vielfach ausgezeichnet, zuletzt mit dem Annette-von-Droste-Hülshoff-Preis 2012.

JUDITH KUCKART BEI BTB
Wünsche. Roman (74740)
Die Verdächtige. Roman (73992)
Wahl der Waffen. Roman (73816)
Lenas Liebe. Roman (73690)
Der Bibliothekar. Roman (73689)
Kaiserstraße. Roman (73621)
Die Autorenwitwe. Erzählungen (73567)

Judith Kuckart

Wünsche

Roman

btb

Die Autorin dankt der LANDIS&GYR Stiftung
für die Unterstützung bei dem Romanprojekt.

Verlagsgruppe Random House FSC® N001967
Das für dieses Buch verwendete FSC®-zertifizierte
Papier *Lux Cream* liefert Stora Enso, Finnland.

1. Auflage
Genehmigte Taschenbuchausgabe November 2014,
btb in der Verlagsgruppe Random House, München.
Copyright © 2013 DuMont Buchverlag, Köln
Umschlaggestaltung: semper smile, München nach einem
Umschlagentwurf von Hafen Werbeagentur, Hamburg;
Umschlagabbildung: © Burkhard Peter
Druck und Einband: CPI – Clausen & Bosse, Leck
SK · Herstellung: sc
Printed in Germany
ISBN 978-3-442-74740-5

www.btb-verlag.de
www.facebook.com/btbverlag
Besuchen Sie auch unseren LiteraturBlog www.transatlantik.de

I.
SILVESTER

Morgen

1.

Sie schließt den obersten Knopf des Mantels. Winter. Auch die Autos stehen jetzt länger im Dunkeln. Heute ist Silvester, und an Silvester hat sie Geburtstag. Meine Frau ist immer noch so schön wie früher, sagt Karatsch, nur braucht sie jetzt länger.

Karatsch ist einssechsundneunzig groß. Wenn er lächelt, zieht er den linken Mundwinkel höher als den rechten. Wie viele Jahre haben sie abends beim Wein am Küchentisch gesessen und über die Dinge gesprochen, die sie mögen?

Wie lange haben sie es gut miteinander gehabt?

Lange.

Auf der Ablage in der Diele liegt seine Uhr. Wenn er ohne Uhr das Haus verlässt, liebt er sie nicht mehr, denn die hat sie ihm geschenkt. Karatsch schläft noch oben im gemeinsamen Schlafzimmer und schwitzt ein wenig. Egal ob Winter oder Sommer, er hat so viel Körpertemperatur, dass man damit eine kleine Sporthalle heizen könnte.

Vera ist Lehrerin. An ihrer Berufsschule unterrichtet sie die Maler- und Lackiererklassen und manchmal auch die Installateure, Maurer und Schreiner in Gestaltungstechnik und Deutsch. Die Jungen hören ihr gern zu. Vielleicht liegt es an ihrer Stimme, vielleicht auch daran, dass die Schüler ihrerseits schauen, ob sie die Alte da vorn nicht zum Glühen kriegen. Vielleicht ist auch Veras Art daran schuld, wie sie sich im Unterricht auf das Lehrerpult setzt und die Beine übereinanderschlägt, wenn sie die Horde von achtzehnjährigen Malern, Lackierern, Installateuren, Maurern und Schreinern fragt, wie sie sich das Leben ab dreißig vorstellen.

Und ab vierzig erst.

Wie man es schaffen kann, dass man gern lebt, bis zum Schluss.

Ziemlich lange schaut sie sich dann das Schweigen an, bis sie preisgibt, wie sie und ihre beste Freundin sich das Leben einmal vorgestellt haben: in eine große Stadt gehen, am besten nach Berlin, und das gleich nach dem Abitur, um in einem riesigen Zimmer einen langen Tisch mit zwölf Stühlen aufzustellen. Für Freunde. Für Gäste.

Und was ist mit Kindern, fragen dann die achtzehnjährigen Maler, Installateure, Maurer und Schreiner und manchmal auch die Lackierer, die immer zurückhaltender sind als die anderen.

Sind auch nur Gast im Leben, sagt Vera dann, und einmal hat einer der hübschen Jungen in der ersten Reihe seinen Freund angestoßen.

Die würde ich heiraten!

Würden Sie auch eine Frau heiraten, die liest?

Lesen Sie viel?

Der Junge ist rot geworden.

Klar!, hat Vera gesagt.

Wieder stieß der Junge seinen Freund an: So eine würde ich sofort heiraten. Sogar lieber als eine andere.

Warum?, hat Vera gefragt.

Eine Frau, die liest, kann meine Gefühle besser ausdrücken.

Zu Veras Überraschung hat keiner der anderen Schüler gelacht.

Sie zieht ihre Wanderschuhe an, lässt Handy und Haustürschlüssel auf dem Dielenschränkchen liegen und geht. Auf dem kurzen Weg durch den Vorgarten liegt kein Schnee. Erst auf der Straße wirft sie die gestreifte Leinentasche mit den Schwimmsachen über die Schulter und dreht sich noch einmal um zum Bungalow: Flachdach, bevorzugte Hanglage, Baujahr 1971. Die Gärtnerei, die den Nachbarn gegenüber gehört, bietet im Moment keinen winterfrischen Feldsalat aus eigener Ernte an. Heute wird auf der Stelltafel nur HEUTE angeboten. Der Bus an der Ecke kommt jede halbe Stunde den Berg hinauf bis an den Rand der Stadt, um in der Schleife vor Karatschs Haus kehrtzumachen, einige Minuten bei laufendem Motor abzuwarten und wieder zurückzufahren bis zum Hallenbad, zum einzigen Hotel, zum Finanzamt und schließlich zur Endstation Bahnhof, wo auf den vier Gleisen Regionalzüge halten, die schrecklich verwohnt aussehen und die man nur benutzt, wenn man zu jung, zu alt oder zu arm ist, ein Auto zu fahren. »Mumienexpress« hat Karatsch den Bus genannt. Karatsch. Der Name ist ihr noch nie so oft in den Kopf gekommen wie jetzt, da sie in den Silvestermorgen hinausgeht.

2.

Er tritt vor seinem Bungalow die Zigarette aus. HEUTE liest er auf der Stelltafel der Gärtnerei gegenüber und kickt die Kippe auf den Gartenweg. Karatsch trägt Stiefel über den nackten Füßen, und das nicht nur zu Hause. Er hasst Socken. Mit den Händen in den Taschen seines fusseligen Bademantels schaut er die leere Straße hinauf und hinunter. Was für ein schöner Morgen. Ein Licht liegt auf der gewohnten Umgebung, ein Licht, welches darüber hinwegtröstet, dass das Leben kurz ist. Karatsch geht in seinen Bungalow zurück und schließt behutsam die Tür hinter sich. Die Kippe wird er später aufheben, bevor Vera nach Hause kommt.

3.

Die Brauerei im Herzen der Stadt arbeitet auch an Silvester und verbreitet ihren strengen Atem bis hinauf zum Waldschwimmbad und bis hinunter zum Friedhof. In der Nase den Geruch, den sie seit der Kindheit kennt, geht Vera an den Resten der alten Stadtmauer entlang und die Gasse Richtung Zentrum hinunter. Solange sie denken kann, fallen hier jeden Spätsommer verwilderte Gärten über die Zäune, mit Blumen, die wie gestrickt aussehen. Heute liegt eine Drahtbürste mit einem Knäuel Haare darin auf einer der Fensterbänke und irgendwo zerreißt ein verfrühter Silvesterknaller die kalte Dezemberluft.

Warum sie gerade heute ihr Handy zu Hause hat liegen lassen und den Haustürschlüssel auch?

Sie wechselt die Straßenseite. Nach rechts geht es zum Bahnhof, geradeaus zum Friedhof, und da drüben das Reformhaus neben dem türkischen Imbiss verkauft am letzten Tag des Jahres Socken und Holundermarmelade billiger. Jemand grüßt. Sie nickt zurück. Ein plötzlicher Wind teilt der Frau wenige Schritte vor ihr das Haar am Hinterkopf, so dass Vera den grauen Ansatz darin sehen kann.

Jetzt werden die Tage wieder länger.

4.

Stell dir vor, sagt Jo, als Karatsch im Bademantel aus rot-weiß gestreiftem Frottee in die Küche kommt, in dem meistens Vera wohnt. Wäre sie daheim, er hätte keine Chance gehabt, ihn anzuziehen.

Stell dir vor, wiederholt Jo, ich sitze im Dunkeln, der Himmel schwarz, und ich befehlige einen schrottreifen kleinen Raddampfer, rauche eine Zigarre, während alle anderen an Bord schlafen. Karatsch lacht, ist das ein Traum? Jo wird im neuen Jahr zwanzig, wird acht Semester Schiffbautechnik in Kiel studieren und noch in diesem Winter ein Praktikum auf See machen. Das war kein Traum, sagt Jo, das war mehr so ein Flimmern beim Wachwerden, wo man noch den Ablauf der Bilder wie ein Filmregisseur steuern kann, verstehst du?

Karatsch nickt aus Faulheit und ohne zu verstehen. Er dreht sich zur neuen Espressomaschine, kramt ein Pad aus der Schublade und vermisst das gemütliche Glucksen seiner ausrangierten Kaffeemaschine, für die er noch immer Filter hinten im Schrank aufbewahrt.

5.

Das Hallenbad hat an Silvester bis zwei Uhr geöffnet. Nur einmal ist Vera hier gewesen, vor Jahren, als Jo noch Kindereintritt zahlte. Bei der Kasse läuft sie gegen das Drehkreuz für den Ausgang. Eine Schwarzhaarige zeigt auf die andere Seite. Dort ist Eingang, sagt sie mit polnischem Akzent und schiebt einen Spindschlüssel über den Tresen. Ihre Fingernägel sind rot und lang und beutehungrig. Als Vera die Treppe zur Damenumkleidekabine hinaufgeht, wundert sie sich, dass hier noch immer Gummibäume stehen. Vielleicht weil Gummibäume einen so vertrauenerweckenden Eindruck machen wie früher einmal Konrad Adenauer?

Ihr Spind ist in Reihe F, Nummer 17. Neben ihr schließt eine Frau im Badeanzug ihre Sachen in den Spind Nummer 15. Sie dreht ihr den Rücken zu, während sie sorgfältig dunkle Cordjeans, eine fellgefütterte helle Wildlederjacke und Westernstiefel einräumt. Zuletzt schiebt sie eine blaue Sporttasche in den Spind. Die Frau ist so groß wie Vera, hat ähnlich schmale Hüften und ähnliches Haar. Ein Blond, das sich ändert, wenn der Himmel sich ändert. Wie alt sie ist? Als die Frau sich umdreht und lächelt, ist sie Ende dreißig und hat ein Gesicht mit Sommersprossen, das Vera mag. Während sie in schwimmbadgrünen Flipflops Richtung Dusche geht, hält Vera gegen die Tür ihres Spinds gelehnt inne. Wenn Karatsch im Bad daheim schräg hinter ihr steht und unter seinem Rasierer das Gesicht zur Grimasse verzieht, sagt er ihr manchmal, wie alt sie aussieht. Schaut er in den Spiegel über dem Waschbecken, sagt er: fünfunddreißig. Senkt er die Lider, um sie von hinten zu betrachten, lächelt er. Zweiundzwanzig. Du hättest tatsächlich Schauspielerin werden sollen, sagt er dann meistens noch. Wenn sie sich danach allein noch einmal im Spiegel betrachtet, fragt sie sich, wieso sie eigentlich Angst vor dem Alter hat. So uralt wie das Bild, das Karatsch von ihr hat, kann sie eh nicht mehr werden.

Die Männer vom Film haben Vera damals auf der Straße angesprochen. Einer hatte eine Kamera auf der Schulter, der zweite ein großes Heft unter dem Arm, der dritte Narben im Gesicht, und der lächelte sie an. So hat alles angefangen. Es war das Jahr '77. Sie schaute verdutzt aus ihrer Wolljacke von der Caritas, die am Kragen feucht war vom Atem, und erklärte ihnen den Weg zur Schule. Zwei der drei Männer vom Film hatten die gleiche Frisur wie der Terrorist, der auch einmal Kameramann gewesen und im Hungerstreik gestorben war. Auf dem Pausenhof sah Vera die Männer wieder, als sie ihre Geräte aufbauten und Probeaufnahmen machten von blonden Mädchen. Wie alt bist du denn?, fragte plötzlich der mit den Narben im Gesicht und zwirbelte ihr eine Strähne zu einem Zopf.

Zwölf, ich bin schon zwölf.

Sieht aber jünger aus, die kleine Ratte, sagte der mit dem großen Heft, und jetzt stell dich mal hierher. Er schob sie vor die Kamera und sagte, sprich mir nach. Sag mal: He, Fatzer, kannste auch Mozart auf der Mundharmonika spielen?

Vera wiederholte den Satz mit einem Gefühl, als hätte sie zu viele Zähne im Mund.

Gut, und jetzt geh mal rüber zu meinem Kumpel da. Er zeigte auf den Mann mit den Narben im Gesicht. Frag ihn was, bevor er dich frisst.

Was denn?

Los, frag was.

Vera lachte und schlug auf die behaarte Pranke des Mannes: Haste noch welche von die selber gemachten Klümkes, Omma?

Im provisorischen Büro, das sonst das Hinterzimmer einer Billardkneipe war, riss Veras Mutter dem Produktionsleiter den Vertrag aus der Hand. Vera war für die großen Ferien unter Aufsicht und brachte am Ende Geld mit nach Hause. Die Mutter schnurrte wie eine vollgefressene Raubkatze, als sie die Kneipe verließen. Vera aber war ganz anders glücklich. Für einen langen Sommer durfte sie weg aus dem zugigen Haus der Mutter mit seinen schlecht verfugten Glasbausteinen neben der billigen Eingangstür. Die Miete wurde vom Sozialamt bezahlt, und niemandem, nicht mal dem blondierten Fräulein vom Amt, fiel auf, dass aus dem stillen Mädchen Vera ein trauriges Mädchen zu werden drohte. Es war die Art, wie alle am Set miteinander umgingen, die eine ganz andere Möglichkeit zu leben versprach. Sie ahnte, dass die Filmwirklichkeit eine Droge für sie sein könnte. Ja, Vera wäre gern beim Film geblieben, so wie andere gern zu Hause bleiben.

Den Gang an den Spinden entlang folgt Vera der Frau in den schwimmbadgrünen Flipflops. Links die Sprühdüsen gegen

Fußpilz, rechts die offenen Regale für Badehandtücher und Brillen, ein Erste-Hilfe-Schrank und schließlich ein Plastikstuhl, der mit ganzer Kraft die Tür zur Frauendusche aufhält. Dass nackte Menschen und kaltes Wasser zusammen einen Ort traurig machen, muss sie denken, als sie den Stuhl beiseite schiebt. Ein Rest Seife liegt im Abfluss unter der ersten Dusche, und das Büschel Haare im Gitter erinnert an irgendeine Frau, die heute Morgen schon hier gewesen sein muss. Vera hebt den Kopf. Nur eine von zwanzig Brausen ist in Betrieb und sprüht feinen Wassernebel auf die Frau mit den Flipflops. Vera drückt auf den Armaturknopf gleich daneben, und die Frau hört auf, sich die Achseln zu rasieren. Niemand sonst ist im Raum. Mit der Unverfrorenheit eines Kindes starrt Vera die Frau neben sich an. Mein Gott, was für herrliche Punkte, die irgendein Gott auf ihrem Gesicht ausgesät hat, damit sie nur Freude erntet. Was für ein Gesicht. Es ist nicht nur voller Sommersprossen, sondern auch voller heller Lichtsprenkel, die die Dezembersonne am letzten Tag des Jahres durch das Glasdach über ihnen auf die Haut wirft. Das Haar, das die Frau hinter die Ohren geklemmt hat, das Aufblitzen der Ohrringe, die sie zum Schwimmen nicht abgenommen hat, der Schatten des Lichts im Ausschnitt ihres Badeanzugs sind wie ein Angebot. Plötzlich hat Vera das Gefühl, sie könnte tatsächlich das Gesicht der anderen ausprobieren wie ein Kleid und dazu deren Leben, wie eine zweite Biografie, die genauso möglich gewesen wäre wie die, die zufällig ihre eigene geworden ist. Denn manchmal, wenn Vera mitten in der Nacht aufwacht, denkt sie, sie hat das Wichtigste im Leben vergessen. Wenn sie dann ganz wach ist, hat sie vergessen, was das Wichtigste war.

Wasser läuft jetzt auf das Haar der Frau neben ihr und macht es glatt, glänzend und dunkler. Es rinnt weiter über Schultern und Brüste, um von dort in zwei schmalen Bächen über den Bauch und die Schenkel abwärtszulaufen und in einem anderen Abfluss zu verschwinden, in dem kein Büschel fremder toter Haare hängt. Und wieso riecht es in diesem Raum mit den Kalkspuren in den Kachelfugen nicht nach Chlor, sondern nach Kindern, die im See geschwommen sind? Vera fasst sich ins Gesicht. Es prickelt. Sind das die Sommersprossen, die bereits zu ihr herüberspringen?

Ist was mit deinem Gesicht?, fragt die Frau neben ihr, streift einen der Flipflops ab und stemmt einen kleinen, aber sehr kräftigen linken Fuß beinahe schulterhoch gegen die Kachelwand. Sie seift ihn ein. Jetzt riecht es nach Zitrone.

6.

Als Karatsch alle Stühle für sein Heimkino aufgestellt hat, greift er nach der Fernbedienung und holt die Brille aus der Bademanteltasche. Der Beamer, den sich Karatsch und Vera gegenseitig zu Weihnachten geschenkt haben, hat seit dem Heiligen Abend die hässliche Zimmerpalme vom Blumenhocker verdrängt. Auf der weißen Wand über Karatschs Kamin wird am Nachmittag wie an jedem letzten Nachmittag des Jahres der alte Film laufen, in dem Vera vor über dreißig Jahren eine der Hauptrollen gespielt hat. Karatsch drückt nervös auf der Fernbedienung herum. Herrisch, damit der Sohn die Verunsicherung nicht bemerkt, ruft er: Hallo? Leiser fügt er an: Bitte komm mal, hallo, bitte.

Er sei ein Schwein, sagen sogar die, die behaupten, sie seien seine Freunde. Ja, er ist ein Schwein, aber ein kluges, freundliches, sanftes und manchmal auch verständiges Schwein, das mal ausgezeichnet Saxofon gespielt hat, als es noch ein junges Schwein war. Das ist Mitte der Sechziger gewesen. Saxofon hat er schon gespielt, als er noch mit seiner Mutter in der Sozialbauwohnung lebte, die Haare nach vorn gekämmt, und mit einer Arzttasche herumlief, um allen zu zeigen, dass er was Besseres war und etwas noch viel Besseres werden würde. Damals war er Existenzialist. Saxofon und Arzttasche kamen ihm beim Umzug in den Bungalow, der Suse gehörte, abhanden. Der Existenzialismus auch, spätestens als sie heirateten. Die Haare kämmte er nicht mehr nach vorn. Er hatte keine mehr. Mit jugendlichem Elan betrieb er trotzdem seine Konzertagentur für Jazzmusiker. Erst hatte er nur ein Büro im Keller, aber bald schon eine ganze Etage in der Stadt, günstig gelegen über dem Eiscafé Venezia am Bahnhof, wo er beim doppelten Espresso und ab 18 Uhr mit scharfem Nardini seine geschäftlichen Besprechungen führte. Er gründete ein eigenes kleines Schallplattenlabel, wurde fast reich und nahm mit seiner Frau Suse ein Mädchen in Pflege. Vera wurde an dem Silvestermorgen, als sie zu Karatsch und Suse zog, dreizehn. Suse schaute sie lange an und sagte am Abend zu Karatsch: Adoptieren werden wir sie nicht. Du weißt ja nie, in welche Situation du noch einmal kommst.

Ich?, hatte Karatsch gefragt. Wieso ich?

Ab da wurde jedes Silvester mit einer großen Einladung an die Freunde gefeiert: Unsere Tochter Vera hat Geburtstag! Wir laden ein zu Sekt und Mettbrötchen. Suse und Karatsch! Jahre vergingen. Als sie achtzehn wurde, hatten sie im Bungalow auf halbem Hang damit angefangen, den alten Film zu zeigen. Im Jahr darauf verließ Vera die Stadt, um in der nächstgrößeren auf Lehramt zu studieren und danach an einer Berufsschule zu unterrichten. Ihr Zimmer im Haus behielt sie. Das Klappbett auch. Karatsch fuhr Vera oft besuchen. Mit dem Zug und allein. Mit den Tagen vergingen die Wochen, das Jahr und das nächste. Suse starb an einem Januarnachmittag. Kurz bevor sie ging, strich sie Vera über den Kopf, traurig und wütend zugleich, als wüsste sie nicht, welches Gefühl von beiden galt. Vera zog zurück in den Bungalow auf halbem Hang. Sieben Monate später kam das

Kind. Ein Junge, Joseph, mit einem so kleinen Gesicht, dass es sich hinter den zwei Daumen von Karatsch verstecken konnte. Ein Frühchen, sagten die Leute im Ort. Das Kind, sagten sie, war die Konsequenz aus einer jener Nächte kurz vor Suses Tod, in der die Einsamkeit auf allen dreien gelastet hatte. Karatsch hätte in jenen Nächten die Welt dafür gegeben, dass Suse blieb, vermuteten die einen. Aber die Welt wollte er auch haben, vermuteten die anderen. Und Vera dazu. Suse war weg. Die Einladungskarten zwischen den Jahren blieben. Nur der Text änderte sich: Wieder mal Silvester, Leute!!! Meine Frau Vera hat Geburtstag. Es gibt Sekt und Mettbrötchen. Gruß, Euer Karatsch.

Jo kommt ins Wohnzimmer, und Karatsch drückt mit einem blinden Lächeln auf Pause, Play, Pause, Play, Pause, ohne dass der Beamer reagiert.

Ob ich das noch erlebe, wäre doch zu schön, sagt Karatsch und streicht sich mit der Fernbedienung über seinen Bauch.

Was wäre schön?

Noch einmal jung zu sein, Sohn!

Das bist du lang genug gewesen, Karatsch.

Ja, aber ich war's zu früh. Jetzt könnte ich endlich etwas damit anfangen. In meinem Alter sollte man jung werden, dann hätte man richtig was davon.

Du bist fünfundsechzig, sei nicht albern.

Karatsch streicht mit der Linken über die Delfter Kacheln seines Kamins. Eine Windmühle, ein Pferdekarren, eine Ziehbrücke und wieder eine Windmühle. Hat er alles selber verlegt, für Vera.

Soll ich dir mal was sagen, Sohn? Das waren doch nur Fingerübungen bisher. Mir kommt es vor, als würde das Leben erst jetzt anfangen.

Was soll denn jetzt noch für dich anfangen?

Jo nimmt ihm die Fernbedienung weg, wirft eine DVD ein und lässt sie im Suchmodus laufen.

Wo ist sie übrigens?

Wer?

Mutter, sagt Jo.

7.

Ich habe einen Traum, sagt Friedrich Wünsche laut. Er geht durch die lange Zimmerflucht, die ihm als Kind noch viel länger vorkam. Im Vorbeigehen fährt er mit zwei Fingern über den Flügel und hinterlässt eine Spur auf dem schwarzen Lack. Er wartet auf seine Schwester Meret, die hoffentlich nicht mehr Klavier spielt. Aber genau weiß er das nicht. Die Strecke zwischen dem Esszimmer und dem Wintergarten mit den hohen, grün schimmernden Fensterscheiben und Blick in den Garten, welchen die Großmutter »Park« nannte, ist zwölf Meter lang. In diesen Scheiben hat sich schon die Großmutter mit ihren knielangen Haaren gespiegelt. Eigentlich geht es ihm ganz gut. Nur an manchen Morgen gleich nach dem Aufstehen hat er das Gefühl, dass etwas nicht stimmt. Er trinkt seinen Kaffee, nimmt eine Dusche, und dann geht es wieder. Friedrich Wünsche ist fünfundvierzig, sieht aber nicht nur wegen der kräftigen Hände und Arme jünger aus. Ich habe einen Traum, wird er gleich vor der Belegschaft von Haus Wünsche sagen. Ich habe einen Traum! Die Hände im Nacken verschränkt, probiert er den Satz noch einmal und mit mehr Nachdruck.

In der Nacht hat er wirklich geträumt: Er steht in einem Zimmer, ein Hotelzimmer wohl, niedriger Tisch, Stehlampe, dicke fleischfarbene Decke über dem Doppelbett, Teppichboden ebenfalls fleischfarben, Sofa und zwei Sessel, deren Farbe er nicht sehen kann, weil sie mit Bettlaken abgedeckt sind. Geistersessel.

Die Tür geht auf. Vera steht da. Sie lieben mich also, hat er im Traum zu ihr gesagt, und ist sofort wach geworden.

Nein, nicht alles an diesem wolkenlosen, aber nicht sehr kalten Silvestervormittag wird gelingen.

8.

Darf ich?

Bitte! Die Frau in den schwimmbadgrünen Flipflops neben Vera reicht die Flasche mit dem Duschgel herüber. Vera seift sich ein.

Zitrone, danke!

Nicht dafür, sagt die Frau. Gefällt dir der Duft? Passt zu uns, oder?

Ja, Vera lächelt, passt. Wie war das noch im letzten Sommer? Rom. Zwei Fischverkäuferinnen in San Lorenzo, und der Abend färbte sich feierlich rot, als sie mit Karatsch an dem Stand vorbeikam. Die Fischverkäuferinnen trugen die Haare hoch über den weißen Schürzen vom Tag. Vera, ohne Schürze, aber auch mit hochgestecktem Haar, stellte sich für ein Foto hinter dem Stand dazu. Passt!, sagte Karatsch später. Drei Schwestern! Er zeigte ihr das Bild auf dem Display. Du hast schon ein spezielles Talent, sagte er, und sie fragte, welches? So auszusehen wie das, was du gerade siehst, hatte Karatsch gesagt. Damals hat sie an dieses Talent so gar nicht geglaubt. Außerdem sollte man auf Karatsch nicht hören. Was er sagt, gilt meistens so wenig wie ein Schlagertext.

Die Frau unter der Dusche neben Vera hangelt mit dem großen Zeh nach ihren Flipflops und sagt, was schaust du mich so an? Zählst du meine Sommersprossen? Das Wasser klatscht jetzt härter auf ihren Körper, sie hat die Dusche auf kalt gestellt. Vera duscht noch immer warm. Der Strahl massiert ihr den Nacken.

Sie schließt die Augen. Zu Hause bei Karatsch werden später die Freunde bei Mettbrötchen und Sekt sitzen, nachdem sie sich wie jedes Jahr an Silvester in der Stadt unten vom Metzger, Bäcker, Blumen- und Zeitungshändler verabschiedet haben, als würden sie sich für lange Zeit nicht mehr sehen. Die Freunde werden in Karatschs Flachbungalow kommen, um gemeinsam den alten Film anzuschauen. Same procedure as every year, wird Karatsch murmeln, wie jedes Jahr an Silvester. Der Film läuft. Die Zeit bleibt stehen. Die Vera, die ist gar nicht älter geworden, wird Gerrit Rochowiak, genannt das Rehlein, sagen, auch wie in jedem Jahr. Er wird mit seinem Karmann-Ghia kommen. Lilo und Ludwig Schrei werden sich nach dreiundzwanzig Jahren Ehe noch immer an den Händen halten, sogar beim Essen. Selten sind es mehr als zwölf Gäste, und nur zwei oder drei davon rauchen – wie in jedem Jahr – unter der Abzugshaube über dem Küchenherd, weil es draußen vor der Tür zu kalt ist. Auch Friedrich wird dort sein. Ohne die Augen zu öffnen, drückt Vera mit dem Rücken den Warmwasserknopf. Die Freunde mögen den alten Film. Friedrich wahrscheinlich auch, schließlich hat er wie sie darin mitgespielt. Aber Karatsch hängt richtig an dem alten Streifen. Warum eigentlich? Wieder drückt sie mit dem Rücken den Warmwasserknopf. Löst sich in den alten Filmbildern, in dieser unreinen, körnigen Struktur einer immer zu dunkel eingestellten Wiedergabe am letzten Tag des Jahres auf, was das Jahr über war? Ist es das, was Karatsch so gefällt? Löst sich so Jahr für Jahr das soeben vergangene auf wie eine Faust, wenn die Hand sich öffnet? Neben sich hört Vera die Frau in den Flipflops noch immer duschen. Ja, die Zeit vergeht, der Film bleibt, und Karatsch ist wirklich ein Schwein. Den alten Film schaut er so inbrünstig an, weil er noch immer die Tochter Vera liebt, nicht seine Frau Vera. Wenn er mit ihr schläft, betrügt er Vera mit der Vera von früher, mit jenem mageren, hübschen, räudigen kleinen Ding, das sie einmal war. Wieder drückt Vera mit dem Rücken den Warmwasserknopf. Geahnt hat sie das immer. Gewusst auch, wenigstens bis zu der Grenze, bis zu der man so ein Wissen zulässt. Gewehrt hat sie sich nie. Ohne die Augen zu öffnen merkt sie, wie die Dusche nebenan sich abstellt und die schwimmbadgrünen Flipflops zur Tür schlappen.

Ich verschwinde dann mal, ruft die Frau. Wie fröhlich das bis zu ihr herüberklingt, diese Sache mit dem Verschwinden.

Guten Rutsch.

Danke.

Die Schwingtür schwingt nach, während sich die Schritte auf dem Gang mit einem schmatzenden Geräusch entfernen. Wie zufrieden das klingt. Vera öffnet die Augen, jetzt, wo das Wasser über ihrem Kopf sich ebenfalls abgestellt hat. Sie steht da, verlassen im Dampf des Duschraums. Nur das Zitronenduschgel ist noch da. Vergessen? Geschenkt?

Egal.

Ich geh dann auch mal verschwinden, sagt sie laut und greift nach dem Duschgel.

Ob es das gibt, dass man sich Sommersprossen tätowieren lässt?

9.

Meine Damen und Herren, sagt Friedrich an seinem Frühstückstisch leise und geht die Rede an die Belegschaft noch einmal durch. Dabei merkt er, dass er Mohn zwischen den Zähnen hat, vom Brötchen. Er kramt mit der Zunge im Mund herum, steht auf, geht zum Esszimmerfenster und legt die Stirn an die Scheibe, so wie er es als Junge gemacht hat, wenn ihn eine große Sehnsucht hinter den Augen drückte. Er ist seit wenigen Wochen der neue Chef von Warenhaus Wünsche. Vor allem ein christlicher

Unternehmer, sagt er, so einer, wie mein Großvater einer war und mein Vater ebenfalls, weiß aufgrund seines geschärften Gewissens, dass funktionale Macht nie zu personaler Macht entarten darf, denn in der Tradition von Haus Wünsche wird das unternehmerische Gewinnstreben geadelt durch den Willen zum Dienen! Eine schön formulierte Lüge, weiß er. Gerade der Großvater war ein Ausbeuter.

Aber ich bin kein Patriarch mehr, auch wenn ich jetzt das Familienerbe antrete und mir sogar das Vokabular von Vater und Großvater ausleihe, platzt es aus ihm heraus.

Seine Stirn hat einen milchigen Fleck auf der Scheibe hinterlassen, als er zum Frühstückstisch zurückgeht. Die Wurstscheiben sind bereits welk, das Ei ist kalt, die Kaffeemaschine seit einer Stunde verstummt, und selbst das Radieschen neben den Käsescheibletten hat etwas Kurzatmiges in seinem Rot. Wenn Stilti Knalles, das Dienstmädchen der Wünsches, noch lebte, wäre das nicht passiert.

Stilti Knalles: Als es zwischen Mutter Martha und dem Vater damals den Streit über die Einstellung des Dienstmädchens gab, saß Friedrich mit dabei. Aber unter dem Tisch. Er war vier. Nein, sagte Mutter Martha, die nehmen wir nicht. Doch, genau die, sagte Vater Manfred, die stiehlt, aber die kann alles.

Stilti Knalles? Hatte Friedrich richtig verstanden? Er hatte sich sofort in diese gut riechende Frau verliebt. Zur Probeaufnahme für den Film war Friedrich damals auch nur gegangen, weil Stilti Knalles ihm half. Nein, hatte Mutter Martha gleich gesagt, Film ist nur was für Proleten. Das war an einem Montag. Montags war Fensterputztag. Stilti Knalles kam auf dem Höhepunkt des Streits zwischen Mutter und Sohn ins Wohnzimmer, öffnete ein Fenster, bückte sich unendlich langsam über den Putzeimer, wrang das Leder aus und glitt träge, zäh und rosig wie eine

Schnecke die drei quietschenden Stufen der Trittleiter hinauf. *Weit draußen auf dem blauen Meer / erklingt ein Lied von Wiederkehr,* summte sie dabei. Geöffnete Fenster verunsicherten Mutter Martha, wusste Stilti Knalles, denn unerwartet war dann zu viel Welt mit im Raum. Mutter Martha zerrte an ihrer Halskette aus Elfenbein, als sei sie ihr zu eng geworden. Stilti Knalles schaute ihr von oben herab dabei zu, bis Mutter Martha ihre Mohairstola von der Sessellehne riss. Macht doch alle, was ihr wollt!

Sie verließ das Zimmer. Stilti Knalles zwinkerte Friedrich zu. In dem Moment hatte er begriffen, dass etwas Schwaches, an die richtige Stelle gesetzt, zu etwas Zwingendem werden kann.

Folgendes, meine Damen und Herren, liebe Mitarbeiter und Mitarbeiterinnen, sagt er jetzt und spielt mit dem traurigen Frühstücksradieschen. Ich will Sie nicht langweilen, aber Langeweile haben wir nur, wenn wir nicht wissen, worauf wir warten! Genau so wird er es gleich sagen, und alle werden ihn begeistert anschauen. Hoffentlich. Er mag begeisterte Gesichter.

Was ist mit Langeweile?!

Dass Meret in der Tür steht, bemerkt er erst jetzt.

Guten Morgen, kleiner Bruder!

Sie setzt sich zu ihm. Einmal, da war ihre Haut wie Seide, und nicht nur der Klavierlehrer war in sie verliebt gewesen. Ein Geruch von Moschus, aber mit etwas Frischem darin, geht noch immer von ihr aus, vor allem, wenn sie sich zu heftig bewegt, wie jetzt, wo sie ihren Teller belädt. Sie riecht wie ein läufiges Tier, das in eine Puderdose gefallen ist, hat Mutter Martha immer gesagt.

Meret trägt einen Hosenanzug aus dunkelblauer gewalkter Wolle und hat die Haare für diesen Tag so straff zurückgebunden, dass sie aussehen wie eine rostfarbene Kappe. Alles an ihr ist heute so perfekt, als hätte sie nie in einer Imbissbude gestanden und zweifelhaftes heißes Fleisch verkauft aus Liebe zu einem Mann und aus Angst vor dem Leben, was manchmal das Gleiche ist. Angst und Verliebtheit lagern in der gleichen Abteilung des Gehirns, hat Friedrich einmal gelesen. Meret hat für heute einen dieser dunklen Stifte benutzt, um ihre Lippen nachzuzeichnen, und in drei Schichten Creme und Make-up und Puder aufgetragen. Das hat Zeit gekostet, und es wirkt. Sie sieht wie ein Filmsternchen aus den Zwanzigern aus, das für Fotos gern auf großen Überseekoffern sitzt und mit einem kleinen Hut winkt.

Kommst du gleich zur Begrüßungsfeier mit mir runter?

Bei seiner Frage hat sie sich an die Schläfe gegriffen, als habe jemand eine Kamera auf sie gerichtet.

Meret?

Ja?

Kommst du mit?

Ich komme nach.

Versprochen?

Klar! Sie hebt die linke Faust.

Zwischen der ersten Etage und dem Erdgeschoss bleibt Friedrich auf dem Treppenabsatz stehen und schaut durch das alte, grünlich schimmernde Glas des Flurfensters hinaus in den Garten. In den Park. »Park« hat die Großmutter aus Polen immer gesagt, wenn sie an dieser Stelle gestanden und von oben auf den Garten hinter Haus Wünsche hinuntergeschaut hat. Eine Allee von Kastanienbäumen führt auf einen künstlichen Teich zu, den die Großmutter sich damals bei der Ankunft in der deutschen Kleinstadt am Rand des Ruhrgebiets gewünscht hat. Eine weibliche Bronzefigur, die der Großvater als Teichdekoration gegen den Willen der Großmutter erwarb, balanciert auf dem gepanzerten Rücken einer Schildkröte. Die Frau ist nackt und breitet die Arme aus. So balanciert sie durch die Zeit und setzt an den Brüsten Moos an. Gleich neben ihr auf einem Wiesenrondell warten zwei Holztische mit Stühlen auf den Sommer, während unter ihnen wintergraue Erde wie eine drohende Glatze durch einen flachen, kraftlosen Rasen schimmert. Gleich nach dem Rondell macht der Weg einen Knick, nein, nicht zurück nach Polen, er wird nur schmaler, wie das ganze Gelände überhaupt, das ab hier auf der rechten Seite begrenzt ist vom Warenlager des Hauses Wünsche. Dort schlafen die Schaufensterpuppen nackt. Das Lager ist fensterlos, aber es gibt in der Wand noch immer den hellgrauen Schatten einer Tür, durch die man einmal in den Garten treten konnte. Der Großvater hat sie zumauern lassen, damit die kleinen Ladenmädchen in ihren schwarzen, glänzenden Arbeitskitteln nicht die Mittagspause zwischen Rittersporn und wilder Möhre rauchend im »Park« verbummelten.

10.

Ich habe meinen Schlüssel verloren.

Welcher Gang, welche Nummer?

F 15.

Der Schwarze mit dem Wischer starrt Vera an wie der Überlebende eines Unglücks, dem man soeben gesagt hat, dass er alles noch einmal durchmachen muss.

Wo kommen Sie eigentlich her?

Aus Somalia. Warten Sie mal einen Moment hier.

Mit so wenig Eile, wie er zwischen den Gängen aufgewischt hat, geht er Richtung Ausgang und kommt mit einem Generalschlüssel zurück.

Was ist denn in dem Schrank?

Meine Wildlederjacke, meine Westernstiefel und so.

Umständlich schließt der Schwarze den Spind auf und schaut hinein.

Exakt, sagt er, aber einen Ausweis haben Sie nicht dabei? Er holt die dunkelblaue Sporttasche aus dem Schrank und tippt auf den verschlossenen Reißverschluss. Haben Sie?

Aber doch nicht, wenn ich schwimmen gehe, murmelt sie und ist dicht an ihn herangetreten. Sie hat die Zähne aufeinander und die Arme um den nassen Leib geschlagen. Er riecht nach Schweiß. Einmal als Kind hat sie Geschichten gelesen, in denen dieser Geruch bei Missionaren und Kolonialisten Schlimmes angerichtet hat. Die meisten Bücher, die sie gelesen hat, hatte sie von Meret ausgeliehen.

Ich glaub Ihnen auch so, Lady, sagt er, und ausnahmsweise nehmen wir heute keine Extragebühr für den verlorenen Schlüssel. Ist ja Silvester.

Und mein Geburtstag.

Glückwunsch. Wie alt werden Sie denn?

So viel Direktheit hat sie ihm nicht zugetraut.

Achtunddreißig.

Nochmals Glückwunsch, sieht man Ihnen nicht an.

Er hebt einen Daumen. Auf der hellen Haut des Handballens ist ein Tattoo von zwei Flügeln. Wieder einmal fällt Vera auf, dass Schwarze weiße Handflächen haben, so als hätte irgendwann jemand etwas ganz anderes mit ihnen vorgehabt.

Was ist das für ein Tattoo?

Flügel von einem Engel, sagt er, und schönen Tag noch.

Der Schwarze folgt seinem Wischer Richtung Dusche, und Vera verschwindet in der Umkleidekabine. Danke, sagt sie, als sie die Tür hinter sich schließt, und zieht den Reißverschluss der blauen Sporttasche auf. Der Ausweis steckt im Seitenfach. Salomé Schreiner, geboren in der gleichen Stadt wie Vera, aber zehn Jahre später. Zehn Jahre jünger also. Was hat Vera eigentlich die letzten zehn Jahre gemacht? Dem eigenen Leben zugeschaut, wie man Farbe zuschaut, wenn sie trocknet? Sie setzt sich auf die schmale Bank unter dem Kabinenspiegel und nimmt die fremde Wildlederjacke auf den Schoß. Mit den Fingern kämmt sie das Fell am Kragen. Als sie die Westernstiefel anzieht, passen sie. Jetzt muss sie nur noch aufstehen und gehen. Wie ein Dieb öffnet sie mit ihrem Schlüssel Spind Nr. 17, holt ihre Geldkarten aus dem Portemonnaie, wirft einen Blick auf das Foto vom Sohn: Jo schlafend auf dem Sofa daheim und mit der Fernbedienung des Fernsehers in der Hand. Ein Lächeln liegt auf seinen Lippen, als habe er gewusst, dass ihn jemand anschaut und fotografiert. Die Zukunft wirft ihr Licht auf sein Gesicht von innen und von außen. Er ist ein fertiger Mann und wird es ab jetzt ohne sie schaffen, ganz sicher, ganz sicher, wiederholt sie für sich.

11.

Schneider applaudiert als Erster, als Friedrich, der neue Chef von Haus Wünsche, die niedrige satinierte Glastür des Kontors zum Verkaufsraum hin öffnet. Schneider, der pensionierte Polizist und neue Kaufhausdetektiv der Wünsches, trägt seinen schwarzen Anzug, den er sonst sicher nur zu Beerdigungen aus dem Schrank holt. Friedrich stellt sich zu ihm. Er kennt Schneider, seitdem er Kind war. Er friert. Die Baufolie im Eingangsbereich zur Straße hin hält kaum die Wärme im Haus an diesem Silvestermorgen.

Gut geschlafen, Chef? Schneider beugt sich vor und fixiert Friedrich mit seinen grauen, glasklaren Augen. Was geträumt, Chef?

Schon, ich glaube schon.

Was Schönes?

Friedrich nickt: Ich glaube, irgendwas mit einem Haus ohne Tür.

Wofür ist man schließlich mal Polizist gewesen?, hatte Schneider gestern Abend gesagt und sich die ganze Nacht neben das Bauloch zur Straße gesetzt. Zweimal war Friedrich mit einer Thermoskanne Tee hinuntergegangen und hatte sich auf die Rücklehne eines zweiten Stuhls neben ihm gestützt, ohne sich zu setzen. Ich war mal Polizist, hatte Schneider wiederholt, als wenn Friedrich das noch immer nicht wüsste. Ich bin vierzig Jahre lang nicht nur Streife gefahren, sondern habe auch mit meiner Kamera die Unfälle dokumentiert. Autos, die auf dem Dach liegen, zum Beispiel, und ihre aufgeschlitzte Unterseite preisgeben, wie Eingeweide, die in Ölblut schwimmen. Ein gutes Foto, hatte Schneider gesagt, muss vor allem scharf sein. Man muss alles darauf sehen können, was man sehen möchte. Scharf, Chef, hatte er gesagt, sind meine Fotos immer gewesen, trotz schwieriger Umstände. Auch nachts. Ein Kollege hat dann, wie bei einem Filmset, eine Magnesiumpatrone abgeschossen, und deren Blitz hat sekundenlang die Unfallstelle taghell erleuchtet. In diese Helligkeit hinein habe ich mein Bild gemacht. Aber immer nur eins. Das war mein Prinzip: Ein Unfall, ein Bild.

Schneider und er hatten danach in Gedanken versunken durch die dicke, durchsichtige Baufolie auf den Marktplatz mit dem Lottobüdchen in der Mitte gestarrt. Die nächtliche Welt da draußen war ihm so leer und ausgeräumt vorgekommen wie eine Wohnung, die noch keinen neuen Mieter gefunden hat.

Warum machen Sie das eigentlich alles hier, Chef?, hatte Schneider ihn wie ein Schlafwandler im Schatten der letzten Nacht gefragt.

Er werde Stück für Stück aus Haus Wünsche ein Retro-Warenhaus machen, hatte Friedrich zu Schneider gesagt, denn eigentlich fühle er sich mit dem Erbe nicht als Sohn seiner Mutter, sondern eher wie der Neffe von Tante Emma.

Welche Emma?, hatte Schneider gefragt.

Eine von denen, die früher diese gemütlichen Läden hatten, als ich noch Kind war.

Emmaläden gibt es längst nicht mehr, Chef.

Emmas gibt es immer wieder, Schneider, hatte Friedrich gesagt, schauen Sie mich an. Schneider hatte besorgt an ihm hochgeblickt, und Friedrich hatte lachen müssen. Mit dem Lachen war er mutiger geworden. Haus Wünsche wird wieder der Ort im Herzen der Stadt sein, wo Frauen in vierter Generation ihren ersten BH kaufen, so wie ihn auch die Urgroßmutter hier gekauft hat, hatte er zu Schneider gesagt. Die Kunden werden wieder richtig wahrgenommen werden, wie früher. Früher war auch nicht alles wie früher, hatte Schneider gemurmelt, aber Friedrich hatte einfach weitergeredet. Anzeigen für Werbung werde ich zeichnen lassen und so die Ästhetik der Fünfzigerjahre kopieren, hatte er gesagt, und an der Kasse werden die Einkäufe der Kunden in Seidenpapier eingepackt, wie Geschenke, die man sich selber schenkt, damit eine Erinnerung bleibt an den Moment des Kaufs. So, hatte er gesagt, kommt der Kunde in den Genuss des reinen Wartens, eines Wartens, in dem ihm keine Zeit verloren geht, selbst wenn ihm der Bus davonfährt.

Aha, hatte Schneider gesagt, und was ziehen Sie eigentlich morgen an, Chef?

Die Belegschaft von Haus Wünsche hat sich jetzt hinter den applaudierenden Schneider gestellt und ebenfalls geklatscht. Schneider hat eine alte Nikon aus seiner braunen Fototasche genommen und den Film eingelegt. Draußen schiebt sich ein Lastwagen vor das Bauloch. Zwei Transporteure springen aus dem Führerhaus und schlagen die grüne Plane zurück. Allein können die beiden spillerigen Hanseln das alte Monster gar nicht reintragen, murmelt Schneider, bevor er abdrückt und ein Foto schießt von der Rückkehr der alten Drehtür. Aber nur ein einziges. Die Tür hatte der Urgroßvater 1932 im Haupteingang von Haus Wünsche einbauen lassen. Vierzig Jahre später hatte Tochter Martha sie ausbauen und durch eine moderne Glastür ersetzen lassen, die sich automatisch und mit leisem Schmatzen öffnete und schloss. Neue Zeiten, sagt Friedrich jetzt, neue Zeiten brechen an, indem wir die Zeit zurückdrehen. Er zeigt auf das Loch zur Straße, in dem bis Mittag die alte Drehtür eingebaut sein wird, und ahmt mit der Linken deren Rundlauf gegen den Uhrzeigersinn nach. In fünfzig Gesichter schaut er dabei und lächelt. Das sind die Menschen, mit denen er ab jetzt arbeiten wird. Was sie wohl denken mögen? Friedrich vergrößert das Lächeln auf seinem Gesicht, um darin jede Unsicherheit verschwinden zu lassen. Soll er weiterreden? Fräulein Möller, ehemals Kunststopferin und Laufmaschenfängerin und längst zuständig für Kurzwaren, trippelt den Transporteuren entgegen, um das Türblatt aus dunkler Eiche zu berühren. Friedrich knüllt sein Blatt mit den Redenotizen zusammen, wirft es in die Luft hinter sich und tritt mit der Fußspitze aus wie ein gut gelauntes Pferd. Er wird frei sprechen, nein, er wird gar nicht sprechen, beschließt er im nächsten Moment und folgt Fräulein Möller. Mit jedem Schritt mehr hüllt ihn ein Wind von vorn wie ein kaltes Tuch ein. Im Gehen schaut er nach oben und sieht Trauben bunter Luftballons zu seiner Begrüßung unter dem milchigen Glasdach von Haus Wünsche hängen. Auf den Scheiben liegt das weiße Licht eines Wintertags. Sein Großvater hat mit diesem luftigen Dach Haus Wünsche zu jenem hellen Ort gemacht, an dem Gewinn und Glück einander zum Verwechseln ähnlich wurden. Das Konzept hatte er von den

Wertheims kopiert, damals, als er Ende der Zwanziger hierher-kam, um für die Wünsches einen Neuanfang zu machen. Er wollte die staubige Kaufhausdunkelheit Polens für immer hinter sich lassen. So ließ er zum Glasdach einen Lichthof bauen, wo die Kundinnen in blauer Atmosphäre Tee trinken, Törtchen essen und sich gegenseitig ihre Beute vorführen konnten. So fingen die Herzen der Damen aus einem langsamen Kleinstadt-leben heraus schneller an zu schlagen. So soll es jetzt auch wie-der sein. Das will Friedrich, auch wenn Mutter Martha das Café im Lichthof längst abgeschafft hat. Ist er ein Narr? Plötzlich hat Friedrich Wünsche das Gefühl, alles kann noch passieren in sei-nem Leben, in dem er längst begriffen zu haben glaubte, dass das meiste schon passiert ist.

Kannst du mir Geld leihen? Zweihundert, zweihundertfünf-zig, bitte? Gebe ich dir heute Abend zurück, versprochen. Kurz bevor er auf die Straßen hinaustritt, hat Meret ihn eingeholt und unauffällig in die Seite gestoßen.

Was hast du vor?

Beide schauen sie zu, wie draußen die Transporteure das zweite Türblatt vom Laster heben. Die grüne Plane schlackert im Wind.

Schwebebahn fahren, sagt Meret fast zärtlich. Sie stehen Schulter an Schulter.

Wie nah sie sich einmal waren.

12.

Bald ist es Mittag. Das Fell ihrer neuen Wildlederjacke kitzelt das Kinn, die Wange. Das Herz? Vera steht in einem schmalen Streifen Sonne beim Marktplatz. Auf der anderen Seite, wenige Schritte von Haus Wünsche entfernt, verteilt unter einem rot-weiß gestreiften Marktschirm der Bürgermeister, der donnerstags mit Karatsch Skat spielt, Blumentöpfe mit Glücksklee und winzigen Schornsteinfegern aus Pfeifenputzern, weil heute Silvester und in wenigen Monaten Kommunalwahl ist. Auch bei Haus Wünsche ist richtig was los. Sie bauen die alte Drehtür wieder ein? Zwei Türblätter stehen bereits an die Hauswand gelehnt. Ein drittes, wie die anderen mit geschliffenem Glas im oberen Drittel, stellen zwei Männer hinzu. Eine winterbleiche Verkäuferin steht dabei und berührt immer wieder das Holz wie eine Reliquie. Daneben steht Friedrich, der soeben auf die Straße getreten ist. Heute sieht er so distanziert aus in seinem Anzug und ohne Mantel. Als er dreizehn war, hat er sein knappes Taschengeld noch immer verbissen in Spielwarenläden getragen und in Legosteinen angelegt, bis eines Tages die Verkäuferin fragte: Bist du nicht eigentlich zu alt dafür? Ist er deswegen mit vierzehn ins Internat gekommen? Wie er jetzt dasteht, sieht er fast so aus wie früher, als nicht nur sein Haarschnitt, die Clubjacke und die vorsichtige Körperhaltung auf eine Distanz zu den eigenen Wünschen schließen ließen. Vera lächelt, aber hebt nicht die Hand, um zu winken. Jung sieht Friedrich zwischen all den anderen Passanten da drüben aus. Jung und verlegen. Sie meint zu sehen, dass er mit einem großen Tierblick zu ihr zurückschaut. Vielleicht sieht er auch schlecht.

Und wie windig es heute ist.

13.

Auf der anderen Seite des Platzes steht eine Frau mit einer großen Tasche. Ist das Vera, da drüben vor dem Fotoladen Kirsch? Mit Kirsch sind sie alle drei zur Schule gegangen. Meret, Vera und er. Aber mit wem ist man hier nicht zur Schule gegangen?

Tief atmet Friedrich die kalte Luft der Straße ein. Er wird in Zukunft regelmäßig joggen gehen, denn ab jetzt wird er viel

Zeit hinter der niedrigen, satinierten Tür verbringen müssen, die den Verkaufsraum vom Büro Wünsche trennt. Noch immer steht auf der Scheibe KONTOR ins Glas geätzt. Der Schriftzug ist so alt wie Haus Wünsche. Gäbe es ihn nicht mehr, er würde ihn wiederherstellen lassen. Im Kontor hat er mit fünf bereits unter dem Schreibtisch des Großvaters gesessen und auf vergilbten, ausrangierten Blöcken irgendwelche Rechnungen ausgestellt. Zum Spaß, aber mit ernstem Gesicht. Er hat auf das Leben gewartet, dort unter dem Schreibtisch. Die geputzten schwarzen Schnürschuhe des Großvaters hatte er dabei gesehen, die ruhig und fest auf dem Linoleum standen wie die Löwentatzen des Schreibtischs aus Eiche auch. Jetzt ist Friedrich fünfundvierzig. Was noch kommt, soll gut sein. Muss gut sein. Friedrich hat die Augen zusammengekniffen. Auf dem Marktplatz vor dem Haus Wünsche parken zwischen weißen Streifen Autos, aus denen schwerfällig Paare mittleren Alters in zweifarbigen wetterfesten Überlebensjacken steigen. In der Provinz zu leben ist wie Warten. Provinz liegt außerhalb der Zeit, nichts ändert sich, alles bleibt gleich und noch dazu im Schatten. Es wird Bewegung in den Ort hier bringen und Wünsche wecken, wenn er, Friedrich, die Zeit mit seinem Kaufhauskonzept zurückdreht.

Er kneift die Augen zusammen.

Und ist sie das wirklich, da auf der anderen Seite vom Marktplatz? Ja schon, das muss Vera sein.

14.

Drüben bei Haus Wünsche mühen sich jetzt die zwei Männer mit dem letzten Türblatt ab. Vera schaut auf ihre neuen Westernstiefel hinunter. Alles, was du hast, hat irgendwann dich, würde jetzt Karatsch sagen und dazu sein linkslastiges Lächeln aufsetzen. Und wenn plötzlich der Mann von Salomé Schreiner sie, Vera, von hinten und hier so stehen sähe? Sie dreht sich zum Schaufenster von Foto Kirsch um. Wenn er sich dann aus Versehen bei ihr einhaken und sie zärtlich ein Stück mit sich mitziehen würde, bis er den Irrtum bemerkt? Sicher ist dieser Mann von Salomé Schreiner ein guter Mensch, aber wer will gute Menschen treffen, wenn er in Eile ist?

15.

Sie hat sich umgedreht, die Frau da drüben, die wahrscheinlich Vera ist, aber eine Vera, die fremd aussieht. Doch Friedrichs Verwunderung darüber ist nicht heftiger als das plötzliche Aufschrecken einer Taube vor dem Fenster. Er schiebt die Hände in seine Anzugjacke. Vera war schon immer ein sonderbares Mädchen. Wegen Vera hatte Mutter Martha Friedrich mit vierzehn in der öffentlichen Parkanlage beim Bahnhof erwischt. Er bettelte.

Warum das, fragte Mutter Martha.

Darum, sagte Friedrich.

Was hätte er auch sagen sollen? Vera ist schuld. Oder Meret, Meret, die jetzt vor Friedrichs Augen quer über den Marktplatz und am Lottobüdchen vorbei auf den Laden von Foto Kirsch zuläuft. Du bist ein Feigling, hatte Meret damals auf dem Schulweg zu ihm gesagt. Du traust dich ja nicht mal, arm zu sein.

Wie arm denn genau?

So arm wie die da drüben zum Beispiel.

Meret hatte auf Vera gezeigt, wie sie ihnen auf der gegenüberliegenden Straßenseite im Morgenlicht entgegenkam. Vera war damals kein Mädchen wie andere, war eher ein zorniger Vogel in einer fusseligen Strickjacke, der in einem kleinen, heißen Moment und früher als andere begriffen zu haben schien, was das

Wichtige im Leben ist. Wie jeden Morgen waren sie auch an diesem zu dritt zur Schule gegangen. Nachmittags hatte Friedrich sich mit dem Hut in den Park beim Bahnhof gesetzt.

Im folgenden Schuljahr hatte Mutter Martha ihn für den Rest der Schulzeit ins Internat nach Sankt Peter-Ording geschickt.

16.

In Kirschs Schaufenster sieht Vera ihre neue Silhouette, die Gestalt einer noch ziemlich jungen Frau in Jeans und Felljacke. Das Muster der Straße hinter ihr und ihre eigene Kontur spiegeln und schichten sich geisterhaft übereinander im Glas, während aus dem Schaufenster Fotos von gelackten Hochzeitspaaren zurückschauen.

So heiratet man in der Provinz, sagt eine Stimme hinter ihr. Eine zweite, etwas kleinere Silhouette schiebt sich mit ins Bild auf der Glasscheibe.

Atelier Kirsch – und schon sieht alles Banane aus!

Finger streicheln wie nebenbei den Fellkragen von Veras neuer Jacke. Finger greifen ihr ins Haar.

Hat Karatsch dich neu ausgestattet?

Als Vera versucht, den Kopf zu drehen, bohren sich die Hände, die eben noch zärtlich waren, spitz in ihre Wange.

Herzlichen Glückwunsch zum Geburtstag, Süße! Die Frau, die zu der Stimme gehört, lässt hörbar die Augen glitzern. Etwas Schwüles liegt in der Luft, obwohl Dezember ist.

Meret, bist du es, Meret?

Lange nicht gesehen, was, Süße? Ein scharfkantiges Lachen, kalt und fremd, fährt Vera über den Mund, bevor sie weiterfragen kann.

Wieder will Vera den Kopf drehen, wird aber mit diesen Krallen, die sich wie künstliche Fingernägel anfühlen, davon abgehalten. Nicht zum ersten Mal kommt ihr der Gedanke, dass man vor Meret Angst haben muss.

Meret, bist du es?

Dreh dich bloß nicht um, faucht die Stimme in ihrem Nacken. Ich sehe heute aus wie der Tod.

17.

So nah wie Meret jetzt drüben bei der anderen Frau steht und die Hand an sie legt, muss die Vera sein.

Wie sie die Hand an sie legt, wiederholt Friedrich stumm und verwirft das Bild gleich wieder, als sich ein Bus ins Blickfeld schiebt und die Sicht auf die beiden Frauen versperrt. Verärgert klebt der Fahrer mit dem Gesicht dicht hinter der Scheibe und schimpft über den Laster mit der grünen Plane, der ihm den Weg versperrt. In drei oder vier Stunden wird dieser oder ein anderer Bus Friedrich den halben Hang hinaufbringen, zu den Mettbrötchen, zu Vera und Karatsch, zu den alten Freunden und dem alten Film.

Warum machte er eigentlich das alles hier?

Ich muss wissen, warum ich geboren bin, warum ich gelebt habe und wie, könnte er sich sagen. Ich muss wissen, ob die Wege, die ich nicht eingeschlagen habe, neben denen, die ich schon gegangen bin, noch möglich sind, und muss wissen, was mit meinen Sehnsüchten ist. Ob es denen für immer bestimmt ist, Sehnsucht zu bleiben. Friedrich dreht sich um zu Haus Wünsche und wirft einen Blick auf seine eigene Silhouette, die sich in der Schaufensterscheibe spiegelt. Er sieht einen Mann im Anzug in der Winterkälte, der weder alt noch jung ist, aber kräftig aussieht. Da steht er also, Vater von zwei Kindern und noch nicht geschieden von Annalisa. Noch heißt seine Frau auch Wünsche, wie die Kinder.

Wie er.

Nah bei Friedrich sagt Fräulein Möller zu den beiden Transporteuren etwas von einem bestimmten Schlangengrün, das im kommenden Jahr Mode sein soll. Stück für Stück bauen die beiden Männer die alte Drehtür im Loch zur Straße ein, während Fräulein Möller über Moden plaudert. Friedrich dreht sich zum Marktplatz zurück.

Der Bus hat endlich in Zentimeterarbeit den Laster überholt. Der Platz vor Kirschs Fotoladen ist jetzt leer. Zwei Frauen laufen hintereinander her die Bahnhofstraße hinunter. Vera folgt Meret. Auch daran scheint sich in den letzten Jahrzehnten wenig geändert zu haben. Zwei Reihen alter Akazienbäume rahmen die Entfernung ein. Ein Auto hupt kurz, als es die beiden überholt. Es ist der alte Karmann-Ghia von Gerrit Rochowiak, dem Rehlein, das den Computerladen neben der Kirche hat. Meret dreht sich um, Vera nicht. Mit fast jeder hübscheren Frau in der Stadt hat das Rehlein ein Verhältnis gehabt. Auch mit Meret. Mit Vera nicht. Deshalb wird er Vera heute Nachmittag noch immer mit jener gewissen glänzenden Neugier im Blick anschauen, die Friedrich am letzten Silvester bereits aufgefallen ist.

Warum machen Sie das alles hier, Chef?

Fräulein Möller, mit einem Rosa auf den Wangen, das nicht nur von der Kälte kommt, ist dicht an ihn herangetreten. Ihr Gesicht ist vor Ungeduld ganz schief.

Das Wichtigste überhaupt ist doch Folgendes, sagt sie und stockt.

Ja? Er beugt sich zu ihr.

Es sollte auf jeden Fall wieder Einheitskleidung geben, flüstert sie. Bitte, Einheitskleidung, schwarz glänzende, wie früher. Passt doch.

Wozu?

Zum Konzept.

Konzept?

Ihr neuer Retrostil.

Wer sagt denn so etwas?

Herr Schneider! Der Name rutscht Fräulein Möller wie ein Jodler heraus.

Mittag

18.

Merets Hand auf ihrer Wange ist längst fort, aber der Druck ihrer Fingerspitzen ist geblieben. Vera spürt sie, während sie versucht, am nächsten Automaten Geld abzuheben, und dabei Meret aus den Augen verliert. Egal, wenigstens weiß sie jetzt, wohin mit sich. Sie kann einfach hinter Meret herlaufen, wie früher. Der Grund ist so einfach wie alt: Wäre Meret in ihrem Leben nicht gewesen, Vera hätte nicht gewusst, was zwischen Menschen möglich und wie es überhaupt erlaubt sein kann, dass zwei Mädchen sich so nah sind. An dem Tag, an dem sie nach London gereist sind, haben sie aus dem geöffneten Zugfenster Karatsch und Stilti Knalles gewinkt, die sie zum Zug gebracht hatten. Meret war fünfzehn, sie vierzehn. Plötzlich hatte Meret das Fenster zugeschoben, ohne dass die beiden Erwachsenen auf dem Bahnsteig bereits außer Sichtweite gewesen wären. Sie hatte Vera einen Zettel zugesteckt: Ohne dich könnte ich keine zehn Minuten auf der Welt sein.

Vera gibt am Automaten die Geheimzahl ein. Wie hoch ist noch mal das Limit? Weiß sie nicht mehr, aber mein Gott, was für gute Jahre sie und Meret miteinander gehabt haben, das weiß sie noch genau, und auch, mit was für einer Wucht sie dahingeflossen sind, bis eines verregneten Tages im letzten September Vera in einer Pfütze vor dieser Imbissbude in Kiel gestanden hatte. Meret, bist du's, Meret?, hat sie da wie gerade eben gefragt, und die Frau in der Bude hat zur Antwort diese alberne Nummer abgezogen, mein Gott, ja, und wegen all dem hat Vera sich jetzt zum zweiten Mal bei der Geheimzahl vertippt, so dass kommen wird, was kommen muss. Meret ist längst am Ende der Straße beim Bahnhofshotel verschwunden, dort, wo die Ampel immer viel zu lange auf Rot bleibt, was aber für eine wie Meret nicht gilt. Meret geht und steht, wann und wo sie will. Und sie, Vera, die jetzt eigentlich langsamer die Bahnhofstraße hinunterlaufen kann, weil sie nur noch einer Verschwundenen und keiner Verfolgten mehr folgt, bindet sich die Haare straff nach hinten, fühlt sich aufgelöst, müde, fast wie fünfzig. Wie eine schlanke, welke Blume. Eine Blume ohne Duft. Dreh dich bloß nicht um, ich sehe heute aus wie der Tod, hat Meret vorhin gesagt. Recht hatte sie. Lange ist es nicht mehr bis dahin, mein Gott, ja, und gegen Mittag ist das Licht manchmal so verdammt hell.

Den Regionalzug zur vollen Stunde kriegt Vera auch nicht mehr.

Meret, bist du's, Meret?

Die Frage hatte Vera drei Monate zuvor gleich auf den ersten Blick stellen wollen, als sie vor dem Imbisswagen stand. Er war an der Längsseite aufgeklappt gewesen. Im Hintergrund: ausgebleichte Fotos von Pommes mit Fleisch, Krautsalat mit Fleisch oder Fleisch mit Fleisch. KNEIDLS BRUTZELBUDE WÜNSCHT GUTEN APPETIT! Vera hatte bei jedem Buchstaben die fettigen Finger vor sich gesehen, die am Schriftzug in Bockwurstform gearbeitet haben mochten: Kneidls Wurstfinger. Der Imbisswagen hatte auf dem Vorplatz des Bahnhofs in Kiel gestanden.

Meret, bist du's, Meret?

Sind Sie Frau Kneidl, hatte Vera die Frau in der Bude stattdessen gefragt, und die hatte Ach so gesagt, ein hohles, beinahe ersticktes Ach so, und dann, das soll wohl eine Anmache sein, oder? Tschuldigung, Vera trat drei Schritte zurück und stieß gegen eine Mülltonne. Die Frau schaute ohne Wimpernschlag zurück, während sie eine schwarz verkrustete Wurst vom Grill auf den Pappteller und den Pappteller auf den Tresen warf. Die Pommes flogen hinterher, während sie sagte, heute im Sonderangebot, alles zusammen 2,99, und haben Sie sonst noch einen Wunsch? Vera schüttelte den Kopf und zählte lose Münzen aus ihrer Manteltasche auf den Tresen. Geht auch alles nicht mehr so schnell wie früher, was, sagte die Frau, aber früher war ja alles anders. Und Vera hatte gedacht, ja, früher sind wir im Kreis durch die Nacht gefahren, um Bäume im Scheinwerferlicht aufzuschrecken, bevor der Mann am Steuer versuchte, die von uns beiden zu küssen, die vorn saß. Die Innigkeit solcher Nächte, wo ist die hin, Meret, hatte Vera da leise gefragt. Die Frau im Imbisswagen hatte sie nicht gehört, oder tat wenigstens so. Sie wischte mit einem grauen Lappen den Tresen ab und schob dabei Veras Pappteller weiter zur Kante vor. Ihre Hände waren so weiß und knitterig, als hätte sie sie eilig in Seidenpapier eingepackt. Der Teller hinterließ eine schmierige Spur, als Vera ihn ganz zu sich heranzog. Sofort verschwand auch die im grauen Lappen. Die Frau nahm eine Karotte, einsame Dekoration zwischen lauter Fertigsalaten, brach die Spitze ab, warf sie in die Luft und fing sie mit dem Mund auf. Die kurze Vorstellung hatte etwas zirkushaft Lustiges und Perverses zugleich, während die Frau den grauen Lappen im Kreis wirbelte, eine Geste, die den Trommelwirbel ersetzen sollte. Dann stellte sie das Radio an. Es war alt, ein kleiner Koffer mit vielen Knöpfen, auf einer Plexiglasscheibe an der Rückwand des Wagens zwischen Senf- und Ketchup-Flaschen. Eine Stimme mit französischem Akzent sprach über Melancholie und Wehmut in Istanbul und Lissabon, als rede sie von Heilpflanzen, die nur in diesen beiden Städten wachsen. Na, die haben ja ein Gemüt, sagte Vera. Das läuft bei mir nur aus Versehen, sagte die Frau, da muss jemand am Programm gedreht haben. Sie beugte sich vor, kaute mit offenem Mund und lächelte dabei. Aber es war das Lächeln einer alten Zahnbürste.

Heißen Sie vielleicht Meret?, versuchte es Vera nochmals. Die Frage kam kläglicher als gewollt. Die Frau warf ihren Wischlappen hinter sich in die Spüle. Graues, grausames Wasser spritzte auf. Wenn Blicke töten könnten.

Für Sie immer noch Helga! Kapiert?!

Wohl zum Frühstück 'nen Clown gegessen, was?, rutschte es da Vera raus. Der Satz hätte von Meret sein können, oder von Helga, egal. Tschuldigung, fügte Vera rasch an, wich den Augen der anderen aus und schaute zum Himmel. Sie wartete ab da nur noch darauf, mit Jo wieder nach Hause fahren zu können, sobald die Veranstaltung für Studienanfänger an der Uni Kiel beendet sein würde. Über ihr wehte ein Band von schwarzen Vögeln und ließ sich nach mehreren Schleifen auf den fetten Buchstaben eines Kinos namens CAPITO nieder, dem das L abhandengekommen war. Wir können einen Zug früher nehmen, Mutter, sagte Jo dicht hinter ihr, ich hab alle Unterlagen. Jo, sagte Vera mit belegter Stimme und drehte sich um. Die Frau in der Bude stieß einen Pfiff wie ein Bauarbeiter aus, und als Vera überrascht zu ihr zurückschaute, zog die andere die Augen zu schmalen Schlitzen zusammen. Vera dachte etwas, wischte den Gedanken weg, kratzte ihn mit beiden Händen aus dem Hirn. Für einen Moment hatte auch sie den Sohn mit dem Blick einer Frau gesehen, die nicht seine Mutter ist.

Was ist, Mutter?

Nichts, Jo, hatte Vera gesagt.

Lass uns gehen.

Jo hatte Vera mit sich fortgezogen, so heftig, dass ihre Schultern mehrmals gegeneinanderstießen.

Als Vera beim Bahnhofshotel ankommt und die Ampel wie immer auf Rot steht, ist Meret längst verschwunden. Die Glocken der evangelischen Kirche läuten zwölf. Es ist zwanzig nach fünf, zeigt die Bahnhofsuhr über der Schwingtür zur schmuddeligen Kassenhalle an. Vor dem Fahrkartenautomaten liegt ein Penner mit seinen Tüten. AUSSER BETRIEB steht auf dem Zettel über seinem Kopf. Er hat die Turnschuhe ausgezogen und vor sich hingestellt. Ein paar Cent liegen im linken. Prost Neujahr, wünscht er ihr, während sie eine Hand gegen den Automaten stemmt, um das Gleichgewicht zu halten, und mit der anderen Hand das Ticket holt. Das AUSSER BETRIEB gilt nur für den Penner. Er schaut zu ihr auf und hat sehr blaue Augen, so wie Karatsch.

Prost und Trost auf dem Weg nach Soest, sagt er. Er breitet die Hände aus, und wer kommt jetzt in meine Arme, Püppi?

Auf Gleis 3 steigt Vera in einen der verwohnten Regionalzüge, die bis in die nächstgrößere Stadt fahren, wo der Flughafen ist. Sie wird sich dort direkt ein Ticket kaufen. Nach London, wahrscheinlich.

Vera sitzt am Fenster, packt die dunkelblaue Sporttasche von Salomé Schreiner aus und wieder ein, um sich an den Inhalt eines neuen Lebens zu gewöhnen. Als der Zug wegen einer Baustelle langsamer fährt, sieht sie auf einem freien Feld zwischen zwei Baumärkten einen entlaubten Apfelbaum mit roten Früchten an den kahlen Zweigen. Er trägt schwer daran, dass er im Herbst vergessen worden ist. Aber sieht schön aus.

Das mit London, meine Süßen, das klappt, hatte Stilti Knalles an dem Tag gesagt, als Meret und sie dem Hamster im Keller von Haus Wünsche beim Sterben zusahen. Veras neuer Vater Karatsch zahlt, hatte Stilti Knalles gesagt, und Meret, nimm bitte Platz. Stilti Knalles schob ihren Hintern auf einem weißen Küchenstuhl zurecht, der im Keller gelandet war, weil Mutter Martha sich ihre Nylons an der Sitzfläche zerriss. Stilti Knalles trug keine Nylons, wenigstens nicht auf Arbeit, sondern Kittel mit nichts drunter.

Was hat er denn? Stilti Knalles legte vorsichtig eine Hand auf den Hamsterkäfig.

Hodenkrebs, sagte Meret und zeigte auf die Blutblasen zwischen den Hinterpfoten, Hodenkrebs, weil er kein Weibchen haben darf.

An dem Nachmittag damals im Keller planten sie zu dritt die Fahrt über den Kanal, von Ostende nach Dover. Stilti Knalles war ein guter Ratgeber. Sie war in ihrem Leben schon viel gereist, manchmal sogar täglich zweimal bis nach Australien, das sie dann unter ihrem Zeigefinger auf der Landkarte begeistert festhielt, während sie von kindskopfgroßen Zitronen, beutelschwerer Känguruhitze und klapprigen Häusern ohne Keller erzählte. Stilti Knalles würde eine Liste der Orte machen, die sie in London anschauen mussten. Versprochen! Stilti Knalles wusste sogar, wie sich alles schrieb. Madame Tussauds, Buckingham Palace, Westminster, Hyde Park, Speaker's Corner, Piccadilly Circus und Oxford Street. Man muss wenigstens im Kopf mal hier weg, hatte Stilti Knalles gesagt, denn regional gesehen ist hier ja nicht viel los.

19.

In seinem alten Kinderzimmer unter dem Dach tauscht Friedrich den grauen Anzug gegen seine Wanderschuhe, die schwarzen Jeans, den braunen Gürtel und das weiße Hemd mit schmalen blauen Streifen und Webfehlern am Kragen aus. Er wird das Gleiche tragen wie vergangenes Jahr an Silvester, aber alles ist ein Jahr älter geworden. Er auch.

Unter der Tür des alten Kinderzimmers bleibt er stehen. Noch immer liegt ein Rest von Kindheitsdunst auf dem schmalen Bett, den alten Turnschuhen mit den offenen Riemen, dem abgeschabten Drehstuhl am Computertisch, dem fast glatzköpfigen Tennisball unter der Heizung und den Geschichtsbüchern aus der Schulzeit im Ikea-Regal, die sich an die Asterix-Hefte und zerlesene Taschenbücher von Stephen King lehnen. In der Ecke steht sein altes Surfbrett. Über dem Schreibtisch hängt die halbe Seite, die Stilti Knalles damals aus der Lokalzeitung gerissen hat. Ich werde einmal Schauspielerin, hatte Vera, dreizehn, in dem Interview gesagt, ohne einen Zweifel aufkommen zu lassen, dass ihre Kraft drei Mal dafür reichte. Und er? Was hatte er damals gesagt?

Ich will einmal Manager eines Holding-Unternehmens im Bereich kleinflächiger Einzelhandel werden, will dort die Kette der Bahnhofskioske ausbauen, wo die Reisenden Kaffee, Brezeln, Zeitungen und Bücher im Vorbeigehen kaufen? Das hatte er nicht gesagt, aber geworden war er es. Friedrich fährt sich mit der Hand durch das Gesicht.

Genau ein Jahr war es her, dass er sich in so einem von ihm neu strukturierten Kiosk plötzlich umgedreht hatte. Hatte da jemand was Kritisches hinter seinem Rücken gesagt? Der Mann, der Friedrich aus dem Spiegel neben einem Regal für Reisehygieneartikel entgegenstarrte, trug Anzug, Marke Sorano, knitterfrei, geruchsabstoßend und mit extragroßer Innentasche für Flugtickets. Er machte trotz des strengen Mittagslichts auf den ersten Blick einen noch jungenhaften Eindruck. Auf den zweiten jedoch lauerte eine unendliche Müdigkeit direkt unter der aufgesetzten Tagesfrische, direkt hinter den Augen. Der Mann hob erschrocken die Hand. Er fuhr sich über das Kinn, den Hals und weiter abwärts. Auf dem Schlüsselbein unterhalb des Krawattenknotens ließ er die Hand liegen. Ein Ehering blitzte auf. Ach Annalisa! Der Mann lächelte verlegen. Er hatte Friedrich erkannt. Friedrich hatte den Mann erkannt. Friedrich hatte Friedrich erkannt, im Spiegel neben dem Regal für Reisehygieneartikel. Er hatte seinen Rollkoffer genommen und war zu Gleis 11 gegangen, wo später der Zug zum Flugplatz abfuhr. An dem Tag vor einem Jahr war er zum ersten Mal seit vielen, vielen Jahren an Weihnachten wieder auf dem Weg in seine Heimatstadt gewesen. Mutter Martha lag seit Anfang Dezember im ersten Stock von Haus Wünsche im Bett und wartete darauf, wieder aufstehen zu können. Alle anderen in ihrer Nähe warteten darauf, dass sie starb. Friedrich würde das Erbe übernehmen, das sie ihm so lange verweigert hatte wie eine alte Königin die Thronübergabe. Ja, hatte er am Ende dieser Reise an Weihnachten gewusst, ich werde Haus Wünsche übernehmen. Erst nach Silvester war er nach Hause zurückgeflogen.

Warum?

Ein Grund hatte viele Gründe.

Friedrich schlägt die Tür zu seinem alten Kinderzimmer so heftig zu, dass sie nicht genug Zeit hat, in den Angeln zu quietschen. Schon auf der Treppe verfällt er in leichten Trab. Kaum ist er auf der Straße, fängt er an zu joggen. Das kennt er von sich. Wenn er läuft, nimmt er das Tempo aus seinem Leben. In der äußeren Bewegung holt er die innere Bewegtheit ein.

In den Bus steigt er beim Kaufhof ein. Den haben die Siebzigerjahre in die enge Gemeinschaft alter Fachwerkhäuser einfach hineingewürfelt. Seit Ende der Achtzigerjahre steht der quadratische Betonklotz leer, aber der Postbriefkasten hängt noch neben dem Eingang. An Werk- und Samstagen wird er um 16:45 Uhr geleert, sonntags nie. Hat man den Kaufhof stehen lassen, weil der Briefkasten eine Aufhängung braucht?

Der Mumienexpress fährt den Hang hinauf. Zu Karatsch. Und zu Vera.

Ich hätte Schauspielerin werden sollen, wird sie gleich wieder zu Friedrich sagen. Dann werden sie lachen. Wenn nicht darüber, dann über irgendetwas anderes. So miteinander lachen zu können, ist auch ein Glück.

Nachmittag

20.

Es ist kurz nach zwei. Gleich werden Jo und er Mettbrötchen schmieren, eine Platte mit, eine ohne Zwiebeln, und in einer guten Stunde werden die ersten Gäste auftauchen. Irgendjemand wird eine selbstgemachte Mousse au Chocolat mitbringen, einen Kuchen oder einen Obstsalat, so wie in jedem Jahr. Grundsätzlich hat Karatsch gerne Gäste, nur nicht solche, die über Nacht bleiben. Immer wenn jemand Fremdes im Haus schläft, hat Karatsch das Gefühl, er habe etwas zu verbergen. Deswegen bittet er Besuch immer mit der ihm eigenen höflichen Rücksichtslosigkeit, den letzten Bus hinunter in die Stadt doch nicht zu verpassen, oder er ruft irgendwann ein Taxi.

Karatsch starrt auf die weiße Wand über dem Kamin mit den Delfter Kacheln. Hoffentlich kommt Vera bald nach Hause. Hoffentlich hat der Druck direkt unterhalb seines Herzens nichts zu bedeuten und schließt sich nicht als schmerzhafter Ring ganz um ihn. Wie neulich.

Hoffentlich nicht.

Er geht in die Diele, um den fusseligen Bademantel von der Garderobe zu räumen, den er vor dem Duschen dort aufgehängt hat. Aus der Küche kommt ein Klappern. Jo räumt die Spülmaschine aus. Das hat etwas Beruhigendes. Wie sich die Zeiten ändern. Früher war er Jos Beschützer. Jetzt fühlt Karatsch sich sicherer, sobald der Sohn in der Nähe ist.

Was wird nächstes Jahr um diese Zeit sein?

Sein Blick fällt auf das Dielenschränkchen. Vera hat Handy und Schlüssel liegen lassen, gleich neben seiner Armbanduhr. Fragend schaut er die Madonna mit dem abschraubbaren Krönchen an, die eigentlich eine kleine Plastikflasche mit Schultern und Hüften einer Frau ist, in einem nonnenhaft langen Kleid. Sie steht immer hier. Die Plastikmadonna hat sich Suse vor vielen Jahren aus Lourdes mitbringen lassen und das Wunderwasser in der Hoffnung auf Heilung in einem Zug leer getrunken. Karatsch will seine Armbanduhr anziehen und hält inne, starrt Schlüssel und Handy an und denkt einen Moment lang, sie ist gar nicht fort, sie ist noch irgendwo im Haus. Vera, ruft er leise Richtung Treppe, und da überfällt ihn die Ahnung vom Gegenteil: Vera ist fort und kommt nie mehr nach Hause. Er schaut in den Spiegel über dem Dielenschränkchen, in den am Morgen bestimmt auch Vera kurz geschaut hat und in den vor vielen Jahren viele Jahre lang Suse geschaut hat. Was ist mit mir, was hab ich denn?, sagt er leise. Er drückt den Bademantel fester gegen seinen Bauch. Woher kommt dieses verdammte Gefühl, dass alles, was ab jetzt auf ihn zukommt, sein Leben nicht leichter machen wird? In dem Moment brummt Veras Handy.

Karatsch nimmt ab.

Mutter?, hört er Jo synchron im Hörer und aus der Küche. Die Stimme ist unsicher, Mutter, wo bleibst du?

Ich bin's, Sohn, sagt Karatsch mit belegter Stimme, ich bin's nur. Er geht in die Küche und schüttelt das Handy vor Jos Nase, wie man ein Spielzeug schüttelt, um ein weinendes Kind davon zu überzeugen. Sie hat ihr Handy dagelassen, sagt er, und erst danach legt er auf. Vom Schlüssel sagt er nichts. Er ist eine Botschaft, von der er gar nichts wissen will. Jo poliert weiter Gläser. Das Geschirr aus der Spülmaschine steht geordnet auf dem Tisch. Die Tassen haben die Henkel alle in eine Richtung, wie

Tiernasen, die Witterung aufnehmen. Jo wirft das Trockentuch über die Schulter und sagt, sieht so ernst aus, der Karatsch. Er beugt sich mit einer unverschämten Zärtlichkeit vor. Ihre Gesichter sind sich sehr nah. Karatsch zieht die Augenbrauen zusammen. Hoffentlich gewöhnt sich der Junge eines Tages diese Art ab. Reicht es nicht, dass er jung ist, muss er auch noch unwiderstehlich sein?

Bleibst du bis Mitternacht bei uns, Jo?

Hinter Jos Rücken sieht er im Türrahmen die kleine Treppe, die in den Keller führt. Der Abgang ist mit dem hellen Holz verkleidet, aus dem Karatsch einmal eine Sauna hatte bauen wollen. Aber dann wurde Suse krank. Dort unten im Keller hat Vera gewohnt, bis Suse starb. Zu dem Zimmer gibt es einen Extraeingang vom Garten aus. Jo nimmt das Trockentuch von der Schulter. Ich feiere heute woanders, mit ein paar Kumpels, sagt er, und Karatsch, mit einer ungewollten Wut in der Kehle, haucht, ach, du verlässt uns? Jo legt eine Hand an die Wange, Karatsch, bitte, red nicht wie Mutter.

Jo hat sich heute Morgen rasiert. Keine Kinderwange mehr, denkt Karatsch, während er ihn ansieht. Egal, mach, was du willst, sagt er und hört die kindische Enttäuschung in seiner Stimme, du verlässt uns ja sowieso bald, wegen Kiel. Nicht wegen Kiel, wegen dem Studium, sagt Jo, und Karatsch, aber wieso eigentlich musst du gerade Schiffbautechnik studieren, und Jo lacht, wegen der Schiffe, Karatsch, wegen was denn sonst?

Karatsch schaut auf die zwei Platten, die darauf warten, mit Mettbrötchen belegt zu werden. Was ist das nur für eine dumme Ahnung, wegen der er sogar den Bademantel in den verschränkten Armen festhält, als könne er so den Tag daran hindern, seinen Lauf zu nehmen.

Du bist wie deine Mutter, Sohn!

Ja? Wie denn?

Du bist noch viel komplizierter, als du aussiehst.

Trotzdem hat sich der Karatsch mal in Mutter verliebt.

Verlieb du dich bloß nicht auch noch in sie, sagt Karatsch böse, obwohl er komisch sein will.

Keine Sorge, Jo lächelt ruhig, ich verliebe mich nur in Männer.

Was? Hab ich da was nicht mitgekriegt?

War 'n Scherz, Karatsch.

Jo wirft ihm das Trockentuch zu und rennt zwei Stufen auf einmal nehmend in sein Zimmer im ersten Stock hinauf. Eine Tür schlägt, und in der Küche zittert die Lampe über dem Tisch.

21.

Am Flughafen Köln kauft Vera bei einer englischen Fluggesellschaft das Ticket nach London und zahlt bar. Die junge Frau am Schalter in ihrer dunkelblauen Uniform schaut die Geldscheine an, als hätte sie schon lange keine mehr gesehen. Ach so, sagt sie, ohne wohl selber zu wissen, was sie damit meint. Sie hat einen Pferdeschwanz bis zum Hintern. Abflug 16:30 Uhr, sagt sie, und Ankunft 16:40 Uhr Ortszeit Heathrow, gute Reise. Geht aber schnell, will Vera sagen, lässt es aber. Muss ja nicht jeder merken, dass sie auf dem Weg zwischen Ticketschalter und Gate zwar kein Gepäck, aber eine ganze Provinz an den Fersen hat. Hat es damals diese Zeitverschiebung auch schon gegeben, als sie mit Meret nach London gereist ist? Daran kann sie sich nicht erinnern. Aber wie sie über Ostende mit dem Schiff auf die Insel gekommen sind, weiß sie noch genau. London ist die erste große Stadt in ihrem Leben gewesen. Meret hat schon ihre Tage gehabt, Vera noch nicht. Vergiss nicht, den Mund zuzumachen, wenn du nach London kommst, Vera-Kind, hatte Karatsch dem Zug hinterhergerufen, als er anfuhr, und als sie in

Dover vom Schiff in den Zug nach London stiegen, war es früher Morgen, aber der Mond stand noch am Himmel. Er versprach, dass sie beide bald jemanden lieben würden. In den ersten Tagen streunten sie Hand in Hand durch London, so schnell und leicht, als liefen sie Schlittschuh. Himmel und Erde federten über und unter ihnen hinweg, wie so oft, wenn sie zusammen waren.

22.

Kurz nach halb drei. Streugranulat liegt auf dem Fußweg zu Karatschs Bungalow, obwohl der Schnee sich am zweiten Weihnachtstag aus dem Staub gemacht hat. Die Räder eines Rollkoffers wenige Schritte vor Friedrich knirschen immer lauter, bis sie blockieren. Der Mann dazu, der mit ihm aus dem Bus gestiegen ist, dreht sich kurz um, ist Mitte dreißig und hat etwas Athletisches, sogar im Gesicht, macht aber nicht den Eindruck, als könne er damit etwas anfangen. Die Gärtnereibesitzerin gegenüber von Karatschs Bungalow klappt ihre Stelltafel zusammen, auf der heute nur HEUTE angeboten wurde. Sie trägt trotz Dezemberkälte ein ärmelloses Kleid, und Friedrich erinnert sich, dass er sich früher in die Oberarme von Frauen verliebte, die er nicht kannte. Ab wann ist man eigentlich alt genug, um endlich erwachsen zu werden? Und ab wann ist man zu alt und zu hässlich dafür?

Die Straße vor Karatschs Bungalow liegt wie die Einflugschneise eines aufgegebenen Flughafens da. Früh ist es dunkel geworden, so früh, dass die Stadtwerke es nicht geschafft haben, rechtzeitig die Straßenlaternen einzuschalten. Nach Meret, weiß Friedrich, wird ihn gleich niemand fragen. Alle alten Freunde sind froh, dass sie wegbleibt. Dass sie all die Jahre weggeblieben ist.

Der Mann hat seinen Rollkoffer endlich angehoben und trägt ihn über den Plattenweg des Vorgartens auf Karatschs Haustür zu. Sie ist angelehnt, wie im letzten Jahr. Sicher sind alle bereits da, auch das Rehlein und Lilo und Ludwig Schrei, die sich wie immer bei den Händen halten. Trotzdem. Das Fohlenhafte, das Lilo einmal an sich hatte, ist erloschen, und in Ludwigs Entschiedenheit liegt etwas Halsstarriges. Das ist Friedrich bereits letztes Jahr an Silvester aufgefallen, nachdem er die alten Freunde über zwanzig Jahre nicht gesehen hatte. Alle waren dumpfer, trockener geworden. Nur Vera nicht.

Leiser Nieselregen setzt ein. Die Gärtnereibesitzerin grüßt von der gegenüberliegenden Straßenseite. Als sie den Arm höher hebt, ist in der Achsel für einen Augenblick ihr Herz zu sehen.

Ich hätte Schauspielerin werden sollen, hatte Vera am letzten Silvester gesagt, als sie nachmittags vor Karatschs Haustür standen, in einer Wintersonne, die warm war, ohne zu wärmen. In dem Licht hatte sie ausgesehen, als träume sie noch immer von einem Leben, das genau da, wo sie gerade ist, von selber wegbleibt.

Friedrich hatte genickt, als sei es für nichts zu spät.

Ich habe immer gedacht, ich könne nichts im Leben, aber alles auf der Leinwand.

Sie hatte bei dem Geständnis Friedrich direkt in die Augen gesehen. Ihre Wirkung hatte Vera schon immer getestet.

Ich hatte auch schon eine Menge Text für die Schauspielschule auswendig gelernt.

Und?

Sie zuckte mit den Schultern, dann bin ich nicht zur Prüfung gegangen!

Das Ausrufezeichen am Ende des Satzes war herzerweichend leise gewesen, und sie war mit hochgezogenen Schultern hinter der angelehnten Haustür verschwunden, um aus der Diele eine alte, kurze Motorradjacke zu holen, die sie seit knapp dreißig Jahren besaß, ohne selber Motorrad zu fahren. Sie hatte die Jacke auf der Türschwelle übergezogen, und ihr langes, offenes Haar störte sie dabei. Er konnte ihr nicht helfen.

Das stand ihm nicht zu. Drinnen in der Küche knallte ein Sektkorken, und jemand rief sehr fröhlich, die Butter sei gleich alle. Ob er den Schinken auf die nackten Brötchen legen solle? Statt einer Antwort war die Musik des alten Films aus dem Fernseher gekommen, so laut, als sei einer von Karatschs angeheiterten Gästen auf die Fernbedienung gefallen.

Da draußen vor der Tür hatten sie beide darüber gelacht.

Licht aus. Film ab, heute fangen wir mit der Vorführung mal ohne Vera an. Leute, ruft Karatsch laut und fröhlich aus dem Wohnzimmer, als Friedrich und der Mann mit dem Rollkoffer den Bungalow betreten. Friedrich beschleicht ein seltsames Gefühl. Er hat Vera vielleicht als Letzter an diesem letzten Tag des Jahres gesehen, zusammen mit Meret. Wenn die eine geht, fällt die andere um, hat er gedacht, als die beiden so dicht beieinander auf der anderen Straßenseite standen.

Der Mann mit dem Rollkoffer hebt einen fremden Schal vom Dielenboden auf und legt ihn oben auf den Berg feuchter Mäntel an der Garderobe, bevor er Friedrich die Hand gibt.

Hannes, sagt er.

Wünsche, sagt Friedrich, Friedrich Wünsche.

Genialer Name, sagt der Mann, schaut kurz auf die Plastikmadonna auf dem Dielenschränkchen, lässt seinen Koffer bei der Garderobe stehen und geht mit den Ellenbogen dicht am Körper ins verdunkelte Wohnzimmer.

Vera kommt heute nicht mehr, denkt Friedrich und ist erschrocken darüber, dass er bei dem Gedanken nicht erschrickt.

HEUTE kommt sie nicht mehr, hatte vorhin bereits auf der Stelltafel der Gärtnereibesitzerin gestanden, doch da hatte er die Botschaft noch nicht verstanden. Aber jetzt. Heute ist ein Tag, an dem er in die Zukunft genauso schauen kann wie in die Vergangenheit. Denn HEUTE ist heute.

Als Friedrich ins Wohnzimmer kommt, läuft bereits der alte Film. Alle sitzen. Nur der Mann, der Hannes heißt, hat es vorgezogen, stehen zu bleiben.

23.

Der Beamte bei der Passkontrolle vergleicht Veras Gesicht mit dem Foto der anderen Frau, und sie lächelt dazu. So wird sie dem jungen Beamten, den sie sich genau ausgesucht hat, plausibel vorkommen. Passt schon, mag er denken, die Frau auf dem Ausweisfoto ist ohne Zweifel die Frau, die vor mir steht. Mittelgroß, mittelblond und etwas müder und welker als auf dem Bild. Aber schön. Und dieser Tag, an dem sie vor mir steht, ist nur einer in der langen Geschichte ihrer Schönheit. Dabei ist Vera nicht schön auf den ersten Blick. Der junge Beamte muss gleich mit dem zweiten anfangen und dabei eine plötzliche Unsicherheit in Kauf nehmen, muss kurz mit der Hand seine Nase suchen, und schon hat er sich wieder im Griff. Er gibt den Ausweis zurück und ist sicher, die Person auf dem Bild erkannt zu haben. Aber nicht auf die Art, wie er Madonna auf dem Weg zum Sportcenter trotz Sonnenbrille und Wollmütze erkennen würde, sondern auf die Art, wie Erkennen zustande kommt, wenn etwas das Gemüt bewegt.

Thank you!

You are welcome.

Vera läuft an den Gepäckbändern vorbei und sucht den Ausgang Richtung Zoll. Alles gut, sagt sie zur dunkelblauen Sporttasche, die sie im Laufen in beide Arme genommen hat. Auf die grüne Schrift NOTHING TO DECLARE steuert sie zu, obwohl es in dem Moment schon etwas anzumelden gäbe: Talent!

24.

Auf der weißen Wand über Karatschs Kamin zieht Vera auf einem verwahrlosten Fußballplatz einen Kinderwagen hinter sich her.

Superbeamer, sagt der Mann, der Hannes heißt. Dieses Modell macht so gut wie kein Geräusch. Ist das ein DLP 5285?

Weiß ich nicht, sagt Karatsch, wir nennen ihn einfach Beamy, meine Frau und ich.

Wo ist denn Ihre Frau?

Ich weiß auch nicht, wo sie bleibt, sagt Karatsch ohne Betonung, ich weiß gar nicht, wo mein Vera-Mädchen bleibt. In den warmen, unberechenbaren Augen ist das Weiße noch nicht gelb, trotz des Alters, sieht Friedrich im Restlicht der schwarz-weißen Filmbilder, das auf Karatschs Gesicht fällt.

Veras Kinderwagen ist schwer wie drei Sack Zement, obwohl nur ein Baby mit Mütze darin sitzt. Drei Jungen folgen ihr. Der da in der Mitte, das bin ich, sagt Friedrich und zeigt für Hannes auf einen Jungen mit leberwurstfarbenen Pfadfinderhaaren.

Oh, oh, sagt Hannes, das wird bestimmt so eine Sache wie bei Eisenstein im Panzerkreuzer Potemkin. Da kommt auch so ein politisierter Kinderwagen vor.

Zusammen mit seinen Kumpels holt der Junge, der Friedrich einmal war, einen Ball wie eine Bombe unter dem Baby hervor. Sie drapieren ihn in Elf-Meter-Abstand vor einem windschiefen Tor ohne Netzbespannung. Hinter dem Tor sieht man eine Reihe dunkler geduckter Häuser und einen rauchenden Schornstein wie eine rußende Kerze, die ein scharfer Wind gleich ausblasen wird. Zwischen Fußballtor und Häuserzeile fährt ein Zug schräg durch einen Sommernachmittag des Jahres 1944, und ein Dachfenster öffnet sich. Hey, wo habt ihr denn den Ball her, wartet mal, wartet mal, schreit ein Halbwüchsiger über den Zug und dessen Lärm hinweg. Das Fenster schließt sich. Schwere, knöchelhohe Schuhe aus brüchigem Leder, in denen zwei dünne Jungenbeine stecken, hasten in Großaufnahme abgestoßene Treppenstufen hinunter. Ein Geräusch, das so klingt, wie Kohlsuppe riecht, denkt Friedrich. Der Junge trägt eine HJ-Uniform, in der stürzt er aus dem Haus. Die Einstellung wechselt auf Vera. Sie zieht dem Baby die Mütze tiefer in die Stirn, während der Hitlerjunge im Gegenschuss bereits mit langen Tigersprüngen über das Fußballfeld rast, ausholt und mit voller Wucht gegen den Ball aus Stein tritt. Mit seinem gellenden Schrei geht der Fokus zurück zu Vera. Sie schiebt den Kinderwagen vom Feld. Ein langsames Lächeln macht ihren großen Mund noch größer, bevor sie in der Tiefe des Bildes verschwindet.

Wo bleibt eigentlich Vera?, fragt das Rehlein. Mittags habe ich sie noch in der Stadt gesehen. Sie hatte es wohl eilig und wollte nicht mal mich treffen, obwohl ich so ein netter Mensch bin.

Wer will schon nette Menschen treffen, wenn er es eilig hat, sagt Lilo Schrei ganz hinten aus dem Dunkel von Karatschs Wohnzimmer.

Ach Vera, sagt Karatsch wieder, Vera, Vera. Er dreht sich zu dem Mann, der Hannes heißt. Das ist übrigens meine Frau Vera. Er zeigt auf die Leinwand hinter sich. Sie sollte schon seit Stunden wieder hier sein. Aber jetzt schauen wir erst einmal den Film zu Ende an, wie in jedem Jahr, sagt er und legt Hannes eine Hand auf die Schulter, danach erst machen wir uns Sorgen, nicht wahr, Friedrich? Karatsch legt die andere Hand auf Friedrichs Oberarm. Wie warm sie sich durch den Stoff des Hemdes anfühlt, diese Hand, die unglücklich ist.

Aus der Küche bringt Jo zwei Platten mit Mettbrötchen. Die auf der gelben sind mit, die auf der blauen sind ohne Zwiebeln, sagt er und bleibt im Türrahmen stehen. Auf den Händen balanciert er die Tabletts neben seinen Ohren, und auf der weißen Wand über Karatschs Kamin mit den Delfter Kacheln klemmt in Nahaufnahme eine alte Frau im Rollstuhl ein Kästchen von der Größe einer Kuckucksuhr zwischen ihre Schenkel und behauptet, einmal Lenin gekannt zu haben. Sie beißt dabei mit schlechten Zähnen auf einem Stück Schnur herum. Ein Mädchen mit Rattenschwänzen hört mit offenem Mund zu. Die Hasenzähne vorn sind noch zu groß für Veras kleines Gesicht, das von einem großen Ernst ist in dieser Szene, den man auch als deutschen Ernst bezeichnen könnte.

Was frisst die Alte denn da?, fragt Hannes laut, und Friedrich, die frisst nicht, die bastelt.

Was denn?

Einen Molotowcocktail.

Und warum?

Jeder hat ein Recht auf Glück, sagt Friedrich.

Wie bitte?

Jeder hat ein Recht auf Glück, sagt die Alte auf der Leinwand. Die Tonspur des Films knistert wie Lagerfeuer.

Seid mal still, flüstert Karatsch, ich glaube, ich habe was gehört. Alle schauen Richtung Diele, aber niemand kommt. Karatsch schüttelt den Kopf und fasst sich an die Brust, genau dorthin, wo man hinzeigt, wenn man Ich sagt. Ach, sagt er, kann nicht mal jemand was Lustiges erzählen? Ich mach mir solche Sorgen.

Der Geruch von Zwiebeln steigt Friedrich in die Nase. Er greift nach einem Mettbrötchen und denkt, jetzt träume ich. Das träume ich jetzt nur, denn er hört, wie Jo etwas sagt, das schlimm ist und auch wieder nicht. Außerdem hat Jo schon als

Kind seltsame Dinge geredet. Vor allem seine Mutter hat ihn dafür geliebt.

Jo sagt: Vera ist nur verschwunden, und es ist ihr bestimmt nichts passiert. Weißt du, Karatsch, Menschen, die man liebt, muss man das Recht einräumen, zu verschwinden. Wenigstens für eine Weile.

Die anderen Gäste nicken. Egal, was Jo gesagt hat, sie sind alle nur froh darüber, dass endlich jemand etwas zu Veras Fortbleiben gesagt hat.

25.

Ein Straßenmarkt streckt sein nacktes Gestänge in den kalten Winterhimmel auf der Whitechapel Road. Links geht es zum Supermarkt Sainsbury's, rechter Hand liegt ein Hinterhof, wo drei Jungen sieben Tage die Woche dicke Autos polieren, ohne Jacken über den dünnen T-Shirts, ohne Handschuhe an den roten Fingern. Das Wasser in den zwei kleinen Eimern ist sicher eisig. Ein Mädchen steht dabei, den Kopf im Nacken und das lange gelbe Haar bis zum Steiß. Der Himmel, darunter die Stadt, dazwischen Wolken, denkt Vera, als sie ebenfalls nach oben schaut und dabei fast gegen eine verschleierte Frau rennt, die keinen Blick mit ihr tauscht. Sie trägt Flipflops, sieht Vera, als sie aus Verlegenheit auf die Füße der Frau schaut. Ohne den Mann, der immer noch einige Schritte vor ihr hergeht, hätte sie nicht so schnell hierhergefunden und vielleicht nie eine Frau in Flipflops auf einer winterkalten Straße im Londoner East End gesehen. Nie wäre sie von allein auf die Idee gekommen, in die grüne U-Bahn-Linie Richtung Upminster zu steigen und fast bis ans andere Ende des Netzes fahren. Sie hätte eine bekanntere Gegend gewählt, eine, die oft in der Zeitung und jedenfalls immer in Fremdenführern steht. Eine, die sie noch aus der Zeit

mit Meret kennt. Kings Cross oder Piccadilly Circus. Den Mann
aber hat sie gleich am Flughafen Heathrow beim Zollausgang
gesehen und sich ihm anvertraut für diese Fremdenführung
durch einen Fremden, ohne dass er es bemerkt hätte. Er ging,
sie folgte, denn er hatte ihr auf den ersten Blick einen vernünf-
tigen Eindruck gemacht, der Mann, vernünftig wie ein quadratischer Tisch eben. Jetzt ist sie hier, biegt hinter ihm ein in diese
wenig einladende, von achtstöckigen Sozialwohnungen über-
baute Unterführung. Rechts steht ein kaputter Biedermeierstuhl neben einer offenen Mülltonne. Das Haus, in dem der
Mann wenige Schritte weiter zu verschwinden droht, hat einen
Vorgarten und ist aus rotem Klinker. Die Fenster, quadratisch
und zum Schieben, sind schlecht gegen Winter und Zugluft. In
so einem Haus haben sie damals in Barnet bei ihrer Gastfamilie
gewohnt, Meret und sie. Als der Mann mit dem Fuß die Haustür aufstößt, riecht es nach Chicken Curry.

Entschuldigen Sie.

Er dreht sich um. Dass er eine dicke Brille trägt, hat sie bereits in der U-Bahn gesehen.

Kennen Sie ein preiswertes Hotel hier in der Nähe?

Der Mann lächelt so, dass sie einen Moment lang denkt, er
ist schwarz. Aber es sind nur seine Zähne, die sehr weiß sind.

Viele gibt es nicht, und richtig teuer ist keins, sagt er, nehmen
sie doch das City View beim Museum of Childhood, U-Bahn-
Station Bethnal Green. Er schickt sie mit ausgestrecktem Zeigefinger den Weg wieder zurück, den sie mit ihm hergekom-
men ist.

Ohne die Tür hinter sich abzuschließen, wirft sie sich eine halbe
Stunde später auf eine Tagesdecke mit beunruhigendem Blu-
menmuster und zieht nicht einmal die Westernstiefel aus. Die
Neonschrift HOTEL über ihrem Fenster färbt das Zimmer rot,

und Vera dämmert vor sich hin mit dem Gefühl, in einer jener Dunkelkammern zu liegen, die es früher gab. Auf Reisen gleichen wir einem Film, der belichtet wird. Entwickeln wird ihn die Erinnerung, hat einmal ein Schriftsteller gesagt, der längst tot ist. Manchmal hat sie ihn vor den Schülern in ihrer Berufsschule zitiert. Aber ihre achtzehnjährigen Maler, Installateure, Schreiner und Lackierer können nicht mehr viel anfangen mit alten Filmen aus Zelluloid, auf deren glänzendem Schwarz erst in Dunkelkammer und Entwicklungsbad etwas sichtbar wird.

Sie schläft drei Stunden. Das ist gerade lang genug, um sich beim Aufwachen verlassen zu fühlen. Der alkoholeuphorisierte Gesang anderer Gäste draußen auf dem Gang hat sie geweckt. Iren? Vielleicht. Iren singen immer, wie Italiener auch. Nur tragen Italiener dabei Sonnenbrillen, auch in der Metro. Sie stützt sich auf die Ellenbogen und schaut auf ihre Stiefel hinunter. So sitzt sie eine Weile, reglos wie eine Eidechse, mit gespreizten Beinen auf der geblümten Tagesdecke, und denkt an einen Tag in Rom. Auch den hat sie mit Karatsch verbracht. Mittags an einer Kreuzung in Trastevere saßen sie in einem kleinen Lokal. Könnte hier auch ein Dorf sein, sagte sie zu Karatsch, fehlt nur noch die Tankstelle. Ein Mann vom Nachbartisch zeigte auf sie und sagte, das ist die Zeit der Eidechsen. Er streckte die gespreizten Finger in der Sonne aus.

26.

Während Hannes und Friedrich lange nach dem Ende des alten Films als letzte Gäste den Bungalow verlassen, steht Karatsch am Gartentor und winkt. Hannes wird mich ab Januar in der Jazzagentur unterstützen, hatte er erzählt, als er den neuen Gast in der Runde alter Freunde mit einiger Verspätung vorstellte. Er wird einen neuen Internetauftritt mit Newsletter und Videos organisieren, denn er macht richtig gute Filme. Ich, Karatsch, bin zwar fast zwei Meter groß, aber doch nur ein kleiner Selfmademan, hatte er gesagt, der dringend ein zeitgemäßes Image für seine Agentur braucht. Er hatte mit einem übermütigen Zug um den Mund den Arm um Hannes gelegt und Friedrich angeschaut.

Ich kann ihn dir auch mal für deinen Laden ausleihen, mein Lieber.

Hannes hatte ruckartig den Kopf zu Karatsch gedreht, als hätte der ihn aufgefordert, mit ihm ein altes Suppenhuhn zu rupfen oder Bauklötzchen zu polieren.

Toilette?, hatte er knapp gefragt, und sich so seinen Fluchtweg gesucht.

Die anderen Gäste waren früher gegangen als sonst. Jeder hatte beim Abschied irgendetwas Tröstliches wegen Veras Ausbleiben angemerkt. Ludwig Schrei hatte Karatsch daran erinnert, dass sie schon mal zwei Tage fortgeblieben war, vor vielen Jahren, und bei ihrer Rückkehr einfach nur geheimnisvoll dreingeschaut und ein neues Kleid getragen hatte.

Das Rehlein gab Hannes beim Abschied seine Karte. Karatsch hatte ein Zimmer im Bahnhofshotel bestellt. Der Besitzer ist ein Freund, vielleicht schauen wir später noch einmal an der Bar vorbei, meine Frau Vera und ich, hatte er strahlend zu Hannes gesagt, war aber dem Blick von Friedrich ausgewichen. Lange her, dass Friedrich einmal wie ein Hamster in Vera verliebt gewesen war. Aber der alte Film war immer noch Zeuge. Er erinnert sich.

Zwei Kinder im Gebüsch auf einer Anhöhe. Vera und Friedrich. Sie beobachten heimlich ein Liebespaar. Wie das ist zwischen einem Mann und einer Frau, wenn sie sich beißen, küssen, lieben. Sie beobachten die beiden so lange, bis sie selber den metallenen Geschmack von Blut im Mund haben. Vera nimmt Friedrichs Hand, dann gibt sie ihm einen Schubs. Das hatte so nicht im Drehbuch gestanden, aber der Regisseur ließ die Kamera weiterlaufen, denn er hatte einen sicheren Instinkt für geglückte Momente, die man nicht inszenieren, aber geschenkt bekommen kann. Dicht an dicht rollten Vera und Friedrich den Wiesenhang hinunter. Unten am Bachufer waren sie auch am Ende der Kindheit angekommen, so hatte es sich für Friedrich wenigstens angefühlt. Vera war schneller als Friedrich gerollt und lag jetzt auf ihm. Endlich Schluss mit dem schafigen Zwölfsein, sagte ihr Gesicht und war rosiger als sonst. Hübsch, hatte Friedrich damals gedacht, als er zu ihr aufschaute. Später wusste er es besser. Sie war mehr als hübsch. Sie war tapfer. Cut! Und danke, hatte der Regisseur gerufen, aber erst nachdem Friedrich aus der Szene ausgestiegen war und Hilfe suchend in die Kamera geschaut hatte. Danke! Großartig habt ihr das gemacht! Der Regisseur hatte einen Grashalm aus Veras Haar gezogen. Nach Drehschluss hatten Vera und Friedrich voreinander gestanden, verlegen, dann boxten und schubsten sie sich, wie sonst, wie immer beim Abschied. Doch ihre Bewegungen waren langsamer. Langsam war zärtlicher als schnell, hatte Friedrich damals begriffen.

Geh schlafen, Fetzer, hatte Vera gesagt.

Bevor er bei der Wendeschleife in den letzten Bus für heute steigt, dreht Friedrich sich zu Karatschs Flachbungalow um. Karatsch winkt. Friedrich hebt ebenfalls die Hand. Früher einmal hat Karatsch mit Suse da gestanden, hat sich an sie gelehnt und den Gästen nachgeschaut. Später hat er mit Vera da gestanden, ohne sich anzulehnen. Suse ist von einer matronenhaften Mädchenhaftigkeit gewesen, die sie sich bis zu ihrem Tod bewahrt hat. Karatsch hatte sie wegen der Augen geheiratet. Wie bei einer Stute, sagte er immer, wie bei einer Stute. Suse hatte an Silvester immer eine Tasse Tee in der Hand gehabt, wenn sie mit Karatsch beim Gartentor stand. Karatschs und ihre Schultern berührten sich. Auch an ihrem letzten Silvester vor wohl zwanzig Jahren hatte Suse beim Abschied den Teebeutel in ihre Tasse getunkt, aber so, als wolle sie ihn ertränken. Suse war eindrücklicher als Vera, wog in jeder Beziehung mehr. Aber Vera ist eben Vera. Karatsch hat Vera manchmal kurz an sich gedrückt, während sie den Gästen nachschauten. Für einen Beobachter wie Friedrich ist es all die Jahre unentschieden geblieben, ob Karatschs Verlangen, Vera zu berühren, einfach ein Verlangen war oder nur das Verlangen zu demonstrieren, dass er sie berühren konnte, wann immer er wollte. Wie lange eigentlich haben wir drei vom heutigen Tag an noch zu leben? Vera, Karatsch und ich, fragt Friedrich sich, während der Bus mit ihm und Hannes als einzigen Fahrgästen in die Stadt hinunterfährt. Mit den Tagen vergehen die Wochen, die Jahre. Wir. Aber was ist daran schlimm? Das Leben ist doch viel anstrengender als das Totsein.

Was für Gedanken. Aber Silvester ist noch nie ein leichter Tag für ihn gewesen. Für den Abend hat er sich mit Meret an der Bar des Bahnhofshotels verabredet. Vielleicht wird auch Hannes dort sein, auf der Flucht vor einem hässlichen Zimmer mit Blick auf die feuchte Brandmauer des Nachbarhauses, mit weißer, aber geflickter Bettwäsche und auf dem alten Röhrenfernseher das gerahmte Foto eines Spitzes, der längst tot sein muss. Letztes Jahr hat Friedrich zwischen den Jahren selber in diesem Hotel gewohnt.

Er konzentriert sich auf die Frontscheibe, hinter der der Fahrer klebt, als sähe er schlecht, und wünscht sich, das Jahr, das kommt, wäre schon im Frühling angelangt und er selber um einige Monate klüger.

Nacht

27.

Sie hat sich vor wenigen Minuten an der Hotelbar zu ihm gesetzt. Er hat seinen Zimmerschlüssel auf den Tresen gelegt. Ob dieser Mann erst heute angekommen ist? Wie alt er sein mag? Jung, entscheidet sie für sich. Wir haben uns schon einmal gesehen, sagt sie, damit sie endlich miteinander reden.

Sicher?

Ganz sicher. Mir gehört das größte Warenhaus hier am Marktplatz. Das kennen Sie bestimmt. Mein Geschäft in Kiel habe ich vor Kurzem erst aufgegeben. Ich heiße übrigens Meret, und Sie?

Jetzt hat er gelächelt. Wahrscheinlich heißt er Manfred oder Kai-Uwe. Aber für diese schlimmen deutschen Namen ist er die falsche Generation.

Soll ich Ihnen mal meinen Traum von letzter Nacht erzählen?

Bitte nicht, sagt er, und sie putzt sich die Nase, schaut, ob er noch schaut, und sagt: Mein Freund und ich müssen in eine andere Stadt ziehen, habe ich geträumt. Wir bekommen provisorisch ein Zimmer bei meiner Freundin, die beim Film gelandet ist, beim schwedischen.

Was reden Sie da?

Ich erzähle meinen Traum.

Halt, langsam, sagt er, langsam, schöne Frau!

Schöne Frau, hat er gesagt? Sie spürt ein Pulsieren in Fingern und Zehen und legt die Unterarme auf den Tresen. Eine Frau zu sein, ist eine schrecklich schwierige Aufgabe, sagt sie, wissen Sie auch, warum?

Er zuckt mit den Schultern.

Weil eine Frau es vor allem mit Männern zu tun hat, deswegen hat sie es so schwer. Ich bin übrigens eine schwache Frau, wollen Sie mich beschützen?

Heute Abend nicht.

Warum nicht?

Ich mag keine schwachen Frauen.

Aber ich mag Männer, die aussehen, als würden sie Sport machen.

So kann man sich täuschen, sagt er, ich mache keinen Sport.

Kein Sport? Sie beugt sich weit vor. Wie heißt der denn?

Wer?

Sie zeigt auf ihn: Der Mann, der keinen Sport macht?

Offensichtlich ist er bereits erschöpft von ihren Fragen und schaut auf die Schnapsauswahl der Hotelbar. Auf dem Flachbildschirm darüber läuft ein Musikclip. Viele Menschen heben an einer nächtlichen Tankstelle irgendwo am Rand der Welt die geballten Fäuste. Schnitt. Eine Gardine vor einem geöffneten Fenster. Schnitt. Ein Mann, eine Frau und ein Bett. Schnitt und Nahaufnahme. Die Frau fällt über den Mann her. Kurz sieht es so aus, als sei der Mann ans Bett gefesselt. Aber das kann auch eine optische Täuschung sein.

Meret stemmt sich von ihrem Barhocker hoch. Ein weicher Körper, aber hart im Nehmen, sagt ihre Haltung. Das weiß sie. Dieser Mann, der zwei Barhocker von ihr entfernt sitzt, kann hoffentlich bei dem Licht hier die Linien nicht sehen, die das Alter um die Augen, den Hals entlang bis hinunter ins Dekolleté gestickt hat. Schönheit, die verblasst, lässt, was gewesen ist, noch schärfer hervortreten, hofft sie, doch sie balanciert seit Jahren schon auf schiefen Hoffnungen. Sie kann bezaubernd sein, sie kann die Pest sein, vor allem, wenn sie getrunken hat, auch das weiß sie. Sie hebt ebenfalls die Faust und singt mit, während die Frau im Clip auf dem Mann herumrutscht, ebenfalls singt und sich deutlich mehr für ihre Frisur als für ihre Lust interessiert. Der Hotelbesitzer schiebt Meret ein Schälchen mit Erdnüssen über den Tresen, und sie setzt sich wieder, lächelt und wiederholt mit etwas eingedickter Stimme, ich bin wie gesagt die Frau, der das größte Warenhaus hier am Platz gehört, nicht wahr, Schmidtke? Unbestritten, es gibt ja nur eins, antwortet der Hotelbesitzer, bevor er durch eine weiße Schwingtür verschwindet, auf der KÜCHE steht.

Ich bin also reich, sagt Meret zu dem Mann, der ihre Träume nicht zu Ende hören will, und was sind Sie? Er steckt die Hände in die Taschen. Sind wohl ein ganz Vorsichtiger, wie mein Bruder, kräht sie plötzlich lauter, als sie will, Sie wollen Ihre Gefühle auf jeden Fall für sich behalten.

Woran sehen Sie das?

An der Art, wie Sie die Hände in die Taschen stecken, sagt sie, und hat ihn endlich so weit, dass er sie fragt, nicht mehr nur sie ihn. Er lächelt sogar.

Und Sie sind wohl eine ganz Schlaue?

Und Sie so?, spielt sie den Ball zurück.

Ich bin Gast hier.

Ich nicht, sagt Meret. Langsam zieht sie ihr kurzes Jackett aus. Darunter trägt sie eine ärmellose, weiße Bluse. Sein Blick wandert zur Impfnarbe am Oberarm. Daran kann er abschätzen, wie alt sie ungefähr sein mag. Drei Leberflecke an gleicher Stelle, wie sie sie heute Mittag bei ihrer ehemaligen Chefin gesehen hat, wären ihr jetzt lieber als dieser Poststempel im Fleisch.

Ich habe nur ein Geschenk hierhergebracht, es liegt oben auf einem Zimmer und wartet darauf, dass es ausgepackt wird, sagt sie.

Hinter den Flaschen im Regal sieht sie ihr Gesicht in einem braun gefärbten Spiegel. Friedrich ist hübscher als sie, stellt sie einmal mehr in ihrem Leben fest. Er hat sehr helle Haut und immer noch dunkles, gelocktes Haar, und aus irgendeinem Grund schimmern bei ihm Haut und Haar zärtlicher als bei ihr. Die Männer sind bei den Wünsches immer schon hübscher geraten als die Frauen.

Für wen ist denn das Geschenk?

Der Mann hat also noch etwas gefragt, hat einen Gesprächsfaden von den vielen, die sie für ihn gesponnen hat, zurückgeworfen. Daran kann sie sich endlich über die zwei Barhocker Abstand hinweg zu ihm hinüberhangeln. Für Friedrich, meinen Bruder, ist das Geschenk, erklärt sie dabei, denn heute ist Silvester, und das ist der schwierigste Tag im Jahr für ihn.

Warum erzählen Sie mir das eigentlich alles, unterbricht sie der Mann.

Um Sie zu beeindrucken.

Machen Sie das immer so?

Ist nicht immer nötig, wird aber immer nötiger, sagt Meret und legt ihren Unterarm neben seinen.

Am Mittag ist sie schwarzgefahren, denn vor dem Fahrkartenautomat hat dieser Penner gelegen mit seinem selbst gemachten Schild AUSSER BETRIEB, übersetzt: Lass mich in Ruh. Aus Angst, er könnte nach ihr greifen, so wie in Schauergeschichten Tote aus ihren Gräbern nach den Lebenden greifen, hat sie gar nicht erst versucht, ein Ticket für den Regionalzug zu ziehen. Später, und übermütig geworden, hat sie auch keins für die Schwebebahn gelöst. Früher haben Vera und sie das genauso gemacht, hat sie gedacht, als die Bahn hoch über dem schmalen Fluss an den Hinterhöfen grauer Häuser und an Fabrikfenstern vorbeiquietschte, hinter denen die Maschinen längst verstummt sind. Die Gegend hatte sich seit der Kindheit kaum verändert. Wie sie selber auch. Meret hat immer gewusst, was sie will. Jetzt auch. Sie will eine Frau, die sich auf einem großen weißen Bett zusammenrollen kann wie eine kleine Katze, wenn man ihren Nacken streichelt, eine mit einem professionellen, aber auch zärtlichen Zug um den Mund, am besten gekleidet in ein tief ausgeschnittenes Abendkleid aus blauem Tuch, das bei künstlichem Licht schwarz wirkt. Von Farben, Stoffen und Schnitten versteht Meret etwas. Von Frauen auch. Sie ist eine geborene Wünsche.

Schön, dich zu sehen, Süße. Gehen wir in den Wintergarten, sagte ihre ehemalige Chefin, als sie die Tür zum Club öffnete. Wer wohnt hier?, haben neue Kunden oft gefragt. Eine Diele mit dunkel glänzendem Fischgrätparkett, ein dicker, weißer Berber in der Mitte, ein großer Spiegel über einer Biedermeierkommode, in dem sich das ganze Jahr über üppige Blumensträuße verdoppeln. Einen Puff stellt man sich anders vor. Meret schaute aus dem Fenster des Wintergartens auf den grauen Fluss, über den alle paar Minuten die Schwebebahn fuhr. Abends und an Sonn- und Feiertagen sind die Abstände zwischen den Bahnen größer. Wie hat sie das Quietschen der Bahn geliebt, wenn in ihrem schmalen Zimmer mit den gelben Vorhängen jemand auf oder unter ihr stöhnte. Die halbe Stunde Stöhnen ging vorbei, das Quietschen der Bahn blieb. Das hatte etwas Tröstliches. Sie hat nur wenige Monate hier gearbeitet, in der Zeit nach der Schneiderlehre, als sie nicht wusste, was genau sie im Leben weiter anfangen sollte, und nicht zurück in die Stadt zu Mutter Martha, aber auch nicht all zu weit wegwollte.

Du weißt, Süße, wir sind ein Vier-Sterne-Unternehmen, und heute ist Silvester, das könnte also trotz Ehemaligenrabatt teuer werden, sagte ihre ehemalige Chefin und hatte noch immer deutlich Akzent und Augenaufschlag aus dem Osten. Sie kam aus Paralovka oder Paralivka oder irgendwas mit -pivka. Meret sagte, sie suche etwas Helles, Keusches, irgendein Mädchen mit Wimpern, so lang, dass sie einen damit berühren kann.

Wie viel willst du ausgeben?

Der Preis spielt keine Rolle, ich habe Bares dabei.

Das Bustier war rot, als die ehemalige Chefin die Jacke auszog, und die drei Leberflecke auf dem linken Oberarm schienen in der Wintersonne aufeinander zuzukriechen wie drei Ameisen. Die Chefin hob zwei Finger. Kaffee, Lilli, zwei, dann legte sie Meret die Hand auf die Hand: Ich hole den Katalog.

Als sie zurückkam, zeigte Meret auf die junge Frau hinter dem Tresen: Die? Ist sie heute Abend frei?

Die ehemalige Chefin setzte eine halbe Brille auf.

Das ist meine Tochter, sie arbeitet nur an der Bar.

Ich wusste gar nicht, dass du eine Tochter hast. Ich habe auch zwei.

Meret schaute aus dem Wintergartenfenster auf den Fluss, der sich zwischen zwei Straßen schlängelte, die um diese Zeit kaum befahren waren, und sagte mit einer Stimme, die fast schwieg, die Mädchen leben beim Vater. Das Jugendamt hat sie mir weggenommen.

Die ehemalige Chefin nahm die halbe Brille wieder ab.

Du lügst.

Stimmt, sagte Meret, manchmal.

Drüben beim Tresen ging ein Licht an. Eine kleine, gläserne Lampe baumelte über einer Silberetagere mit verschiedenen Zuckersorten. Die Lampe machte den Bildausschnitt klein und behaglich wie eine Kaffeestube in Belgien. Die ehemalige Chefin setzte die Brille wieder auf, um im Katalog zu blättern.

Hier, eine Neue aus der Schweiz, bot sie an. Sie hat studiert, kann drei Sprachen und hat bis vor Kurzem nur für Kurztrips

Begleitservice gemacht, um die Beziehung zu ihrem Freund nicht zu gefährden. Jetzt ist es aus mit ihm, und sie ist bei uns. Vergeblich strich die Chefin dem Mädchen auf dem Foto das lange Haar aus dem Gesicht. Sara stand unter dem Bild.

Du magst sie?

Sie kostet 250 die Stunde. Extras handelt sie selber aus, wie üblich.

Mit dem letzten Satz legte die ehemalige Chefin sich mit der Gleichmütigkeit eines malaiischen Seemanns, der schon mehr als ein Schiff hat untergehen sehen, die Jacke wieder um die Schultern. Die drei Ameisen auf ihrem Oberarm verschwanden und mit ihnen auch die weiße, bleiche Wintersonne draußen vor dem Fenster. Spätestens am Nachmittag würde es Regen geben.

Sie soll von elf bis kurz nach Mitternacht kommen, sagte Meret.

Zu dir nach Hause?

Nein, ins Hotel. Ich schreibe die Adresse auf.

28.

Meret sitzt an der Hotelbar, als Friedrich hereinkommt.

Einen Schuh hat sie halb ausgezogen und lässt ihn die Ferse streicheln. Neben ihr sitzt Hannes, wendet ihr ein aufmerksames Profil zu und lauscht sicher einer ihrer albernen Geschichten. Netter Kerl, denkt Friedrich, aber zu jung für meine Schwester. Er hat ein breites Kreuz, aber auch das wird ihm nicht dabei helfen, Nein zu sagen, wenn sie Komm sagt. Noch immer gehen die Männer mit Meret mit, auch wenn sie betrunken ist und einen Lärm macht, der Tote aufwecken könnte. Gern würde Friedrich nur mit Hannes auf Mitternacht warten, denn er kennt sein Gesicht, aber nicht seine Geschichte.

Friedrich, sagt Meret laut, als sie ihn im Spiegel hinter den Flaschen näher kommen sieht. Sie dreht sich zu ihm um und spielt mit einem Zimmerschlüssel. Glöckchenleise schlägt Metall gegen Metall. Darf ich vorstellen, mein kleiner Bruder, sagt sie, als Kinder sind wir jede Nacht zusammen ins Bett gekrochen und haben uns aneinandergedrückt wie die kleinen Wölfe, stimmt's, Friedrich? Ich bin Wolf geblieben, und mein Bruder ist mit den Jahren der magere Hund geworden, der zum Vorschein kommt, wenn man dem Wolf das Fell nass macht. Wir haben das große Bekleidungsgeschäft am Markt geerbt. Besser, er hat einundfünfzig Prozent geerbt, aber fürchtet sich davor, die Sache ohne die neunundvierzig Prozent seiner Schwester zu schaukeln. Recht hat er, der kleine Bruder. Er sieht zwar besser aus als ich, aber ich kann viel mehr. Vor allem kann ich gemein sein.

Friedrich hat sich mit einem Hocker Abstand neben Hannes gesetzt. Der Hotelbesitzer hinter dem Tresen schaltet vom Videokanal auf das erste Fernsehprogramm. Zwei albern gelockte Moderatoren Anfang vierzig in roten Samtjacken fiebern dem Jahreswechsel entgegen, als sei es das erste Mal in ihrem Leben.

Hab was für dich, sagt Meret und lässt den Zimmerschlüssel über den Tresen in Friedrichs Richtung schlittern. Zimmer 27 steht auf dem Messinganhänger.

Was soll das?

Friedrich, geht's?

Was?

Geht es dir gut?

Wieso? Ich geh gleich wieder.

Wohin?

Zurück. Nach Hause.

Hey, warte, warte mal.

Was denn?

Geschenk, sagt Meret, komm mal mit rauf.

29

Als Vera das Hotel City View verlässt, ist es halb elf. Am Waschbecken ihres Zimmers hat sie vergeblich Seife gesucht und dann das Zitronenduschgel von Salomé Schreiner benutzt, die Cold Creme von Salomé Schreiner aufgetragen und deren Lippenstift. Eine panikfreie Leere war danach auf ihrem Gesicht, das sie aus dem Spiegel anschaute. Ich, hat sie gedacht, ICH ist eine plausible Fälschung. Ich werde mich ab heute vollsaugen mit der Luft dieser Großstadt hier, mit dem Geruch eines breiten Flusses, der auf seinem Weg zum Meer ist. Und ebenfalls ab heute gilt: Es werden keine alten Filme mehr angeschaut, sondern ein neuer wird gedreht. Regie, Kamera, Hauptdarstellerin: ICH. Location: London. Verwendbares Material: das Gefühl des Augenblicks.

Sie gibt den Zimmerschlüssel mit dem schweren Anhänger an der Rezeption ab. Der Mann hinter dem Tresen ist schwarz, aber schiebt keinen Wischer vor sich her wie ihr Schutzengel aus dem Hallenbad am Morgen. Ob es später noch etwas zu trinken gebe, fragt sie. Nein, sagt er, aber nebenan der kleine Supermarkt hat die ganze Nacht geöffnet. Dann bückt er sich hinter der Rezeption. Sie kann seinen Rücken in dem weißen, gebügelten Hemd wie einen Hügel zusammengekehrten Schnees über die Holzplatte ragen sehen. Lange bleibt er so. Wäre die Situation eine andere, dann könnte jetzt Schnee auf Schnee fallen. Als er wieder auftaucht, hat er zwei Gläser und eine Flasche Whisky in den Händen. So ist das oft gewesen. Im Allgemeinen gefällt sie den Männern sehr. Bisher.

Ach, lieber später, sagt sie, so wie man Ach Glück sagt, und verlässt mit den Händen tief in den Jackentaschen der anderen das Hotel, um etwas unsicher die Straße zu überqueren.

Die Autos fahren auf der falschen Seite, das hatte sie fast vergessen. Sie läuft an einem schmiedeeisernen Zaun gegenüber dem

Hotel vorbei. Museum of Childhood sagt das Transparent über dem Eingang. Innen sind die Ausstellungsräume sicher vollgestopft mit Kitsch, mit gesammelter Sehnsucht, mit lindgrünen, zitronengelben und erdbeerrosa Dingen, welche mit der Stimme der Erinnerung erwachsenen Menschen einreden, sie hätten eine glückliche Kindheit gehabt. Sie wird Jo benachrichtigen müssen, dass es ihr gut geht und alles in Ordnung ist. Oder Karatsch? Aber dessen Handynummer weiß sie nicht auswendig.

Vera geht weiter die Straße hinauf. Cambridge Heath steht an der nächsten Kreuzung. Sie überquert noch einmal die Fahrbahn und hat sich bereits an den Verkehr gewöhnt. Rote Doppeldeckerbusse kommen ihr entgegen, kreischende Mädchen steigen in Rudeln aus, die Kleider schwarz und dünn, die Beine bloß und teigig, die Schuhe offen, und an den Fersen sind sichtbar Schrunden in der rissigen Hornhaut. Das große Feuerwerk findet beim Riesenrad an der Themse statt, sagt ein Mann dicht neben Vera, aber sie ist nicht gemeint. Trotzdem geht sie hinter ihm her wie vorhin hinter jenem anderen, der sie ahnungslos und ohne Absprache vom Flughafen nach Whitechapel geführt hat. Dieser Mann jetzt hat eine sehr kleine alte Frau am Arm. Sicher seine Mutter. Plötzlich ist Vera froh, dass sie sich überredet hat, vom Bett mit dem beunruhigenden Blumenmusterüberwurf noch einmal aufzustehen, um jetzt im Schlepptau von zwei tröstlichen Fremden auf eine hässliche Kirche zuzugehen, während der Autoverkehr schmutziges Regenwasser bis zu ihnen auf den Bürgersteig spritzt. So zu dritt werden sie in diesem Regen kurz vor dem Jahreswechsel zu einem flüchtigen Wir.

30.

Das Lächeln der Frau auf dem Bett ist noch nicht ganz fertig, als Friedrich sich von Meret ins Zimmer Nummer 7 schieben lässt. In einer weißen Bluse sitzt sie auf der Bettkante und hat die Hände unter die Oberschenkel gesteckt. Meret ist hinter ihm stehen geblieben und hat die Finger als Kralle zwischen seinen Schulterblättern eingegraben. Er spürt ihren Blick im Nacken, den Blick eines Regisseurs, der eine Szene prüft, die er selbst gestellt hat.

Warum er jetzt an Vera denken muss?

Ich hab schon bezahlt, sagt Meret, ich warte unten auf dich. Und du, die du da Sara heißt, wendet sie sich an die Frau auf dem Bett, magst du jetzt Merets Silvestergabe auspacken?

Sara zieht ihre Hände unter den Schenkeln hervor und fängt an, die weiße Bluse aufzuknöpfen. Es regnet, hört Friedrich, draußen regnet es. Irgendwo pladdern die Tropfen auf Wellblech oder ein anderes Metall. Der Teppich im Zimmer ist von einem abgetretenen Rot. Er schaut die Frau an, die Bluse, die Brüste, den Bauch.

Eigentlich ist Friedrich immer ein leidenschaftlicher Verfechter des Auspackens gewesen.

Hast du alles, was du brauchst?, fragt Meret in seinem Rücken.

Ja, alles, was ich brauche, denkt er, nur nicht jetzt.

Meret verlässt das Zimmer und zieht leise die Tür hinter sich zu, so leise wie die zu einem Kinderzimmer. Die Frau auf der Bettkante öffnet das Haar.

Ich heiße Sara.

Wie wichtig ist doch dieser Moment, in dem man das, was man sich wünscht, auch endlich sieht, sagt Friedrich sich, aber das hier hat er sich nicht gewünscht, auch wenn diese Sara schön ist. Schön wie eine Erzählung aus Fleisch. Draußen fliegen immer mehr Feuerwerkskörper in die Luft, und der Regen schlägt heftiger gegen das Fenster des Hotelzimmers. Er schaut auf seine Uhr, auch wenn das jetzt unhöflich aussehen mag. Kurz vor

Mitternacht. Gleich werden die Glocken der evangelischen Kirche aus der Einsamkeit ihrer zwei dunklen Türme heraus zwölf zu schlagen beginnen und das neue Jahr einläuten. Mein Gott, selbst die Nase dieser Sara ist schön. Das hat er auf den ersten Blick gesehen. Ein Stück Vollkommenheit! Keine fünf Zentimeter lang. Besser kann er es nicht sagen. Denn Wörter sind nicht dafür gemacht, einzelne Nasen zu beschreiben. Also muss er auch nicht länger an der Tür dieses Hotelzimmers stehen bleiben und darauf warten, dass ihm ein passendes einfällt, oder? Außerdem will er nicht irgendeine gemietete Frau geschenkt bekommen, selbst wenn alles an ihr so schön sein sollte wie ihre Nase.

Nein, sagt er laut, tut mir leid. Und mit Ihnen hat das nichts zu tun, nehmen Sie es bitte nicht persönlich.

Auf der Straße draußen hat die flächendeckende Silvesterbombardierung begonnen.

Komm!

Nein.

Er hat wirklich keine Lust auszuprobieren, wie diese Sara da drüben sich von innen anfühlt.

Am Ende des Studiums in Koblenz hatte er während eines Italienurlaubs Annalisa aus Salerno kennengelernt. Er wollte promovierter Betriebswirt werden, sie Pianistin. Eine Doktorarbeit hatte er bereits angefangen. Thema: Guerilla-Marketing für KMU, in der er punktuelle Spontanaktionen kleiner und mittelständischer Unternehmen untersuchte, die sich keine Fernseh- oder ähnliche Werbung leisten konnten.

Annalisas Eltern führten eine kleine Pension. Damals war er dreiundzwanzig. Er hatte bereits viele Filme und viele mit erotischem Inhalt gesehen, aber nur zweimal mit zwei verschiedenen Mädchen im Bett gelegen. Den Anforderungen der weiblichen Natur gegenüber hatte er sich beim ersten Mal hilflos und beim zweiten Mal wütend gefühlt. Annalisa konnte drei Sprachen und sie konnte zaubern. In ihrer ersten Nacht in ihrem Zimmer im Studentenheim, das beim Öffnen des Einbauschranks den Geruch nach evangelischem Kirchengemeindesaal verströmte, hatte ihr Gesicht wie ein blanker Apfel auf dem Frotteebezug des Kopfkissens gelegen. Als am Morgen der Wecker ging, hatten sie höchstens eine Stunde geschlafen. Friedrich stellte Annalisa zu Hause vor. Es war Abneigung auf den ersten Blick zwischen Mutter Martha und Annalisa.

Diese Italienerin kommt mir nicht ins Haus.

Warum nicht?

Darum nicht.

Komm, sagt Sara wieder und ist bis auf einen winzigen, kirschroten Slip nackt. Dieses Komm, es klingt nicht verführerisch, nicht lügnerisch, sondern echt. Sie streicht in der Luft etwas aus, als wolle sie eine Fliege verjagen, bevor sie sich hinlegt. Im Liegen sehen ihre Brüste genauso spitz aus wie im Sitzen. Sie zieht die Beine an.

Komm, du bist aufgeregt. Sara lacht leise und so, dass der warme Atem aus ihren Nasenlöchern in seinen Nacken zu kriechen scheint, beim Haaransatz nach unten abbiegt, am Rückgrat entlanggleitet bis zum letzten, runden Knochenvorsprung, um dort in seinem Körper zu verschwinden. Dumpf macht es aus der Ferne *Gong*. Es schlägt zwölf. Unten auf dem Gehsteig jagt ein Feuerwerkskörper fauchend den nächsten. Nein, sagt er wieder und schlägt mit dem dritten Schlag der Kirchenglocken die Zimmertür hinter sich zu. Einen Moment lang sieht er den dunklen Flur entlang. Auch hier ist der Teppich abgetreten und ordinär rot, wie in einem Stundenhotel. Ohne Licht zu machen, tastet er sich an einer Strukturtapete entlang zur Treppe. Kurz greift seine Hand ins Leere, weil die Tür zum Etagenbad offen steht. Schlag zwölf tritt er auf die Straße. Rauchfäden von Raketen schlängeln sich an den Laternenpfosten hoch wie Gespenster.

31.

GHOSTS steht in gotischen Lettern auf der Stelltafel beim Kircheneingang von St John on Bethnal Green. Bisher hat es in Gotteshäusern doch nur einen Heiligen Geist gegeben? Vera bückt sich und liest das Kleingedruckte. GHOSTS ist eine Filmreihe, die seit September in dieser Kirche läuft und ihren Höhepunkt am kommenden Samstagabend haben wird. *Der Exorzist* wird gezeigt. Sie schaut auf zu den Flügeln der hohen Eingangstür, deren hellblauer Anstrich abblättert. Drinnen brennen Kerzen, und bereits vor der Tür riecht die Luft feucht nach Metall und Erde, ein tiefer, archaischer Geruch wie der von Feldern und Wäldern. Vera hat das Gefühl, sie betrete eine riesige Gruft, als sie hinter dem Mann mit der kleinen alten Frau am Arm die Stufen zum Portal hinaufgeht, um mit den beiden gemeinsam das große Feuerwerk beim Riesenrad an der Themse nicht anzusehen.

Es ist kurz nach elf. Zu Hause ist es bereits eine Stunde später.

32.

Die ersten Feuerwerkskörper liegen als verschmorte Hülsen auf dem Gehsteig. Die Straßen, die sonst nach Einbruch der Dunkelheit ihre Bürgersteige hochklappen und bis zum Morgen wie ausgestorben vor sich hindämmern, sind voller Menschen, voller Kinder, voller Lärm. Friedrich läuft zurück Richtung Marktplatz. An seinen Ohren heult sich der Wind warm. Über ihm die Wolken marschieren gemeinsam, sind dunkel und schnell. Durch ein Fenster des Bahnhofshotels hat er flüchtig Meret, Hannes und Schmidtke an der Bar hocken sehen. Drei oder vier Plätze waren noch frei. Er hat an Vera gedacht, und es ist bei dem Gedanken stiller geworden auf der belebten Straße. Bevor klar wurde, dass er mit dem Tod von Mutter Martha Haus Wünsche doch noch übernehmen würde, hat er sich gewünscht, zu verschwinden, im Osten Deutschlands vielleicht, und eine Eisdiele zu eröffnen. Eine Eisdiele im Retrostil und mit einer alten Holzdrehtür im Eingang. So wie die in Haus Wünsche, als er noch klein war und Vera und Meret auch. Jetzt ist Vera verschwunden. Er fühlt sich mit ihr verbunden. Das Leben hier hat sie so lange nur ausgehalten, weil sie sich ein anderes vorgestellt hat. Eins, in dem keiner sie von früher kennt.

Auf das neue Jahr, Friedrich, altes Haus, ruft in dem Moment jemand quer über die Straße. Vor der Auslage eines unbeleuchteten Schaufensters steht Reimann, neben dem er bis zur achten Klasse und dem Wechsel aufs Internat gesessen hat. Im Takt eines mit den Jahren träger gewordenen Herzens schlägt Reimann eine Sektflasche gegen seinen Oberschenkel.

Mein Laden, sagt er und zeigt kurz mit der Flasche hinter sich. Philatelie / Reimann steht in Selbstklebebuchstaben auf der schmuddeligen Schaufensterscheibe. Dann hält er Friedrich die Flasche hin. Trink mit mir auf unser geschäftliches Weiterkommen im nächsten Jahr. Auf deins und meins. Er zieht Friedrich mit sich zum Treppenaufgang des benachbarten Wohnhauses, um sich dort schwerfällig auf eine Fußmatte aus Restteppich fallen zu lassen und seine Turnschuhe neu zu binden. Sie leuchten weiß in die Nacht hinaus. Zwei Dutzend Jahre haben sie sich nicht gesehen. Eine städtische Laterne flackert im Wind, und Friedrich sieht auf Reimann hinunter, sieht die kahle Stelle am Scheitel, wo einmal die Fontanelle war, und merkt, dass Reimann Schuhe bindet wie ein Kind, das zwei einzelne Schlingen umständlich miteinander verhakelt.

Wohnst du immer noch hier? Friedrich freut sich, dass ihm die Herzlichkeit in der Stimme gelingt. Reimann schaut hoch.

Mal was ganz anderes, sagt er, wie wirst du denn eigentlich deinen Laden neu aufziehen?

Ich bin Betriebswirt, will Friedrich sagen, aber was ist das für eine Antwort. Was an dieser Geschäftsidee, Haus Wünsche in einen behaglichen Stubenladen im alten Stil zurückzuverwandeln und gleichzeitig modernstes Management zu betreiben, verspricht eigentlich Erfolg? Allein die Tatsache, dass Friedrich Wünsche bisher erfolgreich war?

Wollen Sie reich werden?, hatte ihn der alte Mann mit wasserblauen Augen in einem schleppenden, breiten, aber trotzdem gebieterischen Ruhrgebietston gefragt, als Friedrich Wünsche sich bei dem Familienunternehmen mit Milliardenumsätzen als Assistent für die Geschäftsleitung vorstellte. Mit seinem alten Golf Diesel und dem Diplom als Betriebswirt in der Tasche war er an jener Autobahnausfahrt vorbeigefahren, wo es zu Mutter Martha und dem eigenen Familienbetrieb ging. Keinen Kilometer hinter der Ausfahrt zu Haus Wünsche riss ihm der Keilriemen. Verschwitzt, verschmiert und zu spät war er in Köln angekommen, nachdem er die Panne selber behoben hatte.

Reich? Warum nicht, Friedrich hatte mit den Schultern gezuckt. Reich wird man nicht von dem Geld, das man verdient, sondern von dem Geld, das man nicht ausgibt, sagte der alte Mann mit den wasserblauen Augen und stellte ihn ein. Drei Monate lang kehrte Friedrich Filialen, riss Discountware aus Kartons, regulierte das Storno an den Kassen. Er drehte Markisen je nach Wetter raus und rein und wurde langsam ungeduldig. Ich kann noch mehr, teilte er eines Tages der Geschäftsleitung schriftlich mit. Daraufhin schwang er weitere sechs Monate den Besen, in sieben verschiedenen Filialen, bis der Mann mit den wasserblauen Augen entschied, die Probezeit sei vorbei. Er bot ihm an, die Discountkette Richtung Osten zu erweitern. Friedrich zog in die Lausitz, mit Annalisa. Sie heirateten. Meret entwarf und nähte das Hochzeitskleid. Mutter Martha schickte einen Briefumschlag mit zwei Geldscheinen. Friedrich wurde aber auch ohne dieses Geschenk ziemlich schnell reich. Sie zogen in ein Haus bei Halle, waren noch keine dreißig, reisten viel, aber spielten kein Golf. Die Skiunterwäsche kaufte Annalisa bei Tchibo, Geschirr, Mikrowelle und das erste Babybett auch. Als der Mann mit den wasserblauen Augen sich aus dem Familienkonzern zurückzog, sahen Friedrich und der neue Juniorchef einander an und mochten sich nicht. Friedrich wechselte als Manager nach Österreich. Er war noch keine vierzig und das neue Unternehmen kein familiengeführtes mehr, sondern börsennotiert. Alle drei Monate wollten die Aktionäre Erfolgsberichte hören. Erfinden, lernte Friedrich, war nicht lügen. Annalisa verließ ihn kurz nach seinem vierzigsten Geburtstag. Die Kinder nahm sie mit. Im Haus bei Senftenberg sanken die Heizkosten. Friedrichs Bankkonto wurde immer dicker, das Gepäck unter seinen Augen auch. Nachts träumte er von ältlichen Aktionären und jungen Analysten, die hinter einem Sarg hergingen. Alle im Trauerzug hatten die Gesichter von Füchsen. Er selber auch, obwohl er im Sarg lag.

Friedrich setzt sich endlich neben Reimann und spürt eine fremde Körperwärme. Das letzte Mal, als er neben Reimann in dessen Zimmer gesessen hatte, hatte es nach Erbsensuppe gerochen, und sie hatten Nüsse geknackt.

Dein Warenhaus, sagt Reimann, muss schon ein echter Event werden, wenn du dich hier in der Stadt halten willst. Die Zeiten haben sich geändert. Als dein Vater vor vierzig Jahren starb, war alles in Ordnung, so wie es war. Als deine Mutter vor sechs Wochen starb, war das schon längst vorbei. Es dauerte nur noch. Weißt du, warum?

Sag's mir, sagt Friedrich und weiß bereits, Reimann hat recht. Hinter jeder Idee, die Friedrich zu Haus Wünsche hat, lauert auch eine berufliche Sorge.

Euer Haus war lange das erste am Platz, sagt Reimann. Jetzt hat es eine kritische Größe. Es ist zu klein.

Er bietet Friedrich einen Kaugummi an. Vielleicht aber, fügt er leise hinzu, ist alles nur eine Frage der richtigen Einstellung und der richtigen Inszenierung. Er lacht. Wird schon klappen, schließlich heißt du Wünsche. Das hilft. Und weißt du noch, wie wir früher einmal Maikäfer gesammelt, Frösche gequält und Autoquartett gespielt haben?

Friedrich steht auf. Reimann wird dieses Silvester wie viele davor und viele danach vergessen. Er nicht. Gutes Neues auch für dich, Reimann, sagt er und merkt, er ist gerührt. Dito, für dich auch, nickt Reimann, und Friedrich hört genau die Lücke, die er für das Wort lässt, das früher sein Spitzname war.

Fetzer.

33.

Sara hat sich in ihrer weißen Bluse zu Hannes, Schmidtke und Meret gesetzt. Und was ist mit Friedrich?, hat Meret gefragt, als sie allein aus dem Zimmer heruntergekommen ist. Sara hat mit den Schultern gezuckt. Ein Mann wie ein Reh, hat sie gesagt, und so mädchenhaft scheu. Meret hat wie ein Pferd geschnaubt.

Ich glaub's ja nicht!

Eine Viertelstunde nach Mitternacht stößt Karatsch an der Bar hinzu. Sara schließt bei seinem Anblick nachdenklich den obersten Knopf ihrer weißen Bluse, und Karatsch lädt alle zum Champagner ein, denn er will in Ruhe erzählen, wofür er keine Worte findet. Vera, wiederholt er immer wieder, das darf doch nicht wahr sein, das mit Vera, oder? Ich heiße übrigens Sara, flüstert Sara irgendwann in den Nebel um den Namen Vera hinein, und in Karatschs Blick flackert Interesse auf. Kurz nach zwei kommt Jo mit zwei Kumpels und hält Karatsch eine SMS unter die Nase. Nachdem er gelesen hat, sagt Karatsch heiser, jetzt ist mein Vera-Mädchen doch noch richtig weggegangen, und recht hat sie. Woanders werden Berufsschullehrerinnen wie sie auch besser bezahlt. Du bist betrunken, sagt Jo, und Karatsch hebt die Hand, red keinen Scheiß, Sohn, sonst setzt es was. Ruf lieber mal da zurück. Mit dem Kinn zeigt er auf Jos Handy, und Jo sagt kühl, geht nicht, Nummer ist unterdrückt. Meret wirft sich eine Handvoll Erdnüsse in den Hals und schnappt sich das Handy. AL-LES IN ORDNUNG. MUTTER, liest sie laut und lacht mit vollem Mund. Deine Mutti ist wahrscheinlich in England, Jo. Sara kichert und schlägt Karatsch vorsichtig auf den Unterarm, bis er ihre Hand wie einen verängstigten Vogel einfängt und festhält. Das ist nicht komisch, sagt er, niemand versteht mich. Die unterschwellige Beschwerde in seiner Stimme rührt Sara deutlich, und auch, wie er in sein Glas schaut, wie in einen Abgrund. Was habe ich getan?, fragt er den Rest vom Champagner oder die fremde Frau neben sich, und bevor sie etwas Tröstliches sagen oder machen kann, stemmt sich Meret noch einmal schwerfällig am Tresen hoch. Ihre Hände sind Fäuste. Dazu später, sagt sie streng und nicht ganz deutlich, jetzt erst mal zu mir, ich habe nämlich zwischen den Jahren wieder angefangen zu träumen.

Bitte nicht, bitte nicht schon wieder, stöhnt Hannes auf.

Gott, die ist ja noch genauso blöd wie früher, sagt Schmidtke mit seinem erschöpften, verwaschenen Gesicht, das mehr als ein halbes Leben über großen Töpfen gehangen hat.

Kommt Vera drin vor, in dem Traum?, fragt Karatsch und lässt Saras Hand los.

Meret schaut nur Hannes an: Mein Freund und ich sind in eine andere Stadt gezogen, sagt sie, in das Zimmer bei meiner Freundin, die beim Film gelandet ist, erinnern Sie sich, junger Mann? Beim schwedischen, sagt Hannes widerwillig. Dass du mal einen Freund hast, Meret, wenn auch nur im Traum, Glückwunsch, sagt Karatsch. Machst du denn das andere nicht mehr? Was?, Meret setzt sich langsam auf den Hocker zurück. Das von früher, Vögeln mit Fremden, sagt Karatsch, und niemand lacht außer Sara. Aber es ist ein professionelles Lachen, wie eine Belohnung, wie eine Medizin für Karatsch. Meret würgt es ab: Soll ich meinen Traum weitererzählen? Träume sind Schäume, sagt Sara, und Hannes' Stimme verrutscht ein wenig, als er sich zu ihr beugt. Wer sagt das? Ihr Psychoanalytiker? Ach so, der?, Sara kichert wieder, ich war schon mal bei so einem, ich erinnere mich. Der hat mir aber nicht geholfen. Mit glänzenden Augen schaut sie Hannes an. Der wollte nur mit mir schlafen.

Meret putzt sich laut die Nase und schaut danach in ihr Taschentuch. Dass mir das jetzt nur kein trauriges Taschentuch wird, murmelt sie und schreckt zurück, als Karatsch sie anfährt: Wer verdammt soll denn jetzt diese Freundin in deinem Traum sein? Merets Stirn wird rot. Weiß ich doch nicht, sagt sie leise hinter ihrem Taschentuch, ist aber sicher was Biografisches.

Biografisch, biografisch, macht Karatsch sie nach, alles ist immer biografisch, auch die Tatsache, dass wir hier zusammen sitzen und eine fehlt, ist biografisch, wenn wir ehrlich sind. Alles, was wir machen, ist biografisch, selbst wie und warum wir einen Hund malen, ist biografisch.

Oder wer uns zärtlich oder grob als Kind einmal angezogen hat, fällt ihm Meret ins Wort.

Und wie viele Liebhaber uns deswegen später ausziehen dürfen, sagt Sara.

Auch das ist biografisch, sagt Hannes, und dazu noch wirklich alles, was wir träumen, und verdammt auch, warum wir uns erinnern und nicht vergessen können.

Alle starren ihn an.

Sind Sie aber schlau, sagt Sara.

Es geht, sagt Karatsch, der tut nur so.

Ein lautes Schweigen ist plötzlich im Raum. Nur der tropfende Wasserhahn hinter dem Tresen ist lauter.

Diese Freundin hat auf jeden Fall was mit meiner Kindheit zu tun, sagt Meret da als Erste wie in einen dunklen Schrank hinein. Sie dreht sich zu Karatsch. Alle Wärme ist aus ihrem Gesicht verschwunden. Hannes fasst vorsichtig ihren Ellenbogen, als hätte er Angst, sie könne ausschlagen oder wegfliegen.

Die ist doch noch genauso blöd wie früher, wiederholt Schmidtke hilflos, und will übrigens noch jemand was trinken? Manche Geschichten werden nicht so klein, dass auch du sie verstehst, Schmidtke, faucht Meret ihn an, aber ich nehm trotzdem noch ein Glas auf Kosten des Hauses, und danke auch! Sie rutscht auf ihrem Barhocker weit nach vorn. Ihre Knie sind spitz unter den wollenen Hosen, spitze Mädchenknie. In dem Moment fliegt wahrscheinlich ganz hinten in Karatschs Kopf, wo der Silvesteralkohol schon graue Margarine aus seinem Hirn gemacht hat, ein Haufen zusammengerechtes Laub auf. Doch mag er sich nicht erinnern, seit wann das Zeug dort gelegen und vor sich hin gestunken haben mag. Um sich auf andere Gedanken zu bringen, legt er einen Arm um Saras Schulter. Er gibt sich naiv und zuversichtlich und klopft mit einer Fingerspitze an ihrem linken Nasenflügel an.

Wissen Sie, dass Sie ein vollkommen schönes Profil haben?

Sara hält still und scheint nicht zu wissen, ob sie ihm glauben oder was sie überhaupt tun soll oder will. Was er will, weiß Karatsch auch nicht. Deshalb hält er sie noch fester. Er hat seit einigen verfluchten Stunden diesen Arm frei, unter dessen Achsel eine Frau wie Vera, oder genauer, eine Frau von Veras Größe passt, und diese Sara hier scheint seit einer Ewigkeit so einen Arm zu brauchen.

Schmidtke legt eine CD mit Barmusik ein und dimmt das Licht. Aber nicht Karatsch und Sara fangen an zu tanzen, sondern Hannes und Meret, und für eine Weile starren die, die am Tresen sitzen geblieben sind, den Mann und die Frau auf jener winzigen, runden Tanzfläche aus dunklem Parkett an. Bis eben haben die beiden sich noch nicht gekannt, und Schritt für Schritt, Ton auf Ton und mit zwei oder drei Hüftbewegungen pro Takt drohen sie ein Paar zu werden, weil oder solange die Musik es will.

Sara seufzt.

Worüber habt ihr euch denn so angeregt und so lange unterhalten?, will Karatsch wissen, als die beiden zum Tresen zurückkommen.

Wieso, hast du mich etwa schon vermisst, Schatz?, antwortet Meret spitz.

Mittlerweile ist es fast drei, und Jo zieht mit seinen beiden Kumpels nach einem letzten Tequila, den Karatsch spendiert, weiter. Auch Hannes will plötzlich auf sein Zimmer. Schade, seufzt Karatsch, wir haben noch gar nicht richtig miteinander reden können, aber wie auch, mit all diesen Kindern und Weibern zwischen uns. Er gibt Sara, die noch immer neben ihm sitzt, einen Klaps auf den Hinterkopf. Sara gibt den Klaps an Meret weiter. Beide Frauen lachen zu laut, und Karatsch drückt Sara an sich, als sei er stolz auf sie. Meret hält Hannes die Wange hin, damit er sie zum Abschied küsst, bevor er geht. Mit einem plötzlichen Ruck nach links lässt sie seine Lippen auf ihren Mund rutschen.

Tschuldigung!

Ich geh dann mal.

Aber Hannes bleibt sitzen. Meret legt die Hand auf seine. Ich kann mich doch oben auf dem Zimmer neben dich legen und einen Kriminalroman lesen, schlägt sie vor.

Mädchen, Mädchen, seufzt Karatsch.

Und irgendwann könnte ich auch aufhören zu lesen, sagt Meret.

Heute nicht mehr, sagt Hannes und steht jetzt doch auf, um zu gehen.

Schlafen Sie gut und kurz, und träumen Sie, soweit Sie können, ruft Meret ihm nach, als er in der Tür verschwindet, auf der in Gold ZU DEN ZIMMERN steht.

Schmidtke bestellt auf Saras Wunsch ein Taxi, und Karatsch begleitet sie auf die Straße hinaus. Meret läuft hinterher. Es regnet wieder, wie eben noch, wie immer. Einen Moment zögert Karatsch, als das Taxi hält, dann lässt er sich neben Sara auf den Rücksitz fallen. Sara nennt eine Adresse, aber sie wird ihn sicher nicht mit hoch in ihre Wohnung nehmen. Sehr blond und sehr sachlich wird sie ihn spätestens an der Haustür abhängen, da ist er sicher. Doch wenn er mit ihr ein Stück weit fährt, wird die Zeit kürzer, die er für den Rest der Nacht allein sein muss. Danach wird er sich im Souterrain seines Bungalows am Computer Dinge anschauen, die nur ihn etwas angehen. Als der Wagen anfährt, reißt Meret im letzten Moment die Beifahrertür auf.

Ich will mit! Ich liege ja praktisch wie immer und buchstäblich auf dem Weg!

Das Taxi fährt schnell die Bahnhofstraße hinauf und an einem hell erleuchteten Möbelhaus vorbei. Es hält beim Zebrastreifen vor der Post, obwohl weit und breit niemand zu sehen ist. Philatelie Reimann, liest Sara laut den Schriftzug über einem dunklen Schaufenster.

Was heißt Philatelie?

Stimmt, klingt irgendwie unanständig, sagt Meret, ohne sich umzudrehen.

Musst du nicht hier raus?, fragt Karatsch.

Ach, ich fahr noch ein Stück mit, ich liebe es, herumzufahren, sagt sie.

Sie kommen durch immer gesichtslosere Straßen in den Westteil der Stadt. Plastikfenster, Riffelglastüren, angeklebte Natursteinimitate auf den Fassaden und Satellitenschüsseln, die ganze Balkone einnehmen, ziehen in der Nacht vorbei. Die Gegend sieht nach Arbeitslosigkeit und sinnlos verbrachter Zeit aus. Als das Taxi vor einem Apartmenthaus hält, das neu und etwas Besseres zu sein scheint, und Sara sich etwas umständlich und widerwillig anschickt zu bezahlen, dreht Meret sich mit einem Mal heftig um: Habt ihr eigentlich auch manchmal das Gefühl, dass euch beim Onanieren die Toten zuschauen?

II.
JANUAR BIS SEPTEMBER

Vera

1.

Alles ist möglich, sagte der Schwarze an der Rezeption vom City View Hotel zu ihr, krempelte die Ärmel seines weißen Hemdes hoch und bot ihr ein noch kleineres Zimmer an, klein wie eine Fischdose und gleich hinter seiner Rezeption.

Ich mag Frauen wie Sie.

Frauen wie mich?

Ja, Frauen eben, bei denen man sich gut benimmt.

Er brachte einen rosa Wasserkocher, Teekanne und zwei Tassen auf ihr Zimmer. Es war die erste Woche im Januar.

Kaum hatte er den Raum wieder verlassen, ließ Vera sich auf das schmale Bett fallen. Ungewollt kamen da die Bilder von früher zurück. Bahnhofshotel, oberster Stock, letztes Zimmer Nummer 27, am Ende des Gangs und vor langer Zeit. Die Erinnerung legte sich wie ein nasser, stinkiger Hund neben sie: In dem langen Flur haben sie den Lichtschalter nicht gefunden. Meret geht voraus und stößt sich an der Blumenetagere neben dem Etagenbad, bevor sie mit vier Fäusten gegen die Tür von Zimmer 27 schlagen. Als Karatsch öffnet, hat er noch Haare, aber schielt. Ist er müde oder versucht er nur den Blick gerecht zwischen zwei kleinen Mädchen zu verteilen? Er kommt in den Flur hinaus, ist vollständig angezogen und gibt ihr, Vera, einen Klaps auf den Hinterkopf, Meret einen auf den Arsch. Mit flacher Hand. Für kleine Mädchen macht Karatsch keine Faust. Ob bei ihm im Zimmer noch jemand ist? Nicht zu sehen. Suses Auftrag haben sie also nicht erfüllt, müssen nichts Schlimmes berichten. Später gehen sie nach unten, Karatsch, Meret und sie. Im Etagenbad schlabbert der große, gelbe Hund des Hotelbesitzers Schmidtke Wasser aus der Kloschüssel, und an der Bar spendiert Schmidtke ein Bier für Karatsch und zwei Gläser kalten Kaffee, jene verdammte Mischung aus Cola und Limo, nach der Vera und Meret süchtig sind wie alle kleinen Mädchen. Sie müssen vierzehn oder fünfzehn gewesen sein, damals, in jenem November. Vera auf dem Bett erinnerte sich. Zu dritt saßen sie an der Bar. Draußen auf der Straße flogen in der Dunkelheit Blätter auf, die jemand zu Haufen auf dem Gehsteig zusammengekehrt hatte. Meret beugte sich zur ihr: Richtig oder, wir haben doch seine Tür mit der Zunge aufgemacht? Beide fingen sie an zu lachen, bis Karatsch wütend wurde. Warum lacht ihr denn so? Wegen dem Wind, sagte sie, und Meret, wegen der Blätter. Gott, sind die beiden blöd, sagte Schmidtke, und in jenem Moment fiel in seiner Küche mit großem Lärm etwas herunter, so dass er eilig durch die Schwingtür hinter dem Tresen hatte verschwinden müssen.

Hallo? Es klopfte noch einmal an Veras Tür.

Darf ich? Wieder war es der Schwarze von der Rezeption.

Er hängte einen weißen Bademantel in den Wandschrank, weil die Dusche auf dem Gang lag. Lassen Sie mich ein wenig Ihre Mutter sein, sagte er. Eine etwas verlegene Wärme floss bei seinem Vorschlag zwischen ihnen hin und her. Sie nickte und wusste, eines Morgens, aber noch vor Ende Januar, würde sie den karierten Billigkoffer mit den nötigsten Anschaffungen, die sie sich in London geleistet hatte, bei ihm an der Rezeption unterstellen müssen, ohne bis zum Abend zu wissen, wohin damit und wohin mit sich.

Nieselregen fiel tags drauf wie fetter Nebel auf die Petticoat Lane, und der Schuhverkäufer nahm beim Reden das Streichholz nicht aus dem Mund. Five pounds, just because it is raining, sagte er, and never bring them back. Er warf die türkisen Sandalen auf das Stück feuchter Pappe, das für die Anprobe auf offener Straße auslag.

Are you married?

Vera steckte die Hände in die Taschen der Wildlederjacke und starrte das Streichholz zwischen seinen Lippen an, wie es anzüglich und gelangweilt hin und her wanderte. Was er von ihr dachte? Wahrscheinlich das Richtige. Sie hatte nicht genug Geld für türkise Sandalen, selbst wenn sie billig waren. Doch ab wann würden die Westernstiefel von Salomé Schreiner zu warm für das Wetter werden?

Don't be so shy. Der Verkäufer hob eine Sandale auf und hielt sie ihr mit drei Fingern hin, als solle sie daran riechen. Sie schüttelte den Kopf. Was für ein wüster Rosenschmuck auf den Riemchen, die sicher tief ins Fleisch schnitten, wenn man die Dinger ein paar Stunden trug

Tell me, are you married? Der Verkäufer richtete mit drei Fingern eine der quietschrosa Kunstlederrosen, als könnte seine Sorgfalt ihre Entscheidung beeinflussen. Sicher lenkte er auch sein Auto mit drei Fingern und trank so seinen süßen Pfefferminztee im Glas. Sicher hatte er nicht viel mehr Geld als sie, aber eine junge Frau, die er manchmal wie Glas oder ein Lenkrad anfasste. Vera schaute über seine Schulter. Die Häuser drüben beim Sainsbury's würden ab dem späten Nachmittag noch schwärzer als sonst vor dem Himmel stehen und die Leuchtreklamen noch strahlender leuchten. Eine Gruppe Mädchen lief vorbei. Sie quiekten laut und fröhlich. Ihre knappen Schottenröcke hatten etwas Kameradschaftliches, nichts Herausforderndes. Vera schaute wieder die Sandalen an, dann auf das Schaufenster des Schuhladens. Zwischen lauter Billigkoffern bewegte sich etwas in der Tiefe des Ladens. Ein Araber mit einem Fahrradhelm auf dem Kopf schaltete eine Neonröhre an und begann aufgerissene Kartons zusammenzutreten

Ich nehme die Sandalen, sagte sie auf Deutsch. Es sind scheußliche Schuhe, aber Meret würden sie gefallen.

Sie bezahlte und lief die Petticoat Lane entlang zurück zur Whitechapel Road. Auf der Oystercard war kein Guthaben für den Bus mehr. Sie ging zu Fuß. Die Sandalen in Zeitungspapier unter dem Arm merkte sie, sie folgte einer Frau mit Kapotthut, die einen schwarzen Jungen mit sich zerrte. Als die Frau sich einmal kurz umdrehte, sah Vera ein wachsbleiches Gesicht mit einer gewissen verwaschenen Hübschheit darin. Vera hatte sich seit Silvester angewöhnt, Fremden zu folgen. Vorbei an einer steifen, weißen Kirche, vorbei an drei Kneipen, einem Express-Supermarkt, vor dem auf dem Boden ein Mann auf einem Stück Pappe saß und sich an dem Hund in seinem Schoß wärmte, ließ sie sich von Frau und Kind in eine abgelegene Straße führen, deren Mitte bis zur Kanalisation aufgerissen war. Im letzten Aufgang eines vierstöckigen Häuserblocks, auf dessen Balkonen Wäsche doppelt und dreifach übereinanderhing und trotzdem fror, verschwanden Frau und Junge hinter einer roten Tür. Die Tür gestern, hinter der das indisch aussehende Mädchen verschwunden war, das Vera durch ein kaltes, regnerisches Southhall verfolgt hatte, war gelb gewesen. Vera drückte vorsichtig gegen die rote Tür wie gestern gegen die gelbe. Nicht um sie zu öffnen. Nur um Abschied zu nehmen. Schließlich war man ein Stück Weg lang zusammen gewesen, selbst wenn man nichts voneinander wusste. Zur gleichen Stunde und am gleichen Ort zusammen zu sein hatte immer etwas Tröstliches. So war sie weniger allein in der großen Stadt, auf der überfüllten Welt.

2.

Wie hoch sie die Nase trug, war ihrem schmalen Rücken, ihren schmalen Schultern anzusehen. Seit dem U-Bahn-Ausgang Sloane Square war Vera dieser Frau durch den Kreisverkehr vor dem Royal Theatre gefolgt, durch den sie wie eine Königin schritt, als seien Autos allein dazu da, für Frauen wie sie anzuhalten. Mit steifen Knien ging sie durch den Nebeneingang des Peter Jones, vorbei an einem Blumenladen mit Marmorwänden, dann durch eine Schwingtür, wo dunkelhäutige Verkäuferinnen vor einer Riesenauswahl weißer Plumeaus wie heiße Schokolade auf Vanilleeis warteten. Die Frau nahm die Rolltreppe. Vera folgte. Es waren nicht nur das Winterkostüm aus Kamelwolle und die schmalen, eng anliegenden Stiefel mit den goldenen Absätzen dazu, die sie Martha Wünsche so ähnlich machten. Einmal drehte sie sich um. Ja, das Leben hatte diese Frau Jahr und Jahr nicht erschöpft, sondern nur geduldig ausgetrocknet.

Woher kamen plötzlich all diese Gedanken, und brauchte Vera sie jetzt?

Sechster Stock, Warenhaus Peter Jones, Sloane Square. Vera setzte sich ans Panoramafenster. In den Horizont von Chelsea hinein ragten die Hyde Park Barracks und das London Oratory. Am Nachbartisch legte die Frau ihre Unterarmtasche aus Kroko- oder Schlangenleder neben den Teller mit Zitronenkuchen.

Das erste Stück ließ sie zurückgehen. Die Spitze war abgebrochen. Das zweite aß sie zur Hälfte, mit angespannten Mundwinkeln. Aber was konnte bei einer Frau wie ihr ein Zitronenkuchen gegen die mangelnde Süße des Lebens ausrichten? Als hätte sie Veras Gedanken gehört, lächelte die Frau zu ihr herüber, aber nur, um ihre kräftigen Schneidezähne zu zeigen. Dann stand sie auf und ging. Vera auch. Im Vorbeigehen nahm sie den Rest Kuchen vom Teller. Sie hatte Hunger und kaum noch Geld.

Über die Kings Road hinweg gingen sie hintereinander her, bis in die ruhigeren Seitenstraßen von Chelsea hinein. Dünn wie eine Briefmarke trippelte die Frau vor ihr her und hatte bald einen Hausschlüssel in der Hand, mit dem sie vor einem Apartmenthaus aus den Sechzigerjahren stehen blieb. Kristalllüster brannten hinter blitzenden Fenstern das Licht eines späten Januarnachmittags herunter. HAUS WINFRIED stand über der gläsernen Eingangstür, hinter der ein livrierter Portier saß. Menschenleer war die Straße jetzt, bis auf ein Taxi, das langsam vorüberfuhr. Als das Taxi verschwunden war, ging Vera schneller und streckte die Hand aus. Mit einem sanften, aber entschlossenen Sorry riss sie die Unterarmtasche aus Kroko oder Schlange aus einer kaum noch vorhandenen Köperkurve, aus jener vergessenen Gegend zwischen Rippen und Hüfte, die früher einmal eine Taille gewesen war, und in die sich sicher seit Langem keine fremde Hand mehr verirrt hatte.

Was will Ihre Tochter eigentlich auf dem Gymnasium, hatte Mutter Martha vor langer Zeit die Mutter von Vera gefragt. Schon ziemlich alt und fischbeinblass unter ihrer dicken Schicht Puder hatte Mutter Martha an der Kasse von Haus Wünsche gesessen und den Satz wiederholt. Was will Ihre Vera eigentlich auf dem Gymnasium? Sie spielte dabei an einer Elfenbeinkette herum, als hätte ihre Familie einmal Sklaven und halb Afrika dazu besessen. Ein kalter Ofen konnte nicht kälter sein. Was meine Tochter auf dem Gymnasium will? Veras Mutter fiel ein Dutzend Knöpfe für Bettwäsche aus der Hand. Sie war dreißig, wurde dunkelrot, dann ebenfalls bleich. Wütend weiß, hatte Vera gedacht, die neben ihr stand mit einem Gefühl, auf der Stelle zerbröseln zu müssen, während ihre Mutter ihr Gesicht ganz nah an das Gesicht von Merets Mutter heranschob. Sie will dort jeden Tag eine gute Tat tun, hatte sie gesagt, sie wird neben Ihrer Meret sitzen, um sie abschreiben zu lassen. Mit den Augen einer toten Goldbrasse hatte Mutter Martha auf die neue Eingangstür von Haus Wünsche gezeigt, auf die zwei Scheiben bruchsicheres Glas, die vor Kurzem die alte Drehtür ersetzt hatten. Wie auf Befehl öffneten sie sich automatisch und schmatzten dabei zufrieden. Raus, sagte Mutter Martha. Vera hatte den Kopf in den Nacken gelegt, als sei all dies schon vorbei. Ein Vogel war über das Glasdach von Haus Wünsche getrippelt. Ein Vogel. Ein Verbündeter.

Als Vera sich an der nächsten Ecke, wo bereits der Verkehr der Kings Road rauschte, noch einmal umdrehte, stand die Frau vor dem Apartmenthaus Winfried, ihr Körper schien sich völlig versteift zu haben. Sie stieß ein scharfkantiges Lachen aus und bewegte danach nur noch die Lippen, als singe oder bete sie leise.

Wieder der Blumenladen, die Bettenabteilung, die Rolltreppe vom Peter Jones. Zwischen zwei Etagen hörte Vera das laute Ratschen eines Klebebands aus der Gardinenabteilung und sah hinunter. Eine kleine, nicht mehr junge Person, die im Lauf eines hingebungsvollen Arbeitsleben vergessen zu haben schien, dass sie eine Frau war, packte gerade ein Paket, das grün und zu groß für sie war. Sie drückte es wenige Sekunden später mit den Unterarmen gegen die Brust und lief zwischen den Reihen mit Stoffballen davon. Von hinten besehen eine große Glockenblume, aber eine schwarze, die mit schöner Regelmäßigkeit die Gänge des Warenhauses Peter Jones entlangläutete Richtung Feierabend.

Vera setzte sich an den gleichen Tisch, an dem sie vor keiner Viertelstunde schon einmal gesessen hatte und öffnete die Unterarmtasche. Ein unbenutztes Spitzentaschentuch, ein Fläschchen Eau de Toilette, eine angebrochene Packung Mentholzigaretten, ein einzelner Sicherheitsschlüssel, die Visitenkarte eines

Taxiunternehmens, Briefpapier Luftpost, dünn und blau und un-benutzt, sowie die Todesanzeige eines Monsieur Philip de Sec, ehemaliger Präsident der Bank von Lüttich, der fünf Kinder, dreiundzwanzig Enkel und sieben Urenkel in Belgien und ei-nen in einem arabischen Land hinterließ. Zuletzt schaute sie in ein Portemonnaie aus sehr weichem, saffianrotem Leder und war um 375 Pfund und einige Münzen reicher. Sie schaute aus dem Panoramafenster des Peter Jones. Die Hyde Parc Barracks, das London Oratory, darunter die vielen zugemauerten Schorn-steine der Dächer von Chelsea. Vera stand auf und ging zum Kuchentresen. Ein junger Mann mit einer weißen Kappe auf den vielen schwarzen Haaren strahlte sie an. Sie schüttelte die Münzen in der Faust, und sie klimperten hell. Er lächelte brei-ter. Nein, langweilig war sie nicht. War sie noch nie gewesen. Schließlich war sie einmal Merets beste Freundin gewesen, und die hätte sich nie mit langweiligen Personen abgegeben.

Ein Scone und einen Kaffee, bitte, sagte sie und nahm sich vor, einiges in ihrem Leben ab jetzt einfach zu vergessen.

Eine Woche später war sie gänzlich pleite.

3.

Jaja, sagte Reverend Jonathan und bot ihr den Platz auf der an-deren Seite seines Schreibtischs an, wenn man noch keine drei-ßig und völlig abgebrannt ist und nachts in einer fremden Stadt landet, wenn es dann regnet, und man will auf keinen Fall im Eingang einer Bank oder auf dem Luftschacht der Metro schla-fen, dann klingelt man einfach neben der Kirche beim Pfarrer. Man darf vielleicht eine Nacht bleiben, bekommt morgens Toast und Tee und ein Lunchpakt mit auf den Weg. Im Nachhinein verklärt sich diese vorübergehende Not zum Abenteuer und wird eine gute Geschichte, die für Freunde und später für die

Enkel das eigene Jungsein noch einmal heraufbeschwört. Wenn man aber mit Mitte vierzig in die gleiche Situation gerät, sieht keiner mehr unter der angeschmuddelten Kleidung eine glatte Haut schimmern. Dann steht nur noch das ungewaschene Alter draußen vor der Tür. Das eines Fremden, und als Drohung auch das eigene.

Es war Sonntag, der letzte Tag im Januar.

Ich bin völlig abgebrannt, hatte Vera dem Reverend gleich gestanden, als er ihr die Bürotür öffnete, obwohl sie außerhalb der Sprechzeit geklingelt hatte. Auf dem Schreibtisch vor ihm lag der Entwurf zu einem Flyer. *Neorealismus. Alte Filme: Schlaglichter auf heute?* Jetzt verschränkte er die Hände hinter dem Kopf und rollte auf seinem Stuhl einige Zentimeter von der Schreibtischkante zurück.

Ich habe auch einmal in so einem Film mitgespielt, Vera zeigte auf den Flyer und lächelte, naiv, anschmiegsam, und versuchte, ein wenig so erotisch verheult auszusehen wie Romy Schneider. Sie sagte: Damals war ich zwölf. Der Film ist nur kurz in den Kinos gelaufen. Später wurde er im Fernsehen wiederholt. Er spielt im Sommer 1944. Alle Männer in der Geschichte sind Kommunisten, sind an der Front oder als Politische verhaftet. Ich habe eines der Arbeiterkinder gespielt.

Klingt wie später Neorealismus, sagte der Reverend.

Wie was?

Dazu machen wir eine Reihe im Herbst.

Über alte Filme.

Ja, die ein Schlaglicht auf unser heutiges Leben werfen. Steht doch da. Der Reverend zeigte mit dem Kinn auf den Schreibtisch. Haben Sie von Ihrem eine Kopie?

Nein, aber ich war sehr glücklich während der Dreharbeiten.

Wann war das?

1977.

Dann sind wir ja gleich alt.

Der Reverend stand auf. Was wollen Sie eigentlich genau, Salomé? Einen sonntäglichen Rat, eine Tasse Tee, meine Zeit in Anspruch nehmen, einen wärmeren Pullover aus der Kleiderkammer oder nur einen Whisky, weil es draußen gerade dunkel wird? Oder wollen Sie erzählen?

Zerstreut stand er vor ihr. Wie groß er war. Er konnte bestimmt noch viel mehr als nur die Salatschüssel vom obersten Küchenregal holen.

Ich will beichten, sagte sie.

Ich bin Reverend Jonathan, hatte er sich an Silvester vorgestellt und die mitternächtliche Runde für Vera geöffnet. Sein Pullover schaute unter der Lederjacke hervor. Er musste Mitte vierzig sein. Sein Schädel war kahl wie der von Karatsch, und er sah gar nicht wie ein Priester aus, als er gleich neben dem Taufbecken seine leere Bierdose in der Hand gedreht und Vera gemustert hatte, mit einem Blick, der ebenfalls nicht in eine Kirche passte. Der provisorische Getränketisch stand in seinem Rücken, und dahinter brannte ein riesiger siebenarmiger Leuchter, obwohl die Kirche anglikanisch war. Um den Reverend standen Frauen mittleren Alters und auch jener Mann mit seiner kleinen alten Mutter, in dessen Schlepptau Vera auf die Party hier geraten war. Während der Reverend weiter freundlich mit ihr und anderen sprach, hatte sie vorsichtig die kalten Füße eines angegrauten Gipsheiligen angefasst, dem es im Moment auch nicht besonders gut zu gehen schien. Er hockte angeschraubt auf einem freistehenden Heizkörper. Sie hatte Sehnsucht bekommen nach der braunen Kamelhaardecke in Karatschs Büro, während der Gipsheilige sie mit weißen Augen ohne Pupillen anstarrte. An den Längsseiten des Kirchenschiffs hing ein Kreuzweg, den nicht ein normal Untalentierter, sondern ein Perverser gemalt haben musste, vermutlich in Öl und Suppe. Auf einer der letzten Stationen in Altarnähe nagelte ein Folterknecht den verurteilten Jesus ans Kreuz, als sei es ein Akt von Männerliebe. Im Hintergrund der Szene ging die Sonne unter oder der Mond auf, genau ließ sich das nicht sagen.

Genau, sagte Reverend Jonathan in dem Moment zu einer schwarzen Frau mit weißem Brillengestell neben Vera, ganz genau, wenn man aus Whapping kommt, muss man sich wehren. Er und die Frau lachten, aber so, als würden sie frieren. Alle tranken Glühwein. Nur der Reverend holte sich eine weitere Dose Bier am Tresen, wo ein Mann mit tätowierten Unterarmen Chips auf Plastikschälchen verteilte. Vorsichtig verließ Vera die Runde der Frauen.

Sind Sie fremd hier?, rief der Reverend vom Tresen aus hinter ihr her und holte sie kurz vor dem Kirchenausgang von St John on Bethnal Green ein.

Wie war noch mal der Name? Er hielt sie am Ellenbogen fest.

Während sie noch stotterte und sich wand, hatte Vera eingesehen, wie dringend sie von der Kirchenparty verschwinden sollte, wenn sie es nicht schaffte, ihren neuen Namen auszusprechen. Gleichzeitig sah sie, dass die schwarze Frau mit dem weißen Brillengestell einen staubigen Ghettoblaster zu den Füßen der Heizung mit Gipsheiligem darauf aufstellte und Play drückte. Ein Sänger jaulte, eine Gitarre weinte. Last chance for a slow dance, sagte Reverend Jonathan, drehte sich um und forderte die andere, die ihren Kopf wie die Königin von Saba auf einem sehr langen Hals trug, zum Tanzen auf. Draußen fuhr die Polizei mit dem durchdringenden Geheul eines britischen Blaulichts vorbei. Mitternacht musste bereits gewesen sein. Vera war ohne Mettbrötchen und ohne den alten Film zu sehen ein Jahr älter geworden. Das große Silvesterfeuerwerk weit weg von hier an der Themse hatte ohne sie stattgefunden, so wie das kleine vor Karatschs Flachbungalow ebenfalls. Reverend Jonathan und die schöne Schwarze tanzten ohne sie Tango zu Sting auf dem kalten Steinfußboden der Kirche. Karatsch tanzte auch gern Tango, auch ohne Vera. Ob er sie jetzt vermisste oder schon betrunken war? Und Jo? Er würde bald zur See fahren. Jede Sekunde, die man nicht zusammen gewesen ist, wird man für immer nicht zusammen gewesen sein. Der Gedanke biss ihr mit seiner ganzen Schärfe in die Augen. Sie musste hier raus, bevor sie zu weinen anfing.

Hallo, hallo, stopp-stopp.

Dieser Reverend Jonathan hatte sie noch einmal auf der untersten Treppenstufe eingeholt. Wahrscheinlich hielt er sie für ein verlorenes Schaf.

Wie war noch mal Ihr Vorname?

Salomé, sagte sie. Salomé wiederholte er und zog den Namen in die Länge, Salomé, Stieftochter des Herodes, Tochter der Herodias, und eine Ihrer Namensschwestern wurde Jüngerin des Jesus von Nazareth. Meine liebe Salomé, wenn ich Ihnen irgendwie helfen kann? Er hatte sich wieder zu ihr gebeugt, liebenswürdig und ein wenig ungeschickt auch.

Gleich neben der Kirche ist mein Büro, dort habe ich ab übermorgen wieder Sprechstunde.

Helfen Sie mir jetzt schon, Reverend?

Wenn ich kann.

Darf ich kurz Ihr Handy haben, hatte Vera ihn gebeten und kurz darauf die SMS an Jo getippt.

Wenn Sie unbedingt beichten müssen, Salomé, sagte der Reverend und setzte sich zurück auf seinen Bürostuhl, dann kommen Sie besser zur nächsten Eucharistiefeier. Dort ist Beichte für alle Anwesenden in einem Aufwasch und danach Absolution im stillen Gebet.

Ich will aber jetzt beichten.

Sofort?

Und privat.

Warum?

Ich will Ihnen alles sagen und dann vergessen.

Der Reverend hatte bereits eine Schreibtischschublade geöffnet. Soso, sagte er. Es klang wie: Am liebsten würde ich Sie jetzt erschießen.

Ich habe unter anderem gestohlen, Reverend, in letzter Zeit sogar ziemlich oft, sagte sie tapfer, wollen Sie meine anderen Sünden auch wissen?

Der Reverend zog eine Stola aus der Schublade und legte sie um. Alle dürfen, keiner muss, einige sollten, murmelte er, und rollte auf seinen Stuhl um zwei Ecken des Tischs zu ihr herüber.

Erzählen Sie.

Als sie fertig waren, legte er die Stola ab, griff zum Telefon und rief in einem Krankenhaus bei der University St Mary an.

4.

Das hier ist kein Hotel, Love, hier kommen die Leute zum Sterben hin. Schwester Lea fuhr mit einem Finger die Details auf dem Einstellungsbogen ein zweites Mal ab. Wir nehmen Sie, weil Reverend Jonathan Sie empfohlen hat. Wo haben Sie Ihr Praktikum gemacht, Salomé?

Noch zu Hause, antwortete Vera vage.

Schwester Lea musterte die Frau, die aus Deutschland kam. Keine schöne Arbeit, Love.

Vera nickte.

Lauter Altersschwachsinnige und nur sechseinhalb Pfund in der Stunde.

Vera versuchte, das Gesicht einer professionellen Kranken-schwester aufzusetzen und nickte wieder. Als sie wenige Minu-ten später den Vertrag unterschrieb, hatte sie das Gefühl, in ihr sängen zwei Vögel. Es war der 1. Februar. Bis der Frühling kam, dauerte es noch. Trotzdem stellte sie sich an dem Mittag, an dem sie mit ihrem Vertrag aus dem Personalbüro kam, vor, es sei bereits Frühling. Ganz in Gedanken rannte Vera gegen ei-nen Mann, der an die zwei Meter groß war und auf sie herab-schaute, als sei sie ein Ball, den er nur kurz dribbeln musste, um ihn sanft und nah beim Himmel in einen Korb zu legen. Ich habe kein Geld mehr, alter Friedrich, würdest du mir postalisch etwas anweisen, hatte sie gestern noch nach Hause schreiben wollen. Doch wäre das nicht wirklich unfair gewesen? War Friedrich ihr mittlerweile nicht so egal wie ein Sack Kartoffeln, der in Aus-tralien umfällt, und sie ihm deswegen auch – vielleicht?

Und in den folgenden Tagen behielt das Leben seinen Glanz. Noch was vor?, fragte Schwester Lea oft, wenn Vera sich nach Dienstschluss in der Kammer neben der Schwesternküche um-zog und dabei ein Lied von Johnny Cash pfiff. In dem kleinen Raum roch es wegen des Fußschweißes wie in einer Moschee. Eine Reihe von billigen Ballerinas in Pastellfarben wartete unter der Heizung. Innen vom Schweiß bräunlich verfärbt, außen mit ausgelatschten Gesichtern trotz des jugendlichen Designs. An-fangs hatte Vera der Geruch nach Käse gestört, doch auch dar-an hatte sie sich gewöhnt. Alles gehörte dazu. Auch sie gehörte dazu. Rasch schaute sie sich bei den anderen Schwestern auf Station ab, wie man mit einem Einmalwaschlappen die Gesich-ter von alten Damen und Herren reinigte, danach den Hals, die Ohren, das Dekolleté, die Achseln, Arme, Hände, Brust, Bauch, Geschlecht, Schenkel und zuletzt die Füße. Sie gewöhnte sich an die Adern und Unebenheiten alter Haut. Beim Waschen fragte sie die alten Damen, was sie geträumt hatten in der Nacht, und schaltete das Deckenlicht für die morgendliche Waschaktion nicht an. Es brannten nur die Nachtlampen an den Betten, das machte das Reden leichter. Sie ging ihrer Aufgabe nach, welche nicht nur aus Arbeit, sondern auch aus Anwesenheit bestand.

Bin ich froh, dass meine Frau nicht mehr sprechen kann, hatte am ersten Arbeitstag der Mann einer Patientin zu ihr gesagt, als sie das Tablett aus dem Zimmer räumte.

Warum?

Sie würde immer nur sagen: Ich will nach Hause.

Und als sie noch zu Hause war?

Da hat sie Geldscheine zerschnitten und in den Schrank gekackt.

Den Lohn der ersten Woche brachte Vera als Scheck zum Royal Mail Postoffice gleich beim Royal London Hospital. Sie eröffnete das Konto auf den Namen Salomé Schreiner. Das Unterschreiben hatte sie in der Nacht zuvor geübt, bevor sie am Morgen in Westernstiefeln und mit unerschrockenem Fersengang ans Ende einer langen Schlange vor dem Schalter trat. Der Beamte wollte nicht einmal die Signaturen vergleichen. Nur die Bürgschaft von Reverend Jonathan sah er genauer an.

Als sie das Postoffice verließ, machte sie einen Sprung, so wie sie ihn eigentlich nur bei Jo in letzter Zeit gesehen hatte. London! Im März würde der Frühling kommen und die Sonne sich in den ersten jungen Blättern verfangen. Das Muster aus Licht und Schatten auf den Gehsteigen Londons würde ganz ähnlich sein wie das daheim. London und Springtime. Vera lachte. Was für ein Hüpfen und Jauchzen lag in dem Wort: Springtime! Jetzt fehlte nur noch ein Mann, der die Hand mit dem Druck der Liebe auf ihren Kopf legte und das Herz höher schlagen ließ.

London! Was für ein Vorrat an Leben lag in der Luft.

5.

Ein Zaun, ein Stück Rasen, winterschäbige Erde im Blumenbeet und die Veranda beim Eingang voller Kram. Der Schlitten ließ darauf schließen, dass es Kinder gab. Die leeren Blumenkübel aber sagten, dass keine Frau mehr da war, die sie bepflanzte. Vera schaute noch einmal den Schlitten an und fand, es war eine Frage von Anständigkeit, den Mann hier in Ruhe zu lassen. Es war Sonntag.

Sie war ihm gefolgt und am Ende durch eine unauffällige Passage zwischen zwei Wohnblocks hinter ihm her geschlüpft. In dem Durchgang lagen eine jüdische Bäckerei, eine pakistanische Zeitungsredaktion und ein Hochzeitsstudio, das sich bei den ausrangierten Kulissen von Ben Hur bedient haben musste. Vor dem Studio standen zwei wacklige Stühle und ein Plastiktisch. Zu dritt taten die ausrangierten Möbel am Rand eines rissigen Schlammkarrees tapfer so, als seien sie ein Garten. Wo der Durchgang auf die nächste Straße mündete, lungerten Jungen im finsteren Alter zwischen Kind und Mann herum und ließen eine 7-Up-Dose kreisen.

Sie war dem Mann in dem hellen Trenchcoat eine knappe Stunde lang von der Station Embankment bis zum Haus mit dem Schlitten gefolgt, obwohl er ein ganz anderer war als der Mann vor dreißig Jahren. Gott war nicht dankbar. Niemanden verschonte er vor dem Alter, nur weil er zwei kleinen Mädchen geholfen hatte, unbeschadet ans Ende einer Nacht zu kommen. Jetzt, wo der Mann, dem sie gefolgt war, in der Tür seines Hauses verschwunden war, stellte sie außerdem fest, dass es nicht viele Menschen in ihrem Leben gegeben hatte, die davon profitierten, sie zu kennen. Warum also die Liste verlängern? Im Garten vor dem Nachbarhaus reinigte ein kleiner, dicklicher Pakistani seinen Goldfischteich. Das Schutzgitter hatte er dafür beiseite gelegt. Hatte er Angst, Fische ohne Gefängnis würden davon laufen? Vera grüßte aus Verlegenheit. Er schaute wie ein Nachtwandler zurück.

Der ist nicht unhöflich, der ist einfach so, sagte eine Stimme aus dem ersten Stock über dem Schlitten, warum kommen Sie nicht herein?

Wenige Herzschläge später öffnete sich die Haustür wieder.

6.

Das haben wir noch nicht gesehen, hatte Vera damals zu Meret gesagt. Streich einfach durch, Schlaumeise, hatte Meret geantwortet, das merken die zu Hause sowieso nicht. Blaue und grüne Lichtchen tanzten in ihren Augen, deren Lider sie am Morgen auf dem Klo der Gastfamilie in Barnet großzügig angemalt hatte, so dass sie wie ein Pandabär aussah. Sie hatte vor Veras Gesicht herumgefuchtelt, als wolle sie das helle Nachmittagslicht wegwischen. Ein Mann stand vor ihnen auf dem Rasen des Hyde Parks, den ein heißer Sommer bereits braun gefärbt hatte. Der Mann hatte schwarze Locken. Jannis, sagte er, und wie alt seid ihr eigentlich?

Vierzehn, sagte Vera.

Und du?, fragte Meret.

Dreißig.

Sind wir beide zusammengerechnet fast auch, krähte Meret, bevor sie in den alten Vauxhall stiegen. Sie drehte sich zu Vera um: Du sitzt hinten! Vor einer Bar ließ er sie aussteigen. Geht schon mal hoch, sagt einen Gruß von Jannis. Ich komme gleich nach.

Die steile Stiege führte von der Straße fast senkrecht zu einer niedrigen roten Tür. Am Tresen saßen Ali Baba und fünf Räuber. Den zwei Gläsern Cola, die Meret und sie nicht bestellt hatten, folgten zwei weitere, und noch zwei, bis Vera zum Klo musste. Sie stand auf und konnte nicht mehr gehen. Was sie ansah, gab dem Blick nach wie Gummi.

Bathroom?

Einer der Räuber hatte auf ein Loch in der Wand gezeigt, wo eine geraffte Gardine wie ein schweres Lid über einem ausgestochenen Auge hing. Am Ende des Gangs kam Vera ein struppiges Mädchens entgegen und blieb in einem großen goldenen Rahmen vor ihr stehen. Das Gesicht waberte vor, wehte wieder zurück und hatte trotz dieser verdammten Ähnlichkeit mit Gelatine noch mehr Ähnlichkeit mit ihr selber. Mädchenhändler, flüsterte das Gelatinegesicht. Zurück am Tresen bohrte Vera die Nase in Merets Haar. Wir gehen! Merets Ohr hatte sich wie Wachs angefühlt. Die Stiege von der roten Tür zur Straße hinunter krochen sie rückwärts. Und wieder stand unten ein Mann, wieder einer, den sie noch nicht kannten. Er trug einen hellen Trenchcoat.

Do you need a cab?

Wat? Meret hatte sich als Erste aufgerichtet und krempelte ihren kurzen Rock kürzer. What, übersetzte Vera, da hatte Meret sich bereits bei dem Trenchcoat eingehakt und wiederholte das Wort Cigarette, um für den Rest des Abends ihre kindische Begleitung anzubieten. Der Mann im hellen Trenchcoat machte sich los und strich Meret über die Wange: Wo wohnt ihr? Barnet, sagte Vera. Der Mann hatte ein Taxi angehalten und zwei Geldscheine auf den Platz neben dem Taxifahrer geworfen, damit er sie zurück nach Barnet fuhr, in jenen nördlichen Vorort von London, in dem alle Häuser gleich, aber alle auch gleich behaglich aussahen und wo Meret besoffen, aber gerettet ins Klappbett und Vera auf das Sofa der Gastfamilie fiel, das zu kurz war und dessen Bezug kratzte, wenn sich beim Träumen das Laken verschob. Die ganze Strecke über hatten Meret und sie damals im Taxi geschwiegen, doch so, als wollten sie etwas sagen, das sie nicht sagen konnten, weil sie damals nicht einmal wussten, dass sie es sagen wollten. Etwas an ihrer Freundschaft war in dem Moment vorbei gewesen. Etwas dauerte nur noch.

7.

Beim Aufwachen bereits hatte Vera sich vor dem Sonntag gefürchtet, als sei sie noch daheim. Die kleine Stadt war fort, die Furcht war geblieben. Sie hatte sich auf die andere Seite des schmalen Bettes in ihrem schmalen Hotelzimmer gedreht und den Regen vor dem Fenster schnelle Schneckenbahnen über das Glas ziehen sehen. Von der Rezeption her drangen Stimmen von Gästen, die ihre Rechnungen bezahlten und fertig zur Abreise waren. Sie fuhren zurück in ihre Heimatorte, die ihnen nach dem Besuch in dieser großen Stadt wieder so behaglich vorkommen würden. Vera hatte sich mit dem rosa Wasserkocher einen Tee gekocht und bald schon das Hotel verlassen.

Die Autos hatten ihre Scheinwerfer eingeschaltet. Sie war die Treppe zur Brücke bei der Station Embankment hinaufgegangen. Oben der Steg war von einem Firnis Wasser überzogen, und die Pfeiler der Brücke hingen am niedrigen Himmel. Waren Hängebrücken immer sofest gemacht? Wahrscheinlich schon. Wenige Menschen liefen von Ufer zu Ufer, die meisten davon Touristen. Als Vera sich weit über das Geländer beugte, herrschte unter ihr eine Flut, die dunkel und mit großer Wucht vorbeiströmte zur Mündung, zum Meer. Zwei Frauen blieben neben ihr stehen. Sie hatten verquollene Gesichter wie Boxer nach einem Kampf oder Kinder nach dem Weinen. Wenn jetzt einer in unsere Themse springt, sagte die eine, dann können sie den in zehn Minuten eine Meile flussabwärts bei Greenwich wieder rausfischen, sagte die andere. Wenn sie ihn noch später finden, sagte die eine, dann hat er meistens schon einen Zusammenstoß mit einem Schiff gehabt, fuhr die andere fort, es fehlt ihm ein Bein, oder die Möwen haben ihm die Augen ausgehackt. Die beiden Frauen gingen weiter. Eine einzelne Seemöwe strich dicht über Vera hinweg und schrie. Go! Da war er ihr entgegengekommen. Der helle Trenchcoat hatte hinter ihm her geweht, während er telefonierte.

Galt sein Lächeln ihr oder der Person am anderen Ende der Leitung? Sie hatte sich ihm in den Weg gestellt. Er zog die Stirn kraus. Zwei steile Falten erschienen über den Augenbrauen.

Kennen wir uns?

Ich habe Sie gleich wiedererkannt.

Sie ging noch einen Schritt auf ihn zu. Dies würde das letzte Mal in ihrem Leben sein, dass sie sich so etwas traute. Unsinn, es war das erste Mal, dass sie sich das überhaupt traute. Mit dem Zeigefinger tippte sie auf einen seiner Mantelknöpfe. Das kam ihr sehr intim vor.

Sie sind überhaupt nicht älter geworden, und wir waren damals fünfzehn und betrunken.

Sind Sie jetzt auch betrunken?

Sie hatte begonnen, an einem Knopf seines Mantels zu drehen. Gleich würde er abreißen und ihre Beute sein. Früher hatte sie in Kaufhäusern Weihnachtsgeschenke für die ganze Familie geklaut, später hatte sie einer Frau den Mann weggenommen, noch später einer Fremden den Ausweis, und kurz darauf einer reichen Frau die Unterarmtasche. Aber dies hier würde ihr gewagtester Raub bisher sein.

Küssen Sie mich!

Wieso?

Sie lieben Ihre Freundin sowieso nicht mehr.

Ich habe gar keine Freundin.

Über ihr und dem Mann in dem hellen Trenchcoat hatte ein bleigrauer Himmel gehangen, der von oben herab zuschaute und sagte, dass es außer diesem Himmel eigentlich nichts gab. Dass die Welt und die Zeit und die Ewigkeit aus Blei waren und damit eigentlich alles gesagt war, was es an diesem Tag zu sagen gab.

Er bot ihr einen Platz auf einem halbrunden Cordsofa an. Im Kamin flackerte ein elektrisches Feuer. Der helle Trenchcoat lag über einer Sessellehne. Auf dem Sims standen die Fotos von Frau und Kindern. Das Radio lief hinter einer schmalen Schiebetür, dort, wo die Küche sein musste. In den Fünfzigerjahren, sagte ein Sprecher, war der beliebteste Name in London James. In diesem Jahr hießen die meisten neugeborenen Jungen Mohammed.

Ich heiße Kennedy, sagte der Mann jetzt, Sean Kennedy. Er hatte auf seinem Kaminsims zwei Lampen mehr angemacht. Eine hellgelb, eine kürbisorange.

Von meinen Töchtern. Wie heißen Sie?

Salomé.

Wie einfach es war, in einem anderen Namen zu verschwinden. Wie einfach es doch war, in einer großen Stadt auf Tauchstation zu gehen. Wenn man sich kaum rührte, hinterließ man auch kaum Spuren. Man konnte sich immer noch in Luft auflösen, selbst im 21. Jahrhundert.

Vorhin, als wir uns begegnet sind, sagte er, da dachte ich auch, ich hätte Sie schon einmal gesehen. Vielleicht sogar in einem Film. Er lachte verlegen, als sei er ab jetzt an diesen albernen Satz gefesselt, so dass ihm erst mal kein anderer mehr einfallen würde. Deshalb habe ich mich nach Ihnen umgedreht und so gesehen, dass Sie mir folgen. Und Sie?

Ich dachte auch, ich kenne Sie. Wenigstens Ihr heller Mantel kam mir bekannt vor.

Das klang noch alberner als das, was er gesagt hatte.

Der Mantel gehört mir gar nicht. Ich habe ihn heute Morgen von meinem Schwager geliehen. Wegen des Wetters.

Er steht Ihnen.

Er passt nicht zu mir. Wollen Sie was trinken?

Kennedy ging in die Küche und drehte das Radio aus. Das Klacken von Eiswürfeln, die ins Spülbecken rutschten, eine Schranktür, eine Schublade, das Klirren von Flaschenhälsen. Vera zog ein Sofakissen auf ihren Schoß. Wenn sie gleich oder später versuchen würde, aufzustehen und zu gehen, würde dieser Kennedy alles richtig machen. Vorsichtig würde er versuchen, sie auf das Sofa zurück zu drücken. Aber sie war aus der Übung und wusste gar nicht mehr, wie das ging, das mit der Liebe. Denn mit Karatsch war die Liebe in den letzten Jahren nur noch ein seltenes, kurzes Aneinandersein im Dunkeln gewesen. Ein freundschaftliches, schlafförderliches Entgegenkommen, kein Rausch.

Kennedy kam mit Whisky zurück. Rasch nahm sie das Kissen vom Schoß.

Wie alt sind Sie eigentlich?

Siebenunddreißig. Er setzte die Gläser ab und stützte die Rechte neben ihrem Kopf auf die Sofalehne. Kapuzensweater, Springerstiefel. Hatte er das vorhin auch angehabt? Und sie, hatte sie vor lauter Trenchcoat nicht den Rest Mann gesehen, der eigentlich zu jung für sie war?

Ich bin Ire, hatte Kennedy eine Stunde später gesagt. Seit er aus Afghanistan zurückgekommen war, überlegte er, sich bei einem der britischen Geheimdienste zu bewerben. Nicht bei MI5 oder MI6, sondern beim Ressort elektronische Hightech-Aufklärung des Communication Headquarter in Gloucestershire.

Gloucestershire? Vera wusste nicht, wo das lag. Kennedy zeigte mit dem Daumen nach oben links und ging wieder in die Küche. Sie folgte. Er öffnete den Kühlschrank. Darin lagen über ein Dutzend weißer Kerzen neben einer einzelnen Dose Bier.

Warum ausgerechnet Afghanistan?

Ist wichtig für die Karriere. Er schenkte Milch ein, auch für sie. Über dem Kühlschrank hing ein Vogelkäfig, der mit einem Küchentuch abgedeckt war.

Hat es dir nichts ausgemacht, auf Leute zu schießen?

Ich habe ja nicht immer getroffen.

Und dann?

Dann habe ich doch keine Analyse angefangen.

Er stellte die Milch zurück in den Kühlschrank. Übrigens, die Kerzen sind von meiner Ältesten, die hat sie gestern Abend selber gegossen. Wir sehen uns immer samstags, gehen hinunter zur Themse, zu den Vögeln und den angeschwemmten Schätzen im Schlick. Die meisten denken, das ist nur Müll, aber das stimmt nicht. Das weiß auch meine Älteste.

Wie alt ist sie denn?

Dreizehn.

Und die Jüngere?

Acht.

Geht sie nie mit?

Sie mag mich nicht leiden. Ganz die Mutter eben. Hast du auch Kinder?

Einen Sohn.

Wie alt?

Ziemlich alt. Sie zog einen Mundwinkel hoch, als müsse sie sich dafür entschuldigen.

Wo ist der?

In der Stadt, aus der ich komme.

Wie heißt die?

Ach, sagte sie.

Wann fliegst du wieder zurück?

Erst mal nicht. Ich suche eine Wohnung.

Sie steckte einen Finger durch die Gitterstäbe des Vogelkäfigs. Einer der beiden Kanarienvögel fing an, auf ihrem Fingernagel herumzupicken. Neben dem Käfig war ein Filmprogramm an den Hängeschrank geheftet. ERZÄHLBAR. Filmclub St John on Bethnal Green. Programm Januar–April. Kontakt: Reverend Jonathan.

Du kannst meine Wohnung für die nächsten Monate haben. Morgen um fünf muss ich wieder runter zum Einsatz. Schlüssel kann ich dir gleich mitgeben.

Machst du das immer so?

Nein, nie. Hast du eigentlich einen Mann?

Nein.

Wie kann das sein, dass du allein bist?

Sie zog den Finger aus dem Käfig zurück.

Wie hoch ist denn die Miete?

Miete will ich nicht, brauche ich nicht. Ich freu mich einfach, wenn du noch da bist, falls ich zurückkomme.

Du bist nett.

Meine Wohnung auch. Er lächelte. Ein Kabul-Lächeln, in einem Gesicht, dem es nicht an Selbstvertrauen fehlte

Aber wir kennen uns doch gar nicht, sagte sie.

Ja, wir kennen uns nicht, aber ich finde das schön, sagte er.

Montag am späten Nachmittag brachte Vera ihre wenigen Sachen zu Kennedys Haus. Er war am frühen Morgen fortgefahren. Warum er ihr die Wohnung überließ?

Weil er eine Blumengießerin für seine zwei Vögel brauchte?

Weil er sich ein wenig verliebt hatte?

Sie hängte ihre Kleider auf die wenigen freien Bügel in Kennedys Schrank, stopfte die Tasche von Salomé Schreiner in den karierten Billigkoffer und warf ihn unter sein Bett. In der Küche knipste sie die Neonröhre über Kennedys Spüle an, sah wieder das Kinoprogramm ERZÄHLBAR von St John on Bethnal Green am Schrank kleben, öffnete das Fenster und stand einen Augenblick da, ohne zu wissen, was sie eigentlich erwartet hatte, doch auch ohne enttäuscht zu sein. Seine Küche aus den Siebzigern sah aus, als würde sie nie mehr sauber werden. In der Obstschale fand sie neben einer angeschnittenen Zitrone eine Packung Zigaretten und benutzte den Aschenbecher, der draußen auf der Fensterbank stand. Sie rauchte hastig, wie heimlich, und während sie die Kippe ausdrückte, drehte sie sich zu den Gummihandschuhen Hausmarke Sainsbury's über der Geschirrabtropfe um. Gelb und hässlich waren sie, wie alle ihre Vorgänger und die, die nach ihnen kommen würden. Der Kühlschrank war von ADISON, weil das M abgefallen war. Vera räumte die weißen Kerzen aus dem Gemüsefach und stapelte sie im Hängeschrank. Dann machte sie in der Mikrowelle Wasser warm, für den Tee, und trank ihn im Stehen aus einer Tasse, auf der vor tausend Jahren Prinz Charles und Lady Di aneinander vorbeilächelten. Du bist älter geworden, mein Vera-Mädchen, hörte sie plötzlich Karatsch neben sich sagen und sah ihn in Kennedys Küche mit verschränkten Armen herumstehen, die schrecklich kurz aussahen. Viel kürzer als in Wirklichkeit, und noch viel, viel kürzer als damals, als er mit diesen Armen nach ihr gegriffen hatte. Sie war sechzehn gewesen und das Bett noch ungemacht. Die Kopfkissen von Suse und Karatsch hatten an jenem Tag so dicht beieinandergelegen, als kümmerten sie sich umeinander. Karatsch hatte sie an jenem Nachmittag erwischt, als sie vor dem großen Spiegel einen Monolog probierte, mit dem sie sich an einer Schauspielschule bewerben wollte. Es war nur ein Reflex, hatte sie sich später beruhigt, den alle Männer haben, wenn eine Frau auf Atemnähe steht. Karatsch hatte sie geküsst. In der Berührung seiner Lippen war bereits alles gewesen, was später folgte und vielleicht nicht bis später gewartet hätte, hätte es in dem Moment nicht an der Tür geklingelt. Ich bin's, piepste es drüben beim Törchen zum Vorgarten. Weiße Lackstiefel staksten auf die Haustür zu. Mit hängenden Armen hatte Vera Karatsch zugeschaut, wie er abrupt anfing, die Betten zu machen, während Meret auf dem kurzen Weg zum Haus kreuz und quer trippelte und wie eine Möwe schrie. Was ist, hast du 'nen Vogel?, hatte Vera gefragt, als sie die Tür für Meret öffnete. Nein, habe ich nicht. Bin aber heute einer, hatte Meret geflötet. Du übrigens auch, kannst dir aussuchen, ob du Kranich oder Schnepfe sein willst. Auf jeden Fall wird es Zeit, dass wir von hier fortfliegen.

Vera ging ins Bett, in Kennedys Bett.

Hoffentlich kam er nicht so bald zurück.

Hoffentlich kam er doch bald zurück.

Hoffentlich beides.

8.

Stehen Sie nicht herum, Mädchen. Pantons Stimme war daran gewöhnt zu befehlen. Lassen Sie einen Priester kommen, denn es muss nochmals getanzt werden.

Mr. Panton aus Zimmer 9 war mitten in der Nacht aufgewacht und hatte geglaubt, es sei viel früher in seinem Leben. Im Nachbarbett, in dem er seine Ehefrau vermutete, hatte ein Mann gelegen. Was will der hier? Panton hatte erst seinen greisen Zimmernachbarn und dann die Station zusammengebrüllt. Mich mit meiner Frau betrügen?

Eine Schrecksekunde war vergangen, dann ein ganzes Zeitalter. Panton hatte zugeschlagen und offenbar am Morgen vergessen, dass er es getan hatte.

Ich glaube, mit mir geht es zu Ende, sagte er, als Vera eine Schnabeltasse mit Tee auf den Nachttisch stellte und sich länger als nötig am Henkel festhielt. Sie mochte Panton, auch wenn er pisste oder weinte oder sagte, dass nur eine gewisse Ruth oder ein Hund namens Prince Charles ihn verstünden. Panton war Kapitän auf der Belfast gewesen. Wenn man sich länger als zwei Minuten in seinem Zimmer aufhielt, erzählte er von der Harland-&-Wolff-Werft, wo sein Schiff auf Kiel gelegen hatte, bevor es im März 1938 vom Stapel gelassen und im August 1939 von der Royal Navy in Dienst gestellt worden war. Damals war David Panton neunzehn gewesen. Er schwärmte von den 187 Metern Länge seines Schiffs wie von den Maßen einer Schönheitskönigin und von ihren zwölf Kanonen wie von Enkeln. David Panton hatte eine Frau gehabt, aber keine Familie.

Einen Priester will der? Wofür? Der alte Haudegen ist doch bekennender Atheist. Während sie das sagte, wechselte Schwester Lea in der Kammer neben der Stationsküche ihre ausgetretenen kalkweißen Gesundheitsschuhe gegen ein Paar noch ausgetretenerer rosa Sandalen. Waren Schuhe ein Abbild ihrer Träger? Die von Schwester Lea hatten etwas Zähes und Enttäuschtes, vor allem um die schief gelaufenen Absätze herum.

Was kümmern Sie sich denn noch so um den, Salomé, der ist doch schon weg, der alte Panton, sagte sie, den interessiert doch schon nicht mehr, was hier passiert. Mit einem feuchten Finger hob sie einen Krümel von der Fensterbank und steckte ihn in den Mund. Weg ist der, wiederholte sie.

Wo ist er denn?

In seiner Zwischenwelt.

Was macht er dort?

Mit den ersten Geistern kommunizieren, Verwandte treffen, die bereits vorausgegangen sind, und dabei selber den Tod erwarten. Ohne Panik den Tod erwarten. Sie wurde leiser, genauer und cremte sich die Hände ein.

Ohne Panik, sind Sie sicher?

Ja, denn seine Unruhe, die wir wahrnehmen, hat nichts mit Unglück zu tun.

Womit denn?

Mit Glück vielleicht, weil der alte Panton sich langsam herausschneidet aus dem Bild seines Lebens, den Kopf durch die Lücke streckt, die so entsteht, und nachschaut, was da noch kommt.

Was kommt da?

Nichts, sagte Schwester Lea, nichts. Sie schnappte sich eine Banane aus dem Nachmittagssortiment.

Schönen Tag noch, Salomé. Übrigens, Zimmer 3 klingelt.

Den grün gestrichenen Gang lief sie entlang Richtung Hauptausgang Bancroft Road, wo ihr kleines weißes Fahrrad zwischen zwei öffentlichen Aschenbechern auf sie wartete.

Als Vera in Zimmer 3 den Alarmknopf ausstellte, grinste Mrs. Lee sie freundlich und ohne Gebiss über die Schulter hinweg an. Mrs. Lee will einen Tee, summte sie, einen schwarzen. Nein, doch lieber einen weißen. Oder doch lieber Kaffee, aber kalten. Kalter Kaffee macht schön – die Alten. Mrs. Lee kicherte. Tags zuvor hatte sie Vera beschimpft. Scheiß Königin Victoria, hatte sie gesagt, du Scheißfotze du, biste wieder in den schwarzen Strümpfen unterwegs. In denen haste bestimmt die ganze Nacht gefickt, Fräulein.

Mit wem denn?, hatte Vera fröhlich gefragt und Mrs. Lee mit einer Franzbranntweinflasche zugeprostet. Mrs. Lee hatte zu weinen angefangen. Ein Krächzen, ein Krach, ein eingerosteter Mensch.

Das ist mein Albert, Fräulein, hatte sie wiederholt, mein Albi, mein Bambi. Den können Sie nicht einfach abtragen, wenn ich ihn noch nicht gegessen habe.

Als Vera sie jetzt auf die andere Seite umbettete, sagte Mrs. Lee: Ich liebe dich, meine Süße!

Ach, Mrs. Lee, das sind nur die Hormone.

Welche?

Die fehlenden.

Mrs. Lee lächelte weich und drückte die Wange ins Kissen. Vera rieb ihr den Rücken mit Franzbranntwein ein.

Ja, die Hormone, sagte sie, oder der Volkstanz.

Richtig, der Volkstanz ist an allem schuld, Mrs. Lee. Vera verrieb einen Rest vom Franzbranntwein auf dem eigenen Unterarm.

Auch daran, dass Frauen jetzt Hosen tragen?

Nein, daran ist die Studentenbewegung schuld.

Wer sagt das?

Mutter Martha.

Na, die ist ja nun auch schon tot, kicherte Mrs. Lee, und Vera verließ das Zimmer.

Vor der Tür blieb sie stehen, die Hände in den Kitteltaschen vergraben. Warum war es eigentlich so wichtig, dass ein Leben immer weiterging? Warum war es schlimm, dass man eines Tages starb? Eigentlich war doch der Tod nicht schlimm. Aus der eigenen Perspektive betrachtet, war er nicht der schlimmste Verlust. War er eigentlich gar kein Verlust, aber einer für die anderen. Für den, der starb, kamen einfach nur die Erfahrungen zum Stillstand. War die Furcht vor dem Tod also nur eine Angst, die Erinnerungen zu verlieren? Oder war es diese Vorstellung davon, eines Tages auf dem Friedhof zu liegen, hier ein bisschen Grün, dort ein bisschen Gelb, allein in einer zugenagelten Holzkiste, die bald feucht und dann zerfressen sein würde, die den Tod unerträglich machte? Was hatte Friedrich am letzten Silvester gesagt, als er überraschend zu ihrem Geburtstag kam und sie vor Karatschs Haus gestanden, geraucht und über die kranke

Mutter Martha gesprochen hatten? Wenn man keine Vorstellungsgabe hat, ist der Tod ein Kinderspiel. Hat man aber eine, ist es nicht auszuhalten, hatte er gesagt, und sie hatte ihn erstaunt angesehen. So ernst war Friedrich früher nicht gewesen.

Vera drückte die Ellenbogen durch und die Hände noch tiefer in ihre Kitteltaschen. Eine flache Dose mit Nivea drückte zurück. Mein Gott, was für ein Flur war das nur, der da vor ihr lag. An seinem Ende nichts als schlimme Vasen im Regal und auf dem ganzen Weg dorthin hinter jeder Tür das laute Atmen der Alten. Sie warteten darauf, dass der Todesengel für heute noch einmal an ihnen vorüberging und über teichgrünes Linoleum allenfalls das Nachbarzimmer betreten würde.

Es ist wegen Mr. Panton.

Panton? Kenn ich den?

Panton ist ein Patient bei mir im Krankenhaus. Er ist zur See gefahren, war mal katholisch, jetzt ist er Atheist. Er will einen Priester.

Warum?

Er stirbt.

Reverend Jonathan zerdrückte seine leere Bierdose in der Linken, und der Mann am Tresen nahm sie ihm weg. Seine Hand war erstaunlich weich, dafür, dass seine Unterarme flächendeckend tätowiert waren, hatte sie bemerkt, als sie sich vor wenigen Minuten begrüßten.

Ich kenne Sie, von Silvester, hatte er gesagt.

ERZÄHLBAR stand auf dem Transparent hinter dem Tresen, und wie bei ihrem ersten Besuch in St John on Bethnal Green brannte der siebenarmige Leuchter zwischen halbvollen und leeren Weinflaschen. Die Filmveranstaltung war gerade zu Ende gewesen, als Vera von der Spätschicht in die Kirche gekommen war.

Könnten Sie morgen nicht auf Station vorbeikommen, Reverend? Morgen habe ich Nachtschicht und bin so gut wie allein dort.

Als Vera am nächsten Abend kurz vor zehn die Schicht von Schwester Lea übernahm, war Mrs. Lee soeben in ihrem Zimmer zwischen dem Dunkel und dem Schnee in ihrem Kopf über irgendetwas gestolpert, das ihr vor dem Einschlafen noch unerledigt vorkam. Letzte Woche war es ein Brief an einen Cousin gewesen, den sie im Krieg nicht zu Ende geschrieben hatte. Heute war es ein Vogelkäfig, den sie vor vierzig Jahren zu lange in einem kalten Hausflur hatte stehen lassen. Auf der Suche nach frischem Vogelsand hatte sie den Vogel vergessen. Der war ihr nun, Jahrzehnte später, wieder eingefallen.

Sie hat sich auf die Suche gemacht und sich am Waschbecken die Hüfte angeschlagen, fasste eine ungeduldige Schwester Lea zusammen.

Ich kümmere mich drum.

Zwei dunkle Elefantenaugen von undefinierbarer Farbe starrten Vera im Schein des Nachtlichts an, als sie das Zimmer betrat.

Wieso kommen Sie jetzt noch?

Wegen Ihres Vogels.

Ich? Ich hatte noch nie einen Vogel! Was fällt Ihnen ein. Mrs. Lee richtete sich böse im Bett auf, ließ sich aber trotzdem die alte Hand streicheln, die ziemlich groß war. Eine brüchige, trockene Haut und im Hirn lauter Gekrakel, unleserlich und manchmal böse. Wie sie wohl als junge Frau gewesen war? Und wie als Frau in Veras Alter? Auf einem Hocker neben dem Bett stand eine Nierenschale. Das Schwimmbecken aus Sandstein in dem Hotel, das wie ein Schloss getan hatte, in dem sie mit Karatsch im letzten Urlaub gewesen war, hatte zwischen den Rhododendren ebenfalls wie eine riesige Nierenschale ausgesehen, und Karatsch hatte sie am letzten Abend der Reise gebeten, nackt beim Fenster zu stehen und auf das Schwimmbecken zu schauen, bis jemand vorbeikäme und sie oben am Fenster sähe. Der Gedanke hatte ihn erregt. Aber nur ein Schwarm Krähen war irgendwann krächzend aufgeflattert, vor einem glühenden Postkartensonnenuntergang.

Ich muss mal, sagte Mrs. Lee in das ferne Krähengeschrei in Veras Kopf hinein. Vera fädelte einen Arm unter den Achseln von Mrs. Lee hindurch, um ihr aus dem Bett zu helfen.

Wie alt sind Sie eigentlich, Fräulein?

Schätzen Sie. Vera schaute auf die Uhr.

Ich schätze mal, vier Wochen älter als ich, richtig?

Mit der Hand fuhr Mrs. Lee sich unter eine ihrer Brüste, die schlaff zwischen Nachthemd und Rippen hing.

Und was ist das da überhaupt für ein Gepiepe in Ihrem Kopf, Fräulein?

Mrs. Lee tippte mit einem langen gelben Fingernagel zwischen Veras Brauen. Haben Sie etwa einen Vogel? Hat der Hunger? Hat der auch einen Namen?

Ja, hat er. Vera schaute wieder auf die Uhr. Zwei Elefantenaugen unter schrumpeligen Lidern beobachteten sie flink.

Wie heißt er denn?

Es ist kein Er.

Ein Weibchen?

Ja, sagte Vera.

Wie süß, zwitscherte Mrs. Lee, und eng aneinandergeschmiegt gingen Vera und sie zur Toilette. Was für eine zärtliche Verschworenheit mitten in der peinlichen Notwendigkeit.

Warten Sie eigentlich auf jemanden, Fräulein? Mrs. Lee fragte lauernd, und Vera setzte sie energischer als sonst auf die kalte Klobrille.

Erstes Bild: ein rotes Herz auf blauem Himmel. Zweites: ein Himmel mit den Füßen im Sand und alles in billigen Wechselrahmen. Nach einer weiteren Schwingtür waren Vera und der Reverend in der Abteilung für mentale Störungen gelandet. Wand und Bodenfarbe im Flur waren polarblau. Es war noch nicht Mitternacht. Letzte Woche hatte hier noch ein drittes Bild gehangen. Ein Aquarell. Einem kleinen muslimischen Mann im weißen Kleid mit Nikolausgesicht und passendem Bart folgten zwei hohe schlanke Frauen. Die eine trug eine braune, die andere eine schwarze Burka und dazu in der Hand eine dünne Einkaufstüte, wie man sie im Sainsbury's umsonst bekam. Wenn Vera eines Tages in die Stadt, aus der sie kam, zurückkehrte, sie würde sich vom Markt bei der Whitechapel Station eine Burka mitnehmen, für all die Tage, an denen es ihr nicht gut ging und sie weder im Mumienexpress noch beim Einkaufen angeschaut werden wollte, hatte sie letzte Woche beim Anblick des Bildes gedacht. Es hieß: Mohammed und seine Gefährtinnen. Heute.

Den Titel hatte der Künstler von Hand auf sein Visitenkärtchen gemalt und neben das Werk geheftet. Also musste die jüngere der beiden Frauen Khadija oder Saida, die ältere Aischa oder Zinebauf sein, hatte Vera letzte Woche im Netz nachgeschaut. Wie oft war Vera im East End, wo sie jetzt wohnte, zwischen all den Saidas und Aischas beim Gemüsekaufen die Einzige, die kein Kopftuch trug. Aber das Problem, von dem sie daheim im Fernsehen immer redeten, war hier keins. Den beiden Frauen auf dem Bild wehte ein heftiger Wind aus der Richtung des Betrachters entgegen. Die langen Kleider schlugen nach hinten und klebten zwischen den Beinen, wenigstens letzte Woche noch. Jetzt war an der Stelle, wo das Bild gehangen hatte, nur noch ein Nagel in der Wand und schräg darunter ein Stück Tesa ohne Visitenkarte.

Reverend Jonathan lief hinter Vera her. Mit dem bloßen Unterarm wischte sie sich am Kinn entlang, als sie sich einmal im Gehen zu ihm umdrehte und versuchte, ganz wie Salomé Schreiner zu ihm zurückzuschauen. Wie eine zum Abenteuer entschlossene junge Frau, die gern um die Wette schwimmt bis in die stillsten Buchten hinein, gern lebt, gern Westernstiefel trägt.

Schön, dass Sie gekommen sind.

Warum machen Sie das überhaupt, Salomé, dieser Panton ist doch nur ein Patient unter vielen?

Statt zu antworten, lief sie weiter und hielt weiter Schwingtüren auf.

Mochte wohl sein, dass sie diesen Panton nur benutzte wegen eines Hungers nach Sinn, der andere dazu brachte, Gedichte zu schreiben, Filme anzuschauen, Predigten zu halten oder Kriege zu führen und zu verhindern. Mochte ja sein, dass ein Helfen wie ihres egoistisch war. Aber Helfen half, so wie es in der Not auch Trost und Rettung sein konnte, im richtigen Moment ein Spiegelei zu braten, an frische Wäsche oder Fliederbäume zu denken oder sich die Haare zu waschen.

Die Flure wechselten von Abteilung zu Abteilung die Farbe der Böden und Wände. Die Töne änderten sich von nicht ganz dunkel bis nicht ganz hell. Was hätte sie antworten sollen, während sie so liefen? Die Storyline meines Lebens war einfach schlecht bisher, hätte sie sagen können, die Höhepunkte lagen zu früh, der große Wendepunkt kam fast zu spät. War sie nicht zu lange das traurige Mädchen geblieben, das in den Jahren, nachdem der alte Film längst abgedreht war, immer wieder an die Orte gegangen war, die als Kulisse gedient hatten? Ja, auch der Straßenzug beim Güterbahnhof war schließlich abgerissen worden. Sie war weiter dorthin gegangen, auch als die neue Siedlung stand, und hatte Jos Kinderwagen dort entlanggeschoben. Weg waren die dunklen Bergarbeiterhäuser, durch die im Film einmal ein schweres Pferd und eine schwere Frau gelaufen waren, bis jemand vom Set Stopp rief. Stopp-Stopp! Das Ganze noch mal, bitte! In Veras Leben hat niemand im richtigen Moment Stopp gerufen. Die Männer, denen sie sich nach dem Film anvertraut hatte, hatten keine so fernen, aber freundlichen Augen wie der Regisseur des alten Films gehabt, von dem sie lange ein Foto im Geldbeutel mit sich herumgetragen hatte, als sei sie mit ihm verlobt.

Stopp-stopp, rief es in dem Moment hinter ihr. Es war die Stimme des Reverends. Er schwitzte und zog im Gehen seine Lederjacke aus.

Stopp, Salomé, Sie sagten, katholisch war dieser Mr. Panton einmal? Wenn das stimmt, wird er mit einem von der Konkurrenz nicht zufrieden sein. Die Kirche, zu der ich gehöre, versucht das Unannehmbare dieses letzten Abschieds allein durch Worte annehmbar zu machen, nicht durch Zauberei. Letzte Ölung gibt es bei uns nicht. Außerdem heißt das längst nicht mehr so.

Wie heißt das denn jetzt? Vera hielt die nächste Schwingtür auf. Der Flur, der vor ihnen lag, hatte die Farbe von Sand.

Krankensalbung, sagte der Reverend, ich habe übrigens auch nichts Entsprechendes dabei. Wir arbeiten nicht gern mit Requisiten und Nebelmaschinen, wissen Sie?

Vera blieb stehen. Sie zog eine flache, runde blaue Dose mit weißer Schrift aus der Kitteltasche:

Können Sie denn nicht wenigstens so tun? Mr. Panton hält seit Stunden die Augen geschlossen. Er wird nicht sehen, dass es Nivea ist.

Aber riechen, Salomé, er wird den Betrug riechen, sagte der Reverend. Und was soll ich ihm dann sagen? Er verschränkte die Arme. Dass ich nur zufällig da bin, wie Gott, der selbst nur die Summe aller Zufälle ist?

9.

Der Stadtfuchs, den sie schon kannte, stand mitten auf der Kreuzung vor Kennedys Haus. Es war noch keine sieben Uhr in der Früh, als sie vorbeilief. Der 1. Mai. In Deutschland war es der Tag der Arbeit. In spätestens einer halben Stunde würde sie ins Bett fallen. Sie starrte den Stadtfuchs an. Er starrte zurück. Die stille Begegnung mit dem Tier war ihr jedes Mal unheimlich, so als könnte sie seinetwegen eines Nachts in dieser Stadt hier in die Irre gehen. Seine Augen waren so alt.

Der Flyer lag hinter Kennedys Tür. *Do you want to be a British citizen? Learn English with low cost. Great opportunity for life in the UK.* Was das Sussex College vorn auf seiner Werbung auf Englisch versprach, versprach es auf der Rückseite nochmals auf Arabisch. Der britische Pass, oben rechts wie eine Briefmarke drapiert, sah auf den ersten Blick wie eine Sonderausgabe des Korans aus. Draußen auf der Straße zog die Müllabfuhr mit dem Geräusch von Gewitter die Tonnen über das Pflaster. Kennedys Vögel in der Küche protestierten laut gegen den Lärm von draußen, als Vera in die Küche kam.

Sie wärmte Wasser für Tee, und mit der Tasse in der Hand ging sie noch einmal hinaus auf die menschenleere Straße vor dem Haus. Der Fuchs war fort und konnte so nicht sehen, dass sie den Flyer im Haus nebenan einwarf. Bei dem kleinen, dicklichen Pakistani, der mit seinen Eltern bei wärmerem Wetter auf Klappstühlen beim vergitterten Fischteich saß. Vater und Mutter waren Ende fünfzig und fuhren einen grünen Audi 80, mit dem weder sie noch er vor dem Haus einparken konnten. Englisch sprach die Frau gar nicht, hatte Vera an der Kasse beim Sainsbury's einmal bemerkt. Ihr Blick aus der Mitte der Vermummung war finster gewesen. Finster vor Scham. Vera ging mit ihrer Tasse ins Haus zurück. Mr. Panton war gegen zwei

Uhr in der Nacht mit dem Geruch von Nivea in der Nase sanft entschlafen.

Der Reverend hatte Panton gesalbt und für ihn den 23. Psalm gesprochen. Der Herr ist mein Hirte, mir wird nichts mangeln. Er weidet mich auf einer grünen Aue. Dann hatte er die harte, rechte Greisenhand von Mr. Panton, dem Haudegen, genommen und sie über Stirn, Brust und beide Schultern zu einem Kreuzzeichen geführt. Der Reverend und Panton hatten gemeinsam ein Seemannslied gesungen, weil Panton sich weder an Kirchen- noch Weihnachts- oder Osterlieder erinnerte. *Rolling home to Cape Horn one frosty morning / And our sails were full of snow / Clear your sheets and sway your halyards / Swing her out and let her go / Rolling home.* Wenige Sekunden nachdem Panton noch einmal seufzend aus- und dann nicht mehr eingeatmet hatte, gab Reverend Jonathan Vera die Nivea-Dose zurück. Sie hatte am Fußende des Bettes gestanden und sich nicht getraut, von irgendwoher eine Kerze zu holen wegen des neuen, übereifrigen Feuermeldesystems auf Station.

Woher kannten Sie das Seemannslied, hatte sie den Reverend gefragt, als er leise die Zimmertür hinter sich schloss. Er sagte: Ich bin in Whapping großgeworden, bei den Docks. Mein Großvater und sein Vater sind zur See gefahren. Damals wurden übrigens am Kai von Whapping noch Piraten hingerichtet und zwei Fluten lang bei den wasserseitigen Mauern der Lagerhäuser festgebunden, bis die Leichen so aufgeschwemmt waren, dass man sie Whopper nannte. Mordsdinger eben, die andere Piraten abschrecken sollten. Wenn das die Leute von Burger King gewusst hätten, sie hätten sich für ihren Hamburger einen anderen Namen ausgesucht, oder? Übrigens, haben Sie eigentlich kein netteres Kopfkissen für ihn, falls sich jemand verabschieden kommt?

Kommt aber keiner. Vera steckte die Nivea-Dose zurück in die Kitteltasche und hielt in der Bewegung inne.

Er hat keine Kinder?

Nein.

Ich auch nicht, sagte der Reverend. Sie?

Ich?

Dann war Stille gewesen. Eine, die dem Toten hinter der Tür gehört, hatte sie zuerst gedacht, aber gemerkt, jemand wollte aus der Ferne etwas zu ihr sagen und schickte diese Stille als Auftakt vorweg. Das Gesicht von Jo tauchte auf, darüber diese Haare, dicht und steil, und plötzlich überrollte sie vor Pantons Tür die Gewissheit, dass Jo jetzt zwanzig ist, aber die Zeit weiter vergeht. Dass er zur See fahren und eines Tages auch sterben wird. Dass dies sicher zu einem Zeitpunkt sein wird, an dem seine Mutter tot und er irgendwelchen ungeduldigen, verbitterten Krankenschwestern ausgeliefert ist, die wie ihre Stützstrümpfe riechen.

Warum weinen Sie denn, stand der Tote Ihnen so nah?, fragte der Reverend und zog verunsichert seine Lederjacke wieder an. Die große Uhr über der Schwingtür zur nächsten Abteilung zeigte kurz nach zwei.

Nicht wirklich, flüsterte sie, er hat mich nur an jemanden erinnert.

An wen?

An meinen Sohn.

Reverend Jonathan fasste ihre Schultern und drückte zu. Sie spürte die Wärme seiner Hände durch den Stoff des Kittels. Für eine Zeit, die ihr unendlich vorkam, sah er sie reglos an. Beide atmeten sie nicht, bis er sagte: Der Mann war einundneunzig, Salomé. Ich glaube, Sie sind zu viel allein. Alleinsein schadet der Gesundheit.

Er ließ sie los und fuhr sich über den kahlen Schädel, als wolle er sich entschuldigen, bevor er mit langen Schritten über das teichgrüne Linoleum zur Schwingtür ging.

Weit, näher, vorbei, sagte Vera leise, während die Türen zwischen den Fluren noch eine Weile nachschwangen. Dann stand die erste still.

Jo

1.

Am frühen Abend stand er in Trainingshosen an Deck. Er war joggen gewesen, immer die gleiche Runde. Wie so oft hatte er ziemlich breitbeinig laufen müssen, um bei dem Seegang das Gleichgewicht nicht zu verlieren, hatte die Hand nach der Reling ausgestreckt, um sich abzustützen. Seit Februar war er auf der *Hiroshima*, und bis September würde er bleiben. Bei Einbruch der Nacht rissen längst keine Leuchttürme mehr den Horizont auf. Wo war die Küste geblieben? Die Wolken über ihm bildeten Haufen und ließen nur ab und zu eine letzte Sonne durch. Salzig und feucht roch es auf der *Hiroshima*, und in der Luft lag das helle Singen und Stöhnen von Material, das sich Seemeile um Seemeile verschleißt. Kielwasser verlor sich in den Wellen, die wie Schiefer glänzten. Die Farbe des Wassers erinnerte ihn an die Ringeltaube, die er vor Jahren bei einer Tombola des Heimatfestes für Mutter gewonnen und dann auf ihr Verlangen hin hatte fliegen lassen müssen. Auf dem Weg zu seinem alten Klapprad hatte er gesehen, wie der Losverkäufer die Taube mit einem Schmetterlingsnetz wieder einfing und noch einmal als Preis aussetzte.

Fing er an, im Kreis zu denken, weil er auf dem Meer fuhr? Er ging in seine Kajüte. Es war der 1. Mai.

2.

Gleich nach Silvester hatte Jo Karatsch zur Polizei begleitet, wegen einer Vermisstenanzeige. Wegen Mutter. Karatschs Angst, er könnte zum zweiten Mal bereits Witwer sein und es nur noch nicht wissen, hatte ihm an jenem Mittwoch im Januar deutlich im Gesicht gestanden. Wie mit einem Gummiknüppel hatte er auf den grünen Strickpullover des diensthabenden und übernächtigten Beamten gezeigt: Sie müssen meine Frau suchen.

Dann hatte der Fingerknüppel sich auf Jo gerichtet: Sie ist die Mutter von diesem Kind. Der Finger hatte aus dem Fenster gezeigt: Fangen Sie sofort in Sachsen an!

Wieso in Sachsen?

Irgendwo müssen Sie schließlich anfangen, Herr Kommissar, hatte Karatsch gesagt, und in Sachsen sollen Lehrer ja besser bezahlt werden. Vielleicht ist sie nach Dresden oder Pirna gegangen. Mit der Gelassenheit eines Menschen, der schon längst woanders ist, hatte Jo Karatschs Aufregung über sich ergehen lassen. Anfang nächster Woche würde er in Kiel sein, zur Vorbereitung seines Studiums. Dann nach Bremerhaven fahren, dann zur See.

Die Suche nach einem Vermissten sei personenabhängig, hatte der übernächtigte Beamte gesagt. Werde zum Beispiel ein Kind vermisst, suche die Polizei sofort.

Statt zu antworten, warf Karatsch Fotos von einem der letzten Silvesterfeste auf den Schreibtisch des Beamten, der einmal flüchtig und beim zweiten Mal mit zusammengezogenen Brauen genauer hinschaute. Bevor Sie jetzt laut zu rechnen anfangen, sagte Karatsch, ich bin zwanzig Jahre älter als meine Frau und sehe auch so aus. Sie hingegen sieht wesentlich jünger aus, als sie ist, was an meiner guten Pflege liegt.

Das sollte witzig klingen, trotzdem wirkte Karatsch unsicher. Ja, so unsicher konnte einer sein, der eigentlich immer ziemlich cool für sein Alter war, vor allem, wenn er Saxofon spielte wie

Coleman Hawkins, so dass bei seinem *Body and Soul* die Leute auf der Straße unter dem Fenster stehen blieben.

Hat Ihre Frau einen Ausweis mitgenommen?

Nein.

Jeder Erwachsene kann im Prinzip tun und lassen, was er will, sagte der Beamte. Auch Ihre Frau kann den Wohnort innerhalb Europas wechseln. Das ergibt sich aus der Grundfreiheit gemäß EG-Vertrag, Artikel 39.

Daraus ergibt sich was?!

Freizügigkeit.

Frei-zügig-keit? Karatsch hatte das Wort auseinandergezogen, als sei es das Unanständigste, was er je gehört hatte.

Frei-zügig-keit? Aber nicht meine!

Die Heizung unter dem Bürofenster knackte. Das Telefon klingelte. Der Beamte nahm ein Gespräch an, das offensichtlich privat war. Karatsch hatte Jo mit sich fortgezogen.

Komm, Sohn, wir gehen.

Sohn hat Karatsch ihn immer schon genannt, als sei *Sohn* ein Vorname.

Vor dem Polizeirevier standen zwei Putzfrauen in Kitteln und rauchten. Mutter rauchte auch, manchmal. Karatsch mochte das nicht. Aber Mutter mochte auch Pommes rot-weiß, er nicht. Beide hatten gern abends am Küchentisch gesessen. Mutter hatte über ihren alten Film gesprochen sowie von der Vorstellung, eines Tages in einem neuen wieder aufzutauchen. Absurd, hatte Karatsch dazu gesagt, du bist keine Schauspielerin, mein Mädchen, bleib mal schön hier bei mir.

Eine der Putzfrauen trug eine blonde Perücke und lachte tief und melodisch, als sie an den beiden vorbeigingen. Wie Mutter. Karatsch war wie ein angestochenes Kalb neben ihm hergelaufen. Als Vater taugte er schon längst nicht mehr. Hatte er eigentlich noch nie getaugt. Karatsch war auf seinen silbernen Volvo zugelaufen, der mit den Hinterrädern in einer riesigen Pfütze wartete, er hinterher.

Ob Mutter mittlerweile auch irgendwo Putzfrau war und sich ganz anders nannte? Ob sie abends neben einem anderen Mann an einem anderen Küchentisch saß und Erdnüsse aß? Ob sie Fernsehen schaute mit Fremden und zum Sport ging? Ob sie Sätze sagte wie: Bitte die Rechnung aufs Zimmer. Sätze, die Karatsch immer für sie gesagt hatte.

Ob Jo sich Sorgen um sie machen musste?

Nein.

Ob es ihr gut ging?

Wahrscheinlich.

3.

Als Einziger an Bord verhängte Jo seine Luke nicht. Die anderen konnten und wollten das Meer nicht mehr sehen und klebten irgendetwas, das sie vermissten, vor die Aussicht aufs Wasser. Eine Landschaft, ein Motorrad.

Ein seidenes Tuch als Ersatz für die Haut einer Frau.

4.

Schick. Sogar mit richtigem Sofa und wie in einem Hotelzimmer, hatte Karatsch gesagt, als er Jo im Februar in einer Kajüte des Containerschiffs *Hiroshima* ablieferte.

Aber Karatsch, die Zeiten, wo man an Bord in Hängematten schlief, sind vorbei.

Weiß ich doch nicht.

Dann red nicht so.

Aber du kennst mich doch, Sohn, ich rede immer mit, selbst wenn ich nichts von der Sache verstehe.

Als Karatsch später von Bord ging, drehte er sich am Ufer beim ersten Molenkopf noch einmal um: War ein schöner Tag, Sohn! Jo hatte über der Reling gehangen und zu ihm heruntergeschaut. Vor wenigen Tagen erst, als er früher als erwartet von einer Party nach Hause gekommen war, hatte er eine Frau aus dem Bungalow kommen sehen. Ein Taxi wartete bereits mit laufendem Motor. Die Frau toupierte mit beiden Händen ihre Haare, während sie sich auf der Türschwelle von Karatsch verabschiedete. Dann hielt sie ihm die Umhängetasche hin, und er steckte etwas hinein. Geld, vermutete Jo. Die Frau hatte er an Silvester schon einmal gesehen. Er hatte Karatsch manchmal mit Frauen gesehen, aber nie geglaubt, dass Mutter deswegen fortgegangen war.

Über die Reling gebeugt hatte Jo Karatsch unten am Ufer stumm zugenickt. Zurück in seiner Kajüte hatte er den Seesack unausgepackt beim Klapptisch stehen lassen. Die neuen Sicherheitsschuhe, die neue gelbe Regenkleidung, eine neue Edition mit Johnny-Cash-CDs, alles mit Mutter ausgesucht und alles von Karatsch bezahlt. Nur zwei Taschenbücher stellte er vor dem Schlafengehen auf das Regal über dem roten Klappsofa. Joseph Conrad: *Jugend* und *Herz der Finsternis*. Die Bücher hatte er von Veras Vater, der als Vater für sie schlimm, als Großvater für ihn aber herrlich gewesen war.

Als er sich schlafen legte, schaute der den unausgepackten Seesack lange an. Er war jung. Er hielt es noch gut aus, wenn Dinge nicht gleich erledigt waren.

5.

An Bord frühstückte Jo nicht mit der Mannschaft. Er war Student und saß bei den Offizieren der *Hiroshima*. Die Besatzung aus Burma, von der er nur Jamie besser kannte, bekam neben der Küchendurchreiche ein bescheidenes Büffet hingestellt und kriegte mit pappigem Toastbrot im Mund Sehnsucht nach Salat aus fermentiertem Tee, getrockneten Bohnen, Tomaten, Erdnüssen und heimischen Gewürzen. Mit dem Chief Engineer und dem zweiten Engineer, beides Polen, fing Jo morgens sehr früh an zu arbeiten. Gleich nach dem letzten Schluck Kaffee zog er den Blaumann an und verschwand, bis zur ersten Kaffeepause. Die Räume, die sie im Bauch des Schiffes durchkletterten, hatten weniger Fläche als ein Doppelbett und waren nicht höher als eine Kleiderbox für Umzüge. Seine Taschenlampe kratzte an der Dunkelheit und half wenig gegen die Angst, sich dort unten in dem ewigen Schwarz des Schiffsbauchs zu verlieren wie in einem bösen Traum.

Am Ende der ersten Schicht gab es Mittagessen und jeden Tag eine Suppe vorweg. Ab vier Uhr war frei. Irgendwann kam die Nacht, kam der Juni, dann der Juli.

In einer solchen Nacht Ende Juli stand Jo mit dem Dritten Offizier auf der Brücke.

Mit ihm verstand er sich am besten. Sie sprachen Englisch miteinander, auch über die Sachen, die nichts mit Seefahrt zu tun hatten, und der Dritte Offizier drehte einen Joint dazu. Jeder Mensch, sagte er in jener Nacht, sollte längere Zeit an Wasserfällen leben oder in der Nähe eines Vulkans. Er sollte lange Zeit Flüsse betrachten, die schnell fließen, und auch den Horizont, dort, wo Himmel und Meer sich treffen. Er sollte Sterne am Nachthimmel zählen. Ja, jeder Mensch sollte sich wenigstens einmal im Leben vorstellen, wie er ein fast schrottreifes Schiff befehligt, während alle anderen an Bord schlafen. Im Hintergrund donnert irgendwo ein Wasserfall, und wenige Kilometer weiter ist wahrscheinlich ein Lager von Arabern oder Schwarzen, aber nichts wirklich Bedrohliches. Mitten im Strom taucht ab und zu dunkel eine winzige Insel mit dunklen Bäumen auf, und irgendwo in der Ferne glimmt noch ein einsames Licht.

Das habe ich alles schon mal so geträumt, sagte Jo zum Dritten Offizier. Genau so.

Und?

Wenn ich mich an den Traum erinnere, denke ich, dass dies der Ort ist, an dem ich nie war und deswegen immer sein werde.

Doll, sagte der Dritte Offizier, du verstehst mich. Du bist ein echter Kumpel.

So standen sie beide eine Weile. Der Dritte Offizier leckte am fertigen Joint. Sie rauchten und rechneten schwerfällig aus, wie viele Runden an Bord die zehn Kilometer ergaben, die sie normalerweise liefen, wenn sie an Land leben würden. Sie rechneten, bis der Kapitän kam und ›Ach, diese Jugend‹ rief.

Das hätte mir der alte Panton nicht erlaubt, als ich in den Sechzigern Schiffsjunge bei ihm war.

Ich bin nicht mehr jung, ich bin fünfundzwanzig, sagte der Dritte Offizier, ich hole meine Jugend nur nach.

Es ist nie zu spät für eine glückliche Jugend, meine Herren, sagte der Kapitän und stellte sich wenige Schritte von ihnen entfernt mit seinem dicken Bauch an die Reling. Er legte den Kopf in den Nacken und schien alles um sich herum bald vergessen zu haben.

Abends drauf hielt der Dritte Offizier im Lauf des Redens das Bild von einem zärtlichen Küken unter die Bordlampe.

Meine Verlobte.

Die Frau musste ungefähr achtzehn sein. Sie hatte ein kleines, weiches Kinn, so dass man ihr nicht gern ins ganze Gesicht schaute, sondern gleich in die Augen, die dunkel und ernst waren wie die des Dritten Offiziers.

6.

Mutter und er hatten sich oft gegenseitig ihre Träume erzählt, meistens am Küchentisch. Mit Träumen muss man mutig sein, Jo, hatte sie immer gesagt. So kommt man ihrem Sinn näher. Man soll ihn schätzen, den Traum, aber nicht fürchten. Denn Träume sind, was uns gehört. Ein Traum steht uns näher als alles, was wir sonst tun. Er sagt etwas darüber aus, wie wir in der Welt sind. Ein Traum, den man erzählt, ist ein großes Geschenk für den, dem man ihn erzählt, hatte Mutter gesagt.

Mutter hieß Conrad mit Nachnamen. Nicht Kreitel, wie Karatsch. Conrad stand auch in Jos Ausweis, Joseph Conrad. Somit hieß er wie sein Großvater und wie der Autor, von dem der Großvater zwei Taschenbücher besessen hatte, obwohl er nie las.

Jo hatte den Großvater geliebt, weil er Zigarren rauchte und lügen konnte und in seinem schwarzen Anzug wie ein Zirkusdirektor aussah, der gerade zur Kirche geht. Die letzten zwei Jahre nach seinem Vierzigsten hatte Großvater Conrad mit Henkelmann auf Parkbänken in der Sonne sitzend verbracht. Im November spätestens wurde es zu kalt. Er zog um in die beheizte Schalterhalle des Bahnhofs und stand dort von November bis März in seinem schwarzen Anzug herum. Man glaubt ja nicht, was einem alles einfällt, wenn man vor sich hin schaut, sagte er, wenn Jo ihn besuchen kam. Kurz vor seinem Tod wies das Sozialamt ihm eine Wohnung zu. 1 ½ Zimmer. Dort hatte er weiter seine Kreuzworträtsel gelöst und noch immer nichts gelesen, aber die zwei Taschenbücher vom Namensvetter Joseph Conrad besser behandelt als Gläser und Geschirr auf dem gleichen Regal. *Herz der Finsternis*, was für ein Titel, hatte er zu Jo gesagt.

Warum der Großvater am Ende in ein Pissoir umgezogen war?

Niemand weiß das, und nur wenige können mit den Toten reden. In dem Jahr, in dem Jo Conrad aufs Gymnasium kam, war Joseph Conrad gestorben. Die zwei Bücher hatte Jo geerbt. War beim Lesen der Wunsch entstanden, das Leben in der Nähe von Schiffen zu verbringen?

7.

Welcher Wochentag war, vergaß er auf See. Nur die Samstage und Sonntage unterschieden sich. Samstags gab es Sicherheitstraining. Die Mannschaft aus Burma bestieg die Rettungsboote und kletterte unter fiktivem Zeitdruck hin und zurück, um bei Katastrophenalarm in Übung zu sein. Die Bewegungen von Jamie, dem Anführer, und seinen Kumpels sahen bei dem Manöver aus wie die von Indianern. Raus aus dem Schatten, rein ins Dunkel. Jamie. Einmal hatte er in gebrochenem Englisch die Geschichte von seinem Schiffbruch erzählt. Er war als einer der Letzten von Bord gegangen und hatte erst nach Stunden des Schwimmens im Wasser einen Holzkäfig mit Hühnern darin gefunden. Jamie hatte sich festgekrallt, bis ein anderes Schiff ihn bei Anbruch der Nacht aufgriff. An Bord hatte man den Käfig geöffnet. Die Tiere waren tot, aber es waren gar keine Hühner, sondern Enten gewesen. Ein Wunder, hatte Jamie gesagt, aber es hatte etwas zu Abgehacktes, zu Hastiges gehabt, wie er es sagte. Der Eindruck, dass etwas Erstaunliches, Umwerfendes, Unerklärliches geschehen sein sollte, stellte sich nicht richtig ein.

Das Wort Wunder hatte einsam auf seinen Lippen geklungen.

Sonntags saß Jo an Deck, spielte Gitarre, sah anderen zu, wie sie sich die Zehennägel schnitten, Zigaretten drehten oder die Haare wachsen ließen. Er langweilte sich und fühlte sich geborgen. Für die Rückkehr an Land aber wünschte er sich ein Leben ohne solche großen Pausen. Wenn er an solchen Sonntagen die Augen zusammenkniff und auf das Meer schaute, zerfiel die Wirklichkeit in jene Partikel, die Träume so unberührbar machen. Manchmal setzte sich der Koch aus dem Iran neben ihn, drehte wie die meisten an Bord ein Dutzend Zigaretten auf Vorrat und schlug danach ein Buch auf. Ich habe beim Lesen dieser Geschichte hier sofort den Geruch von Zitronenschalen und frischer Milch in der Nase, sagte er einmal, obwohl die Seiten aus holzigem Papier sind. Jeki bud, jeki nabud, las er auf Persisch vor. Einer war mal, der andere war nicht, übersetzte er.

Es war einmal, so heißt das wohl bei uns, sagte Jo, während er bereits fünf sehr schöne, hoch gewachsene Prinzessinnen mit großen weißen Zähnen und runden Mädchenaugen über die vom Salzwasser spröden Schiffsplanken streifen sah, die ihn zum Lachen bringen wollten, obwohl ihre Geschichten grausam waren.

Sonntags drauf fragte ihn der iranische Koch plötzlich: Weißt du, warum ich zur See fahre?

Nein.

Weil ich an Land zu viele Menschen kenne, sagte er, die weder Kummer noch Not erlebt haben und trotzdem nie lachen. Selbst wenn sie höflich lächeln, ist das nur ein Ausrutscher, kein Zeichen von Wärme. Nachdem sie dann höchstens drei Sätze lang höflich gelächelt haben, sitzen sie wieder da, als seien sie von einem Eiswürfelspender und einer Tiefkühltruhe gezeugt, und beäugen misstrauisch mich, den Mann aus dem Land der Teppiche und Atomwaffen. Da muss man doch einfach zur See fahren, oder?

Er schaute Jo direkt in die Augen.

Und du, hast du Familie?

8.

Warum Mutter verschwunden war?

Blätter, die noch grün waren, fielen ja auch von den Bäumen, und Äste, dick wie Kinderarme, lagen am Morgen nach einer stürmischen Nacht auf der Straße.

Hatte Mutter stürmische Nächte?

Warum war sie verschwunden?

Vielleicht hatte sie sich verändert. Warum auch nicht. Die Monate auf dem Schiff hatten ihn, Jo, ebenfalls verändert. Früher hatte er nicht ein Bier herunterbekommen, jetzt trank er zwei am Abend. Vielleicht war Mutter am letzten Silvester auch plötzlich ein Leben leid gewesen, in dem sie jeden kannte, und sie hatte sich eins gewünscht, in dem niemand sie kennt.

Ob es ihr gut ging, da, wo sie jetzt war?

Auf jeden Fall.

In der Nacht bevor sein Schiff wieder in Bremerhaven einlief, schaute Jo aus der Luke seiner Kajüte auf das gewöhnungsbedürftige Schmutzgrau des Meeres und stellte sich vor, er stünde mit seiner Mutter irgendwo auf der Welt, aber bei einem offenen Fenster.

Geht es dir gut?, fragt er. Sie sagt: Ja, aber ich weiß nicht, ob ich gerade etwas falsch mache. Und er: Weiß ich auch nicht. Auf jeden Fall regt es die Fantasie an.

Was?

Wenn man was falsch macht.

Sie zündet sich eine Zigarette an.

Wenn man glücklich ist, sagt sie, weiß man oft nicht, dass man glücklich ist. Aber hinterher weiß man es. Wenn man traurig ist, weiß man immer genau, wie traurig man ist.

Jo zog sich in seiner Kajüte die Decke über den Kopf. Bald würde es kälter werden. Kaltes Wetter war immer gut für Menschen, die Entscheidungen treffen mussten. Eins war also sicher.

Deswegen war Mutter an Silvester und nicht im Sommer, wenn es heiß war, gegangen.

9.

Du riechst nach Fischsalat, sagte Karatsch, als Jo nach sieben Monaten auf See am 12. September vor der Tür des Bungalows stand und diesen teerigen, fauligen und dennoch windfrischen Nebelhauch aus Bremerhaven mitbrachte. Beide freuten sich weniger als erwartet, schlugen einander auf die Schulter, doch eine Umarmung blieb aus. Einmal nur hatten sie von Charleston aus kurz miteinander sprechen können, mit einem geliehenen Handy, denn Jos hatte in der dortigen Shopping-Mall nicht funktioniert.

Du klingst so anders, hatte Karatsch gesagt.

Liegt am Handy vom Kollegen aus der Ukraine, hatte Jo geantwortet.

Kriege ich ein Bier?, fragte er jetzt.

Nur auf Rezept, Sohn.

Karatsch schob ihn in die Küche. Bevor Jo dazu kam, am Tisch von den wildesten Häfen der Welt zu berichten, die die *Hiroshima* angelaufen hatte, oder von jenen Nächten, in denen der Kapitän einsam auf der Brücke Mundharmonika gespielt hatte, die er sich vom iranischen Koch auslieh, welcher sich seinerseits in das Foto eines Mädchens verliebt hatte, das der Dritte Offizier eines Nachts zu lange in den Schein einer Bordlampe hielt, legte Karatsch eine Hand auf Jos Unterarm. Seine Stimme klang eingedickt.

Wir nehmen Morgen die Fähre nach England, Sohn, ich werde sie gleich noch im Netz buchen, jetzt, wo du da bist. Ich weiß nämlich, wo sie ist.

Wer?

Vera.

Irgendwo im Haus schlug eine Tür. Ein Schweigen folgte und darunter schnell drehende Räder in beiden Köpfen. Jo schaute auf die Uhr. Dann schaute er durch die halb geöffnete Küchentür in die Diele. Garderobenständer, grüner Spannteppich, Schränkchen mit Plastikmadonna und Telefon darauf. Alles noch da.

Es war kurz vor Mitternacht.

Letztes Silvester, als Mutter verschwand, war der Tag bis zum frühen Nachmittag schön gewesen. Die Sonne hatte sich warm gezeigt, wenn auch ohne zu wärmen. Der Schnee war bereits in den Tagen zuvor geschmolzen, an denen Karatsch und er wie immer am Ende des Jahres gute Vorsätze gefasst, sich ans Holzhacken für den Kamin gemacht und dabei schon an die Mettbrötchen für die Geburtstagsparty gedacht hatten.

Sie wohnt bei einem anderen, sagte Karatsch.

Bist du sicher?

Ja, und ich mache alles falsch.

Sicher, dass du alles falsch machst?

Karatsch nickte. Dann erzählte er.

Später rief Karatsch Wünsche an. Es war kurz nach Mitternacht. Glückwunsch noch zum Geburtstag, sagte er und verließ mit dem Satz das Zimmer. Jo hörte die Küchenuhr ticken. In Ordnung, sagte Karatsch, als er kurze Zeit später zurückkam, ich buche auch gern die Nachtfähre, wenn das für dich günstiger ist. Hauptsache, du kommst mit.

Er legte auf.

Warum kommt Wünsche mit? Will er unbedingt?

Karatsch zögerte, bis er sagte: Ich will unbedingt, dass er mitkommt.

Wieso?

Man muss nicht über alles reden, oder? Er sah grau und ver-knittert aus, als er das sagte.

Aber eins schwör ich dir, Sohn, auf der Rückfahrt nehmen wir Muscheln aus Dünkirchen mit.

Unter dem Satz lag ein anderer: Auf der Rückfahrt nehmen wir Vera mit.

Gute Nacht, Karatsch.

Gute Nacht, Sohn.

Jo nahm den Seesack und ging in sein Zimmer, in dem er seit Februar nicht mehr gewesen war. Das Fenster stand auf Kippe, und draußen war es warmer Herbst.

Hannes

1.

Folgendes, sagte Karatsch am frühen Abend am Telefon mit einer Stimme, die Hannes gar nicht von ihm kannte. Während er den Hörer zwischen Schulter und Ohr einklemmte, um die Trainingshose überzuziehen, schaltete sich automatisch die Lüftung in seinem fensterlosen Bad ein. Er schaute in den Spiegel. Nichts Neues, seine Augen waren graublau, die Nase war ein wenig seitwärts gebogen. Er sah aus wie ein Mann, in dessen Begleitung sich oft eine Frau befindet, aber immer eine andere. Seit Anfang Januar wohnte er im Narzissenweg am Ostrand der Stadt in einer breiten, baumlosen, von kleinen Häuschen gesäumten Straße. Die Vorgärten waren nur wenige Quadratmeter groß und für Mülltonnen reserviert. Drei Stufen aus Zement führten zu Haustüren, die grell lackiert waren, moosgrün, zitronengelb, ochsenblutrot, kornblumenblau. Papageienviertel heißt die Siedlung wegen des Anstrichs der billigen Baumarkttüren. Vera ist hier aufgewachsen, hatte Karatsch neulich zu Hannes gesagt, ich habe sie dort rausgeholt.

Hannes band die Trainingshose zu. Es war der 13. September, der Tag, an dem er genau vor einem Jahr Karatsch kennengelernt hatte. Der Tag, an dem wir nicht zusammen gestorben sind, pflegte Karatsch zu sagen, wenn die Rede auf das Datum kam.

Wir haben den Volvo genommen, du kannst den Kleintransporter haben, wenn du in der Zeit dringend was zu erledigen hast, sagte Karatsch jetzt.

Wir?, fragte Hannes.

Jo fährt mit und Wünsche auch, sagt Karatsch. Übrigens, auf dem Rückweg bringen wir Muscheln aus Dünkirchen mit.

Okay, und Grüße an deine Frau, unbekannterweise, sagte Hannes und legte auf.

Unbekannterweise? Er nahm die grüne Jacke vom Haken hinter der Eingangstür und verließ das Haus.

Gern wäre er mitgefahren.

Hannes und Karatsch hatten sich in einem Flugzeug kennengelernt.

Kurz vor der Landung hatten die zwei männlichen Flugbegleiter ihre Notsitze heruntergeklappt und sich angeschnallt, ohne zuvor bei den Fluggästen die aufrechte Stellung von Rückenlehnen oder Tischchen für die Landung überprüft zu haben. Aus dem Cockpit hatte sich der Pilot gemeldet und etwas über Turbulenzen gesagt, als bereits der erste Ruck durch die Maschine ging. Sie sackte in Intervallen und schlug auf einer nächsten Luftschicht auf, die nicht riss, aber auch nicht hielt. Der Mann neben Hannes hatte mit strahlend blauen Augen von seiner *Auto, Motor, Sport* aufgeschaut, als das Flugzeug wie im Sturz die Wolkendecke durchstieß und im Fenster ein runder See mit einer ebenso runden Insel und Bäumen darauf erschien. Das letzte Bild auf der Netzhaut, bevor wir an einem 13. September sterben, sagte er und zeigte hinaus. Er habe in Berlin den Autor Rainer Bratfisch aus der ehemaligen Hauptstadt der DDR getroffen, mit dem er ein Buch über Jazz in Ostdeutschland herausgeben wolle, fügte er hinzu, als hätte Hannes ihn danach gefragt.

Und Sie, was haben Sie so im Leben gemacht?

Hannes hob den Hintern und holte aus der Gesäßtasche eine Visitenkarte. Hannes Hungerland / dipl. designer / foto / film / fuchsstraße 10 / 50823 koeln.

Was heißt das?

Ich mache Filme, sagte Hannes, als Freier in einem Regionalsender.

Interessant, hatte der Mann neben ihm in diesem Flugzeug gesagt, das vielleicht bald glutroter Schrott sein würde und dann eine erste Meldung in der Tagesschau. Er hatte sich mit der Visitenkarte Luft zugefächelt. Meine Frau Vera wollte immer, dass wir zusammen sterben, aber alles muss man allein machen. Er hatte gelächelt. Doch wenn wir das hier überleben, dann kommen wir vielleicht miteinander ins Geschäft. Die Maschine hatte heulend die Schnauze zurück Richtung Wolkendecke gehoben und war wieder in den Himmel hineingestoßen. Die ersten Fluggäste schrien, und einer der beiden Flugbegleiter widersetzte sich den Anordnungen aus dem Cockpit, die Leute zu beruhigen. Ich mache da jetzt gar nichts, flüsterte er mit zickiger Stimme ins interne Telefon, ich bleib hier sitzen, verdammt, sollen die doch das nächste Mal mit dem Bus fahren! In den hinteren Reihen kotzten die ersten Passagiere, als das Flugzeug ein zweites Mal rapide an Höhe verlor und wieder durch die Wolkendecke fiel. Wieder der runde See, die runde Insel, darauf Natur. Mit Frisuren wie Bäumchen für die Modelleisenbahn, hatte Hannes gedacht, während sein Nachbar die Autozeitung in die Computertasche schob. Hier waren wir schon mal, wir sind gleich da, sagte er, und es klang zynisch. Während das Flugzeug in harten Intervallen dem Boden entgegenfiel und das Fahrwerk wummernd zu machen schien, was es wollte, während das Netz von menschenleeren Landstraßen, gesäumt von Nadelbäumen, die sich im Sturm fast bis zum Boden verneigten, erschien und dahinter die graue Asphaltsteppe der Landebahnen, sagte der Mann neben Hannes, ich heiße Kreitel, Franz-Josef Kreitel, aber alle nennen mich Karatsch. Nett, Sie kennen gelernt zu haben. Er hatte mit einem breiten Ehering gegen seine Sitzlehne geklopft – und die Maschine hatte aufgesetzt. In der wartenden Menge vor dem Ausgang war Hannes später das kleine Gesicht einer Frau aufgefallen, die auf seinen Sitznachbarn Karatsch zugelaufen kam. Das kleine Gesicht einer wartenden Frau in der Menge, die nun doch nicht Witwe geworden ist, hatte er gedacht. Irgendwie war es ihm bekannt vorgekommen. Aber kleine Gesichter von Frauen kamen ihm immer bekannt vor, weil er die großen nicht mochte. Er hatte sich noch einmal umgedreht. Da hatte er die Frau erkannt.

Vera.

Würden Sie auch eine Frau heiraten, die liest, hatte sie, Lehrerin an seiner Berufsschule, ihn vor vielen Jahren gefragt. Wenige Wochen später auf der Schulentlassungsfeier hatte er mit ihr im Treppenhaus gesessen und Bier getrunken, während die anderen tanzten. Dann hatten sie aufgehört, Bier zu trinken und waren zu ihm gegangen.

Das alte Gitanes-Rennrad, das Karatsch ihm gleich im Januar geliehen hatte, lehnte draußen an der Tonne für Plastikmüll. In zehn Minuten wird er es wie immer am westlichen Waldrand der Stadt anschließen, genau vor der rosa Villa, deren Fenster auch bei schönem Wetter so hart geschlossen aussehen, als würde dort seit Jahren keiner mehr wohnen. Gehört wohl noch den Wünsches, der alte Kasten, hatte Karatsch einmal gesagt. Er wird den Hang hinauflaufen, vorbei am Freibad und dem leer stehenden Bauernhof, der noch immer nach Mist riecht. Oben angekommen wird er die Abkürzung querfeldein nehmen, vorbei am Haus des Försters, wo im April die Wildrosen angefangen hatten zu blühen. Wie schön! Glück ist eben nicht, wie er immer geglaubt hatte, das Ergebnis richtiger Entscheidungen. Beim Waldeingang wird Hannes über die rot-weiße Schranke springen, die Schonung für die kleinen Tannen rechts liegen lassen und auch den dunklen Fleck verbrannter Erde, dort, wo im Dezember der Weihnachtsbaumverkäufer sitzt. Wie in jedem Jahr, hatte Karatsch neulich gesagt, wirst sehen. Denn sicher bist du da noch da, mein Freund.

Mein Freund. Gern hatte Hannes das gehört.

Er hob mit einer Hand das Rad auf die andere Seite des Gartentors, das Frau Gutmann neuerdings auch am Tag verschlossen hielt, seitdem ihr Wischlappen, diese platte, tote, nasse Ratte, von der untersten Treppenstufe gestohlen worden war. Mein Fußabtreter, hatte sie am Tag des Diebstahls zu Hannes gesagt, mein armer Fußabtreter, so wie andere *mein armer Mann* sagen. Er stieg auf und fuhr freihändig bis zur ersten Kreuzung. Fast flog er. Während der Fahrt zog er den Reißverschluss seiner grünen Jacke zu und freute sich auf gleich, wenn der Boden unter seinen Laufschuhen spätestens nach der Feuerstelle weicher wurde. Dort begann der Tannenwald, wo er eintauchen würde in eine dunkelgrüne Dämmerung. Manchmal schimpfte eine Amsel, manchmal nicht. Manchmal gab es dann tatsächlich bald Regen. Oder er blieb aus. Aber immer rauschte in der Ferne beruhigend die A1. Ein kurzes Stück musste er den alten Trimmpfad entlang, den kaum jemand nutzte, den aber auch niemand abbaute. Er würde sich an eine der Stangen hängen und bei jedem der Klimmzüge merken, er lebte gern hier, und dabei vergessen, wie er einmal hatte leben wollen.

Ende April, als die Jobs bei Karatschs Jazzagentur auszulaufen drohten und Hannes' Aufenthalt beendet zu sein schien, war ihm plötzlich die Idee gekommen. Ein Anruf in seiner alten Fernsehredaktion, zwei Seiten Exposé, dazu die Versicherung, er werde erst einmal allein mit eigener Kamera arbeiten, würden seinem ehemaligen Chef wenigstens einen Letter of Intent abringen. Damit wären Produktion und Postproduktion zwar nicht gesichert, aber freundlich in Erwägung gezogen. Eine Canon LEGRIA HFS100 Full-HD mit Bildstabilisator besaß Hannes längst selber. Das war zwar eine Amateurkamera aus der Metro, aber gerade noch fernsehtauglich. Ein alter Freund von ihm, Dauerkiffer und Grimme-Preis-Träger, hatte damit eine abendfüllende Fernsehdokumentation über einen verschwundenen Fotografen gedreht. Mit genau der gleichen Kamera würde ab jetzt er, Hannes, einen Film über Haus Wünsche drehen.

Kaufhaus an sich war ein angesagtes Thema.

Über mögliche Titel dachte er lange nach: *Emmas Enkel* gefiel ihm am Ende am besten. Der Titel fasste die Person Wünsche und dessen modernes Retrokonzept in zwei Wörter, die mit E anfingen, wie Ewigkeit und Enthusiasmus.

Wie machen wir es mit der Finanzierung? Bin ich der Produzent?, hatte Wünsche gefragt, als Hannes ihm beim Joggen den Plan vorstellte. Er hatte sich an die Stange beim Trimm-dich-Pfad neben ihn geschwungen und mehr Klimmzüge gemacht als sonst. Dann war er abgesprungen, um einige Sekunden in der Hocke wie über sich selber gebeugt zu verharren, bis er zu Hannes hochschaute und lachte.

Egal. Versuchen kann man's ja mal!

Als Hannes sein Rad bei der rosa Villa anschloss, merkte er, irgendetwas war anders als sonst. An der Mauer neben dem Treppenaufgang zur Haustür lehnte ein rotes Rad, ein Sechsundzwanziger, ohne Gangschaltung. Sicher mit Rücktritt. In der Dämmerung, die bald satte Dunkelheit werden würde, gurrte in regelmäßigen Abständen eine Taube, und für einen Moment wünschte er sich, er müsste nicht allein in den Wald hinein. Karatsch möge neben ihm den Hang hinaufschnaufen und ihm oben angekommen auf die Schulter schlagen, lächelnd, aber mit dem Gesicht eines aufgeweichten Brötchens. Oder Wünsche, der joggte, um das Tempo aus dem Leben zu nehmen, liefe neben ihm her, mit der unverschämten Leichtigkeit des jungen Mannes, der er nicht mehr war. Einmal, als Hannes und er im Endspurt und mit dem Zehn-Meter-Turm vom Waldschwimmbad im Visier nebeneinander her gerannt waren, hatte Hannes, euphorisiert von der gemeinsamen Schnelligkeit, gedacht, so muss es sein. Genau so. Plötzlich konnte er sich vorstellen, hier am Ort und bei den neuen Freunden zu bleiben, bis sie die alten Freunde geworden wären. Denn Geborgenheit war auch Glück. Im Glück oder in der Geborgenheit eines kleinen Lebens würde er so einfach verschwunden bleiben für alle Fernsehredaktionen der Welt und deren leere Betriebsamkeit. Denn das Schöne an dieser Welt war ja, dass man in ihr verschwinden konnte. Vera hatte es vorgemacht. Wieder schaute Hannes zur rosa Villa. Ein Fenster war geöffnet, und der leer stehende Bauernhof, drüben auf halbem Hang, roch bis zu ihm herüber nach Mist.

2.

Kommunismus ist Kolchose, sagte Wünsche beim ersten Interview Anfang Mai in die Kamera. Mit beiden Händen fuhr er in die Taschen eines alten Cordjacketts und sah entspannt wie ein Kind zu Hannes herüber, der ihn filmte. Kommunismus und Mitbestimmung, alles Kolchose, mein Lieber, aber Gewinnbeteiligung für die Belegschaft ist etwas ganz anderes.

Geht es auch ein bisschen konkreter? Oder bewegter?

Klar, sagte Wünsche und lief los.

Hannes hinterher. Seine Kamera ließ er dabei auf Kniehöhe über dem Parkett schweben. So würde der Boden rascher als in

Wirklichkeit vorüberziehen und ein Eindruck dramatischer Eile entstehen.

Hier, sagte Friedrich, und ging plötzlich rückwärts. Die Ladengrundfläche ist siebzehn Schritte breit und hundertsiebenundsechzig Schritte lang. Als ich Ende letzten Jahres zum ersten Mal wieder herkam, lagen tote Fliegen unter den Verkaufstischen. Es gibt achtundsechzig Steckdosen, ein Festnetztelefon, und manchmal ist der Raum trotz der schweren, alten Heizkörper kalt. Seit Jahresanfang haben wir, meine Schwester Meret und ich, die Fläche wieder aufgeteilt wie zur Zeit unseres Großvaters. Links neben der Drehtür ist die Herrenabteilung, dann kommen die Stoffe, die Bettwäsche, daneben die Gardinen und gegenüber Damenpullover, Miederwaren, Handarbeiten, Kurzwaren.

Er blieb stehen.

Hier, sagte er.

Museum?, fragte Hannes hinter der Kamera.

Nein, aus dem Keller, sagte Friedrich, und sogar signiert von einem polnischer Schreiner im Jahr '18. Er tippte unter die Tischplatte.

1718?

Nein, 1918, sagte Friedrich.

Der alte Ladentisch war mit grünem Samt bespannt und an den Ecken mit vernickeltem Metall beschlagen. Ein Dutzend flacher Schachteln aus rosa Karton mit dunkelrotem Innenfutter lag darauf. Für Glacéhandschuhe, Wildlederhandschuhe, schwedische Handschuhe mit Norwegermuster und Wunschhandschuhe, sagte Friedrich, wie man sie hier im Haus von Hand anfertigen lassen kann. Reicht das Angebot nicht, oder ist die richtige Größe nicht vorhanden, nimmt man das hier und bestellt mithilfe des freundlichen Gesichts hinter der Ladentheke im Netz.

Er hielt ein iPad hoch.

Was wir hier nicht anbieten können, lässt sich in kürzester Zeit online bestellen. Und weißt du, wie ich das nenne?

Hannes zoomte Friedrichs Gesicht näher heran, auf dem die Begeisterung für den folgenden Satz bereits zu erkennen war.

Zeitlos einkaufen, sagte er, machte zwei Schritte seitwärts und legte einer Schaufensterpuppe seinen Arm um die Taille. Sie hatte die Figur einer Eieruhr mit den Idealmaßen der Fünfzigerjahre. Friedrich lächelte. Er spielte ein Lächeln. Als Hannes' Großmutter nach der Trauung mit dem Großvater aus der Kirche herausgetreten war, hatten beide genauso gelächelt, erzählten alte Schwarz-Weiß-Fotos. Regen fiel. Es war der 1. Mai 1953. Das geliehene Auto im Hintergrund war schwarz, die Nelken dunkelgrau, und der Regen hatte seine eigene Farbe gehabt, die man nur in der Bewegung sehen konnte. Trauzeugen warfen Geld und Bonbons. Der Großvater lächelte auf den regennassen Boden und die Großmutter in sein abwesendes Lächeln hinein. Er hatte klug ausgesehen, sie glücklich.

Die gute alte Zeit kombiniert mit der Technik des Internetzeitalters, glaubst du, das klappt?, fragte Hannes, während Friedrich die Hüften der Puppe losließ und zur Seite trat. Zwei Lehrmädchen in schmalen Jeans schoben sich ins Bild. Mit Stecknadeln zwischen den Lippen fingen sie an, ein Etuikleid für die Puppe auf Taille zu bringen.

Hallo, sagte Hannes leise.

Als sie zu ihm herüberschauten, lag eine unklare Erwartung wie Schlaf auf ihren Gesichtern.

So könnte der Film beginnen, dachte Hannes, genau so.

Im Laden roch es, wie es immer schon dort gerochen hatte, nach altem Holzboden, Bohnerwachs, nach den geölten grünen Spänen, mit denen die Lehrmädchen einmal nach Feierabend den Boden bestreut und gefegt hatten, bevor sie sich mit beiden Händen in die Haare gegriffen hatten und hinüber zum

Marktplatz gelaufen waren, der damals Verlobungskorso gewesen war.

Übrigens, sagte Friedrich, habe ich pro Abteilung eine ausgebildete Verkäuferin oder ein Mädchen mehr eingestellt, so dass alle mehr Zeit für die Kunden aufbringen und die eine oder andere auch Muße haben wird, in der Teeküche mal einen Roman zu lesen.

Er zwinkerte: War ein Witz, das mit dem Roman.

Hannes zwinkerte nicht zurück, aber er mochte Friedrich. Und in dem Moment fiel ihm auch der Titel für seinen Film ein.

Ganz einfach: *Wünsche.*

Eine Stunde später. Kommen wir zu den Events, sagte Friedrich und sah in seiner schäbigen Cordjacke dem großen Jungen ähnlich, der er sicher einmal gewesen war. Eine späte Sonne fiel von oben durch das Glasdach aus matt geschliffenen Scheiben, das die Helligkeit des Tages vor allem an hellen Mittagen zu einem diffusen Lichtstaub dämpfte. Unter diesem Dach schien Haus Wünsche für den Moment in einem kappellenartigen Schweigen zu versinken. Wie ein Schiff. An der Ecke einer jeden neuen Abteilung stand ein einfacher, heller Holzstuhl, jeder sauber schräg ausgerichtet auf die Mittellinie des Raums. Alle Stühle waren leer. Der ganze Laden war leer. Trotzdem drehten sie weiter. Hannes hatte soeben einen Einkaufswagen zu sich herangezogen und die Kamera mit Stativ darin eingerichtet. Habe ich in einem Dokumentarfilm über Dreharbeiten in den Dreißigerjahren so gesehen, hatte er gesagt. Er umrundete Friedrich. Mitten in dessen beharrlichem Glauben an Erfahrungen und Können als ehemaliger Manager bei einem Unternehmen, das einen Umsatz in Milliardenhöhe im Jahr machte, tauchte da nicht trotzdem die Möglichkeit einer Schlappe auf? Oder hatte einer wie Wünsche schon zu lange mit dem Erfolg zusammengelebt und Trennung war unmöglich, wie in alten Ehen? Oder würde am Ende er, Hannes, sein filmisches Material einfach so schneiden müssen, dass niemand darauf kam, wie sehr es in Wirklichkeit ums Scheitern ging, um so dem möglichen Konkurs von Haus Wünsche seine Wucht zu nehmen?

Wünsche. Ein Film über ein geglücktes Scheitern.

Meine Schwester, sagte Friedrich, will im Frühjahr und im Herbst als echtes Event Modenschauen geben, bei denen wie früher Ballkleider aus reiner, unbeschwerter Seide zu Songs von Frank Sinatra und Marilyn Monroe auf den Steg kommen, präsentiert von Damen aus dem Kreis der Stammkundinnen oder jungen Mädchen, die wir von der Straße holen. Sie hat auch ein eigenes Label entwickelt, für die hauseigene Marke in Sachen Damenbekleidung. OMO, heißt ihre Kollektion, On My Own.

OMO, wie dieses Waschpulver früher?

Ja.

Warum?

So ist sie eben, sagte Friedrich.

Von der Straße her klopfte jemand gegen eine der sieben Schaufensterscheiben von Haus Wünsche.

Ist sie das vielleicht?, fragte Hannes.

Wünsche grinste in die Kamera, als säßen Hannes und er in seinem unaufgeräumten Jungenszimmer, in dem eine Modelleisenbahn unter dem Bett herumfuhr.

Achtung, meine Schwester Meret ist verlogen, gefährlich und hat einen Vogel, das musst du wissen, falls sie dir gefällt.

Hannes schaltete die Kamera aus.

Das mit deiner Schwester, das schneiden wir raus.

Was genau davon?

Alles.

Hannes schaute zu Boden. Neben Friedrichs linkem Schuh lag ein lila Schleifenband. So eins, mit dessen Hilfe sich Ware mit wenigen Handgriffen in ein Geschenk verwandelte.

Wie nah war ihm Merets Nähe letztes Silvester in der Hotelbar gegangen. Vielleicht hatte es an der Art gelegen, wie sie mit ihm getanzt hatte, in der Nacht, als Vera verschwand. Cantaloupe Island von Herbie Hancock. Klavier, Bass und Saxofon hatten wie ein Live-Trio eingesetzt, als dieser Schmidtke an der Bar nach längerem Suchen endlich eine CD zum Tanzen eingelegt hatte. Der Song gehörte in eine Zeit vor langer Zeit, in der Menschen Petticoats zwischen sich zerdrücken mussten, um die Hüfte des anderen zu spüren. Als Meret aufstand und ihn mit einer Zerknirschtheit, die überraschte, auf die winzige Fläche zwischen den Tischen zog, hatte sie Ähnlichkeit mit einer anderen gehabt. Mit Vera? Nein, mit noch einer anderen.

Woran denkst du? Denkst du an meinen Hintern?, fragte sie ihn auf der kleinen Tanzfläche und schob eine Hand unter seine Achsel.

Zuerst hatte Hannes versucht, mit ihr so feierlich wie mit seiner Mutter zu tanzen oder so kameradschaftlich wie mit einer kleinen Schwester. Dass ihre Hüften sich berührten, hatte er vermieden und Meret wie ein Stück Sperrgut auf den sechs oder sieben Quadratmetern herumgeschoben. Dann legte Schmidtke eine andere CD ein. Eine Sängerin mit einer Stimme wie Joni Mitchell und sicherlich einer Haut wie Milchschokolade sang *Night Ride Home*. Meret sang leise mit und lehnte den Kopf an seine Schulter. An sein Herz. Der nächste Song war schneller. *The Dry Cleaner from Des Moines*. Überrascht ließ Hannes Meret los, die plötzlich allein tanzen wollte, und bereute, das nicht schon früher getan zu haben. Als der Song wechselte, drückte er sie wieder an sich, und er bereute wieder, dies nicht schon früher getan zu haben. Einmal, vor langer Zeit, er war vielleicht fünfzehn gewesen, hatte ein Mädchen, das sehr dunklen Lippenstift in einem bleichen Gesicht trug und vielleicht zwei oder drei Jahre älter war als er, auch so getanzt. Das war in einem Ferienlager auf einer schottischen Insel gewesen, und er hatte nicht gedacht, dass es noch einmal in seinem Leben so eine Explosion geben könnte. Er erinnerte sich genau, wie das Mädchen mit dem sehr dunkelroten Lippenstift, der schon blau schimmerte, damals so getanzt hatte, dass seine schlimmsten Vorstellungen, auch die, einmal sterben zu müssen, sich auflösten wie finstere Kinderlieder oder wie dieses Gerede der Eltern, die mit leeren Drohungen nur erschrecken wollten. Man musste nur rechtzeitig im Leben den Zipfel einer Liebesgeschichte, den Saum eines Mädchenrocks zu fassen bekommen, um sich weit, weit ziehen lassen zu können. So weit es überhaupt ging und noch darüber hinaus, bis in dieses unerhörte Gefühl hinein, dass man vielleicht doch unsterblich war.

Warum hatte er eigentlich bei der Abschlussprüfungsparty in der Berufsschule nicht so mit Vera getanzt?

Warum hatte er zwar mit Meret so getanzt, aber war nicht mit ihr auf sein Hotelzimmer gegangen?

Das Mädchen mit dem sehr dunkelroten Lippenstift damals in Schottland, der so blau war, dass sie aussah, als friere sie ständig, hatte ihm bewiesen, dass man für die Ewigkeit gemacht war, wenn man so tanzte, und dass es nichts gab, das bis zum Ende einer solchen Nacht gegen dieses große Gefühl sprach. An dem letzten Silvester hatte Meret genauso getanzt, bis Hannes ihr zugeflüstert hatte: Was machen wir jetzt?

Vielleicht gehen wir nach Berlin, oder haben Sie eine Freundin?

Meret hatte den Kopf schräg gelegt wie ein Vogel, der darauf wartet, dass man ihm etwas vorpfeift.

Und wenn ich eine hätte?

Dann mach ich was dagegen, gegen diese Freundin, hatte Meret gesagt.

Hatte er sich in ihre Chuzpe verliebt?

Wieder klopfte es gegen eines der Schaufenster von Haus Wünsche.

Ist wahrscheinlich Reimann, sagte Wünsche.

Wer ist Reimann?

Einer, der zu viel allein ist. Das lila Schleifenband lag noch immer neben ihm am Boden. Passt irgendwie, dachte Hannes mit seiner etwas verhängnisvollen Leidenschaft für Bilder. Passt in seiner Verlorenheit.

Wünsche nahm neben der Milchglasscheibe mit dem Schriftzug KONTOR eine dünne Sperrholzklappe vom Sicherungskasten. Dabei trat er auf das lila Band. Er legte einen Lichtschalter nach dem anderen um.

So ist das, sagte er, nachts ist Nacht.

3.

Solange er denken konnte, hatte er diese fatale Leidenschaft für Bilder gehabt. Trotzdem hatte Hannes nach der mittleren Reife zu seiner Mutter gesagt, ich mach dann mal meinen Abschluss als Maurer und werde später Polier. Er war zur Berufsschule gegangen, zusammen mit Malern, Lackierern, Installateuren, anderen Maurern und Schreinern. Hannes' Großvater hatte mit seinen zwei Brüdern ein kleines Bauunternehmen gegründet. Sechs Tage die Woche schmissen sie bei jedem Wetter mit Schaufeln Putz an die Wände von neuen und alten Häusern, trugen dabei weiße Unterhemden, mal mit, mal ohne was drüber. Meistens standen sie auf ihrem Gerüst im Freien, nur manchmal fertigten sie in der Werkstatt unten im Haus, das ihnen nicht gehörte, eine Deckenrosette für das Wohnzimmer eines Lehrers an. Sie bekamen Kinder, eins davon war Hannes' Vater, und als der sehr früh starb, früher als die drei Stuckateure, hatte Hannes das Sterbezimmer, kaum dass der Tote hinausgetragen war, mit einer selbstgebastelten Lochbildkamera fotografiert. Sah man einem Zimmer an, dass dort soeben jemand gestorben war? Hatte sich der Tod als unsichtbare Schrift auf die Dinge gelegt, um kurz dort auszuruhen? Hannes' Kamera war aus einer Pappschachtel gemacht gewesen. Hinten schob er Fotopapier ein. Die Alufolie davor zerstach er mit einer Nadel, aber nur ein wenig. Fertig! Auf den fünf Bildern, die er so machte, waren weiße Schatten und Geister zu sehen, wegen der langen Belichtungszeiten. Wie viele Dinge waren eigentlich in so einem Ding? Dass etwas blieb, wenn einer ging, konnte jeder sehen, der nicht offenen Auges blind war. Hannes hatte den Bildern vom Sterbezimmer des Vaters zugelächelt und dabei vergessen zu weinen.

So hatte seine fatale Leidenschaft für Bilder angefangen, lange bevor er mit dem Filmen begonnen hatte.

Den Mai über drehte Hannes weiter.

Er begleitete Verkäuferinnen mit der Kamera bei der Arbeit, aber fragte sie nie etwas. Er sammelte Atmosphären, Stimmungen, Leitmotive. Er fing an, eine Kundin im Rollstuhl zu verfolgen, die fast täglich kam. Sie schien sich geborgen zu fühlen im Haus Wünsche. Während sie gleichförmig vor ihm her rollte, fiel ihm auf, dass seinem Projekt etwas fehlte. Gelungene Bilder und deren spätere Montage machten noch keine Geschichte. Es brauchte eine Erzählung? Oder eine Erzählerin? Als tags drauf wieder die Frau mit dem Rollstuhl kam, lief ein Mädchen von vielleicht zwölf oder dreizehn Jahren neben ihr her. Es lächelte ungeniert mit seinen Hasenzähnen, die noch zu groß für das kleine Gesicht waren.

Eine geborene Darstellerin.

Vera, dachte Hannes.

Er rief Meret an.

Mitspielen?, fragte sie und lachte, klar kann ich das.

4.

Die Nacht hatte noch einen Rest Dunkelheit zurückgelassen, als sie auf die Straße traten. Es war Anfang Juni, und die Stadt sah bei diesem Licht wie eine Wohnung aus, die noch keinen neuen Mieter gefunden hat. Vögel in Frühsommerstimmung zwitscherten. Vor Haus Wünsche parkte der silbergraue Volvo von Karatsch, den Hannes für die Szene mit Meret ausgeliehen hatte. Sie stand etwas abseits, gähnte und kratzte sich unter der Achsel, was nicht zum schwarzen Abendkleid mit dem tiefen Rückenausschnitt passte.

Hannes schraubte die Kamera auf ein Stativ. Das Lehrmädchen kam mit einer Thermoskanne Kaffee und stand etwas ratlos herum, während Meret endlich wie verabredet in den Volvo stieg und die Straße hinunterfuhr. Kaum war der Wagen um eine Ecke gebogen, blieb die Fahrbahn in einer sanften Breite vor Hannes liegen. Als Hannes sich nach Wünsche umsah, lehnte der an dem Gitter vor der Drehtür, das abends nach Ladenschluss als eiserner Vorhang heruntergelassen wurde. Er hielt die Wolldecke vor dem Bauch. Wahrscheinlich für Meret. Silvester waren sie beide als letzte Gäste nebeneinander zum Bus gegangen, als würden sie sich schon lange kennen. Dabei hatten sie nur einen alten Film angesehen und Mettbrötchen dazu gegessen. Alle Geschichten gehörten irgendwie zusammen.

Wie?

Das müsste man den 31. Dezember fragen.

Da, sagte das Lehrmädchen. Der Volvo mit Meret am Steuer kam zurück. Gleich würde sie wie abgesprochen eine Frau in einem schwarzen ärmellosen Kleid mit tiefem Rückenausschnitt geben, die mit einem Coffee to go aussteigt. Eine Jazztrompete würde aus dem heruntergedrehten Wagenfenster wehen und den Bewegungen der Frau schmeicheln, während sie über die Straße ging. Nie würde man Merets Gesicht sehen, nur ihren Hinterkopf mit dem hochgesteckten Haar und dem immer noch schmalen, kindlichen Nacken. Keine konkrete Frau, hatte Hannes bei der Besprechung gesagt.

Was denn sonst?, hatte Meret gefragt.

5:27 zeigte der Timer der Kamera an, als Meret nicht wie vereinbart loslief, sondern beim Wagen stehen blieb. Sie stellte ihren Kaffee auf dem Wagendach ab und zupfte an einem langen Abendhandschuh, aufreizend langsam wie Rita Hayworth in *Gilda*. Der Handschuh hatte nicht im Skript gestanden. Gott weiß, woher sie den hatte. Sie schaute in die Kamera, während sie ihn auszog. Nur den einen, danach war sie wie nackt.

Wer bin ich hier eigentlich, wenn ich nichts sage?, fragte sie über die leere Straße hinweg. Hannes, wer bin ich für dich? Hier?

Stopp, rief Friedrich, stopp, stopp, und hatte bereits seine Position bei der Drehtür verlassen. Zwei Enden der Wolldecke hatte er ins Gitter gestopft.

Stopp, Meret!!!

Ich dachte, wir improvisieren.

Aber sagen sollst du nichts, Schwester. Der Text kommt später, aus dem Off.

Okay, aber wer bin ich bitte?

Du bist quasi eine fiktive Figur. Eine Erzählerin, quasi.

Muss man also quasi studiert haben, um das zu verstehen? Meret gähnte.

Hannes ließ die Kamera weiterlaufen.

Und meinst du wirklich, diesen Quasi-Kunst-Quark hier will überhaupt jemand sehen? Ich dachte, ihr wollt einen Dokumentarfilm über unseren Laden machen, das neue Geschäft im alten Haus Wünsche, dein und mein Erbe, über die Pläne. Über uns.

Sie griff nach ihrem Becher auf dem Dach des Volvos.

Überhaupt ist der ganze Film hier eine Zumutung!

Mit einem Karateschlag mähte sie den Kaffeebecher vom Wagendach. Er flog in Friedrichs Richtung, der sich duckte. Noch immer lief die Kamera.

Ich lass mich nicht missbrauchen, sagte Meret mit schneidender Stimme. Wenige Häuser weiter schloss jemand mit einem bösen Ruck ein Fenster. Das Licht des frühen Morgens schälte sich jetzt rascher aus seinem Grau, während Wünsche die leere Fahrbahn überquerte und auf Hannes zuging.

Ausschalten, sagte er.

Nicht gleich, antwortete Hannes mit zwei Fingern, die kurz hochschnellten. Aus dem Augenwinkel sah er, dass die Wolldecke heruntergefallen war. Meret schimpfte noch immer auf der anderen Straßenseite. Gleich wird sie gegen das Auto treten, sagte Friedrich leise, so war sie schon immer. Gleich wird sie ordinär.

Verdammt, wer bin ich hier? Meret schlug mit der Faust auf das Wagendach.

Eine gute Schauspielerin, sagte Wünsche leise. Hannes schaute zum Lehrmädchen, das die Wolldecke vom Gehsteig aufhob.

Wie bitte?

Eine gute Schauspielerin.

Geht's auch ein bisschen genauer?

Vera, sagte Friedrich.

Wie bitte?

Wie Vera. War seine Idee. Er fand sie gut, in dem alten Film.

Wünsche zeigte auf Hannes. Die Thermoskanne, die das Lehrmädchen längst einige Schritte entfernt auf einem Hydranten abgestellt hatte, gab ein hohes, feuchtes Zischen von sich, und Hannes schaltete die Kamera aus.

Gegen acht zog der Betreiber des Büdchens auf dem Marktplatz die grünen Jalousien hoch. Er stellte Zeitungsständer und einen silbernen Stehtisch für Meret und Hannes ins Freie. Die Sonne fiel auf das Aluminium der Platte, und Meret blinzelte, als sie Hannes eine Plastiktüte herüberschob. Er reagierte nicht.

Hallo Hannes, schläfst du etwa neben mir im Stehen ein wie ein altes Pferd?

Sie griff in ihre Tüte und faltete mit kleinen, nicht mehr jungen Händen, die ihn rührten, einen Schnittmusterbogen auf dem Aluminiumtisch auseinander.

Die Sonne blendete nicht mehr.

Folgender Vorschlag, sagte sie, wie die ganze Szene von soeben mehr Spannung kriegt. Wir drehen die alberne Szene mit dem Volvo von heute früh nochmals, aber dann, wenn hier richtig Betrieb ist auf der Straße, oder wenn sogar Markt auf dem Markt ist. Wir nehmen dieses Mädchen fürs Skript und lassen sie vor der Kamera so tun, als sei sie fremd in der Stadt, bis der Volvo kommt, neben ihr bremst, und ich die Scheibe herunterlasse: Kann ich Ihnen irgendwie helfen, schöne Frau? Ich will zum Friedhof, sagt sie, aber viel mehr Text kriegt sie nicht. Ihre Stimme ist piepsig. Ich steige aus, immer noch ganz Operngala, immer noch im schwarzen Abendkleid, das dir und Friedrich von hinten am besten gefällt, selbst wenn nur ich drinstecke, nicht Vera. Auf der Kühlerhaube breite ich diesen Schnittmusterbogen hier wie einen Stadtplan aus. Schauen Sie, sage ich und fahre mit dem Finger am gepunkteten Rocksaum entlang bis hoch zur Wiener Naht. Dies ist der kürzeste Weg, sage ich. Ich tippe auf ein Knopfloch: Dort müssen Sie abbiegen. Danach folgen Sie der kurzen Doppelnaht bis zum Ende. Hier, der Friedhof selber hat deutlich den Umriss eines Haifischkragens, dessen Ecken weit voneinander entfernt liegen. Ich tippe auf die linke Spitze: Das ist der evangelische Teil. Ich tippe auf die rechte: Und das der katholische. Ich lege meinen Plan auf Postkartengröße wieder zusammen und überreiche ihn dem Mädchen, wie eine Visitenkarte. Haus Wünsche, liest sie laut vom obersten Blatt des zusammengefalteten Papiers.

Haus Wünsche, wiederhole ich, weil ihre Stimme so piepsig ist. Und besuchen Sie uns doch einmal, schlage ich zum Schluss im stürmischen Ton eines Agenten oder Vertreters vor, bevor ich wieder in den Volvo steige.

Gute Idee, sagte Hannes.

Mimi, zwei Kaffee bitte, rief Meret. Ein Mann mit den schwarzen Augen eines Persers, den nur ein böses Schicksal an den Rand des Ruhrgebietes verschlagen haben konnte, kam mit Bechern.

Mimi?, fragte Hannes.

Er heißt eigentlich Nami Main. Und du, was machst du eigentlich heute Abend? Meret legte eine Hand auf die Tüte, dann auf Hannes' Unterarm.

Ich habe nämlich noch mehr gute Ideen, sagte sie.

Vielleicht Kino?, fragte er.

5.

Das Dach des Kinos strahlte über ihr wie eine schwungvolle Ellipse aus den Fünfzigern. Kein Dach, ein Keks. Der Film hatte längst angefangen. Hannes war verschwitzt, verunsichert und zu spät. Als er sein Rad anschließen wollte, sagte sie, lass, wir gehen.

Wind wehte alte Zeitungen in den dunklen Eingang des Kaufhofs gegenüber, neben dem ein einzelner, gelber Postbriefkasten hing.

Die sind pleite, sagte Meret, uns gibt es noch.

Wir gehen wohin?, fragte Hannes.

Von mir aus zu dir, sagte Meret.

Auf dem Weg ließen sie so viel Platz zwischen sich, als warteten sie auf jemand Dritten, der ihnen beiden näherstand. Meret redete, wie um die Lücke zwischen Hannes und sich zu schließen. Zwei Jahre vor dem Abitur hatte sie auf dem Soziussitz einer 750er Honda die Stadt verlassen, erzählte sie. Vorn saß eine Frau in Ledermontur. Denn kurz war sie in jener Zeit lesbisch gewesen, sagte sie. Ihre beste Freundin wurde davon so eifersüchtig, dass sie sich ebenfalls eine Motorradjacke kaufte, ohne jemals Motorrad fahren zu wollen. Vera, sagte Meret, ach Vera. Nach Hause hatte Meret vier Wochen später eine Karte geschrieben: Mache eine Schneiderlehre. Dass sie nebenbei in einer Show mit Haien arbeitete und faul und gedankenlos, wie sie war, zwischen den Viechern im Bikini herumschwamm, bis einer eines Tages zubiss, schrieb sie nicht.

Und dann?

Dann Escort, und dann bin ich Aktmodell geworden, war ja noch alles dran. Sie lächelte und legte im Gehen eine Hand auf seinen Fahrradsattel. Das kam ihm sehr intim vor.

Gleich da drüben ist übrigens unsere alte Schule. Sie zeigte auf ein altes Gebäude aus rotem Backstein hinter hohen Kastanien, die dunkel rauschten. Nur am Eingang stand einsam eine dünne Birke.

Da habe ich sieben Jahre meines Lebens vergeudet, und weißt du, was mich damals über Wasser gehalten hat?

Nein.

Erstens, die Hoffnung, eines Tages von hier wegzukommen.

Und zweitens?

Vera.

Ach, sagte er. Sie aber redete bereits weiter. Er konnte nicht einmal den Namen Vera wiederholen.

Einmal noch war Meret an Weihnachten zurückgekommen und rasch wieder verschwunden in den Tagen zwischen den Jahren, doch mit fetter Beute, sagte sie stolz. Sie hatte den Schmuck ihrer Mutter aus dem Familiensafe dabei und war in Begleitung eines schwarzäugigen Iraners mit Abitur, den sie noch aus der Schule kannte und unter dem Einfluss von Alkohol in einer Kneipe am Ort ein zweites Mal kennengelernt hatte. Nami Main, von allen Freunden zärtlich Mimi genannt. Er bewirtschaftete damals schon das Zigarettenbüdchen auf dem Marktplatz und hatte zwei Kinder. Zu Ostern war er wieder zurückgegangen. Mein Punkperser, sagte Meret zärtlich, mein Mimi. Sie lachte.

Dass man durch Belgien muss auf dem Weg zum Glück, hat er ab da bestimmt nicht mehr geglaubt. Du kennst Mimi übrigens, von heute Morgen. Abrupt blieb Meret stehen.

Kennst du eigentlich auch Vera?

Wieso?

Als Mädchen hat sie geflirtet, wie andere atmen. Merets Stimme klang plötzlich ziemlich schlecht gelaunt.

Magst du deine Freundin Vera nicht?

Früher schon.

Und mittlerweile?

Sind wir uns nicht mehr so nah.

Was ist passiert?

Das Leben.

Sie bogen in den Narzissenweg ein. Du lebst wie ein Student, hatte Karatsch bei seinem ersten Besuch in Hannes' Souterrainwohnung festgestellt.

Ich kannte auch mal eine Vera, sagte Hannes, sie war Lehrerin an meiner Berufsschule.

Warst du in sie verliebt?

Ich glaube.

Männer an sich verlieben sich schnell, sogar in einen Kartoffelsack, wenn man das richtige Parfüm darübergeschüttet hat.

War deine Vera ein Kartoffelsack?

Und deine?

Meret fixierte ihn, und er wusste, gleich würde es losgehen. Sie würden das tun und dann das und dann das. Plötzlich beugte sie sich zum ihm und versuchte, sein Fahrrad mit der Hand am Sattel anzuhalten.

Komm, sagte sie, komm mal näher.

Hannes schob das Rad gegen den Widerstand weiter.

Komm.

Nein.

Doch.

Nein, sagte er, aber wandte das Gesicht in ihre Richtung. Sie nutzte den Moment und schlug zu.

Was war denn das?

Meine Meinung, sagte sie. Dann strich sie ihm über den Kopf. Zart, fand er.

Unter seinem Bett musste dringend Staub gesaugt werden, sah er, als er eine halbe Stunde später neben ihr auf dem Teppich lag. Beide hatten sie Schuhe und Strümpfe ausgezogen und waren barfuß. Der Webläufer mit dem Muster aus Sonne, Mond und Sternen roch nach den Zigarren von Karatsch, der manchmal, wenn er spät noch in seiner Agentur über der Eisdiele gewesen war, auf ein Bier bei Hannes auftauchte, um bei der Tür bereits den immer gleichen Refrain zu wiederholen: Ich-bin-da-nicht-mehr-zu-Hause-wo-zu Hause-ist, darf ich reinkommen?

Als Hannes Meret küsste, wünschte er sich, sie würde nicht nach dem Bier schmecken, das sie soeben in seiner Küche getrunken hatte. Das Mädchen in Schottland mit dem dunkelroten, fast blauen Lippenstift damals hatte nach Rotwein geschmeckt. Es war das erste Mal gewesen, dass er richtig geküsst und mit der Zunge das Herz eines anderen Menschen berührt hatte.

Das letzte Mal mit einer Frau geschlafen hatte er wann eigentlich?

Meret setzte sich mit gegrätschten Schenkeln auf ihn und trug Strümpfe, die ohne Strapse an den Schenkeln hafteten. Mit der Hand fuhr sie unter sein Hemd, das schöne, weiße aus Leinen, das am Kragen schon abgestoßen war, aber ein Geschenk seiner Mutter. Mit der Wange berührte sie seine Wange.

Du hast mich noch gar nicht gefragt, was ich sonst noch für gute Ideen habe, außer der Sache mit dem Schnittmusterbogen.

Was denn noch, sonst so?, sagte er, aber mit den Gedanken woanders. Noch immer passierte nichts, was ihm versichert hätte, er sei ein ganz normal empfindender Mann Mitte dreißig und in den letzten Monaten nur etwas aus der Übung.

Öffentlich schlafen zum Beispiel, sagte sie, in einem von unseren sieben Schaufenstern von Haus Wünsche.

Allein oder zu zweit?, fragte er. Das sollte zweideutig klingen, tat es aber nicht.

Er schob ihr Haar aus seinem Gesicht. Es roch nach Seife und Pferd und ein wenig nach Nüssen. Sie betrachtete ihn wachsam. Ihre Augen waren wie das Licht einer Grubenlampe, das direkt in sein Dunkel hineinfiel. Das machte ihn noch verlegener, und gleichzeitig sah er, so unter ihr liegend, ihre Makel, sah die vielen feinen Falten um die Augen und den zu weichen, mit den Jahren unscharf gewordenen Übergang zwischen Kinn und Hals. Er und sein Hirn tauschten erbarmungslos Informationen aus.

Müsste man zwei Stufen abblenden, sagten sie zueinander. Schließlich schob Hannes eine unsichtbare Lochbildkamera zwischen sich und Meret. So wurde ihr Gesicht zu einer ungefähren Landschaft, in der er zu verschwinden versuchte. Auch das gelang nicht.

Sie stand auf.

Er sah hoch.

Jetzt geht sie, dachte er und ließ den Kopf auf den Teppich zurücksinken, um wie im Film darauf zu warten, dass etwas passierte, bis dieses Warten Spannung hieß.

Aber Meret ging nur ins Bad. Die Lüftung fing an zu rauschen. Er hob wieder den Kopf, sah seine bloßen Füße und seine Schuhe einen Meter entfernt von sich auf dem Webläufer stehen. Wie tote Vögel in Lederbooten sahen die Socken darin aus. Auf dem Fensterbrett stapelten sich Fachbücher. *Cinepassion. Das Kino träumt. Die Kunst des Filmschnitts.* Seine elektrische Zahnbürste stand auf dem obersten Buch und blinkte ihn an. Richtig: Film war aus Zelluloid oder Silberhalogenid. Kupfer und Zinn verbanden sich leicht zu Bronze. Wie aber hieß eigentlich der Klebstoff, der so unterschiedliche Materialien wie Filmbilder und Erinnerungen zusammenhielt? Hatten Bilder eine erste Zeit, aus der sie stammten, und eine zweite, in der sie zum ersten Mal lesbar wurden, weil Erinnerung sie in ein zweites Entwicklungsbad geworfen hatte? Vera müsste das wissen. Schließlich hatte sie an der Berufsschule Gestaltungstechnik und Deutsch gegeben. Ja, Vera müsste das wissen.

Das alles jetzt.

Sie war schließlich schon die ganze Zeit mit dabei.

Ich mach dann mal meine Lehre als Maurer fertig, hatte er zur Beruhigung seiner Mutter gesagt, aber wenige Monate später bereits die Schule für Film, Foto und Design in Dortmund besucht. Das Studium finanzierte er sich auf dem Bau. Noch während er in Dortmund war, kam über einen Freund der erste Auftrag vom regionalen Fernsehen. Rasch wurde er fester Freier bei einem lokalen Sender. Nicht ganz so rasch kamen die Zweifel. Die eigenen, und die der Kollegen. *Freud träumte*, ist das Ihr Ernst, Hannes Hungerland? Ja, ist sicher Ihr Ernst, hatte der zuständige Redakteur schließlich im letzten Herbst gesagt, wusste ich doch immer schon, wie gut Sie sich im Vagen auskennen, Hungerland. Hannes hatte für dessen Dokumentarreihe *Fremde Nachbarn* bereits Filme konzipiert und gedreht. Über eine zweiundvierzigjährige Kölnerin zum Beispiel, die als Drittfrau in einem Harem in Afrika lebte, oder einen ehemaligen Philosophieprofessor, der winters auf Warmluftschächten schlief, in städtischen Mülleimern nach Essbarem suchte und dabei mit halbleeren Pommesschälchen und angebissenen Brötchen laute Gespräche über das Geworfensein in die Welt führte. Hannes hatte für die 45-Minuten-Dokumentation sogar einen Preis bekommen. Der Redakteur hatte Hannes' Exposé zusammengerollt und sich mit der Papierröhre gegen den Oberschenkel geschlagen. *Freud träumte*, hatte er immer spöttischer den Arbeitstitel wiederholt, und Hannes hatte den Kopf eingezogen. Die Wortkombination *Freud träumte* hatte er im Radio aufgeschnappt. Eine Zauberformel! Am Ende jenes Sonntagnachmittags und noch vor dem Fernsehkrimi war die Projektbeschreibung fertig gewesen, so schnell hatten seine Finger ihn über die Tastatur des Laptops gejagt, so rasend schnell, dass er sich selber kaum folgen konnte. Film und Traum haben eins gemeinsam, hatte er geschrieben, man ist oft und zu oft gern in ihrer Gesellschaft und ebenso verlassen in ihr. Träume, hatte er geschrieben, sind nur eine andere Art, sich zu erinnern.

Aber, aber, ist doch nur ein Rohentwurf, hatte er im Gespräch noch einmal versucht, etwas gegen den Spott des Redakteurs einzuwenden. Vergessen Sie es, hatte der Redakteur gesagt, sonst vergesse ich, dass Sie einer meiner besten Freien sind. Eine Fügung des Himmels war es dann wohl gewesen, dass wenige Tage später Karatsch anrief: Erinnern Sie sich? An mich? An den 13. September?

Natürlich hatte Hannes sich an jenen Nachmittag im Flugzeug erinnert und auch an das kleine Gesicht einer Frau in der Menschenmenge, später, vor dem Gate.

Natürlich hatte Hannes auch wegen dieses kleinen Gesichts einer Frau, die an dem Nachmittag nicht Witwe geworden war, die Einladung zu Silvester angenommen.

Aber man musste nicht über alles reden. Nicht einmal mit sich selbst.

Aus dem Bad hörte er, wie Merets ungeduldige Hände seine Schränke durchsuchten.

Nein, er hatte keine Präservative im Haus. Hatte sie Angst, sich anzustecken? Verhüten musste sie wahrscheinlich nicht mehr. Oder doch? Aber er musste sich nicht um alles kümmern. Alt genug war sie.

Da stand sie in der Badezimmertür. Die Lüftung rauschte noch immer in ihrem Rücken.

Mach doch mal das Licht hinter dir aus, wollte Hannes sagen, ließ es aber, als er Meret auf sich zukommen sah. Ihre Augen waren gerötet.

Hast du geweint?

Nein, nur Probleme mit den Linsen, und sag mal, hast du irgendwo eine Wäscheleine?

Wäscheleine?

Er lachte heiser, versuchsweise verrucht, aber nur weil er hoffte, es werde sich so ein Gefühl einstellen, wenigstens irgendeins. Bitte, bitte, lieber Gott, schenk mir eine Erektion, betete er. Denn gleich würde sie ihn wieder küssen und in den Hals beißen, würde mit der Zunge einen weiteren Knoten in seinem Mund, seinem Kopf, seinem Bauch zu lösen versuchen, und vielleicht würde sich – wenn Beten half – endlich der Augenblick wie ein erotischer anfühlen, sich um ihn schließen und an ihn schmiegen, von außen wie von innen. Er stand auf. Stand da, und neben sich. Wie zu oft in seinem Leben.

Würde er alles tun, was sie wollte?

Nein.

Würde er sich widersetzen?

Nein.

Was würde er denn tun?

Nichts, wie so oft.

Dann wollen wir mal, sagte sie und schielte ihn an. Müdigkeit? Alkohol? Für einen Moment hatte ihr Gesicht etwas Bitteres, Verwahrlostes, aber das mochte am diffusen Streulicht der Deckenlampe liegen. Er verschränkte die Arme vor der Brust.

Geh zur Sicherheit vorher auf die Toilette und komm dann rüber zum Bett, sagte sie.

Bevor er die Badezimmertür hinter sich schloss, beobachtete er, wie sie sich auf dem Weg zu seiner Schlafnische langsam auszog. Von hinten sah sie weniger erloschen, weniger halsstarrig und überraschend jung aus.

Sie war nackt, hatte aber ihre Wäsche in der Hand, als er keine zwei Minuten später vor dem Bett stand. Ausziehen, los, auch du, befahl sie. Big Boy, jetzt wirst du mein Mann, las er aus ihrem Blick, bevor sie ihn mit einem dunkellila Trägerhemd näher zu sich heran winkte. *Big Boy* hieß ein Film von Coppola aus dem Jahr '64. Eine Komödie. Immer wenn Hannes seine eigene Existenz als Überrumpelung begriff, versuchte er zu denken, das ist ja wie in diesem oder jenem komischen Film. Als sie wenige Augenblicke später seinen linken Fuß mit ihrem BH an den Bettpfosten unten links fesselt und seinen rechten mit einem ihrer halterlosen Strümpfe an den rechten, fragte er mit belegter Stimme, was ist denn das jetzt?

Ist Liebe, sagte sie nachlässig, sieht man doch.

Merets Gesicht fing vor seinen Augen an zu flimmern, dann brannte es. Ihre Ohren wanderten nach vorn, nach hinten, als hätte sich etwas in seinem Kopf falsch eingestellt. Meret sagte etwas, aber er verstand sie nicht mehr. Stattdessen schloss er die Lider. Aus den Augen, aus dem Sinn, dachte er, hatte aber gleichzeitig eine klare Vorstellung davon, wie er auf Frau Gutmanns mattblauem Spannbetttuch aus Frottee lag, er, ein ziemlich athletischer Mann, aufgespannt wie ein frisch abgezogenes Kaninchenfell. Kleine, geschickte Hände, die nicht mehr jung waren, befestigten seine rechte Hand am rechten Bettpfosten. Er riss die Augen auf und starrte auf ein dunkelblaues, dehnbares Etwas, das an einen Slip erinnerte. Meret fesselte damit seine Linke. Nein, sagte er schwach. Doch, antwortete sie zärtlich und drehte locker das dunkellila Trägerhemd zusammen, das ihn eine Schrecksekunde lang an *Blue Velvet* erinnerte. Das wird jetzt aber wirklich komisch oder soll wohl komisch sein, wollte er noch sagen, da hatte sie ihn bereits mit dem Hemd, das nach Waschpulver schmeckte, geknebelt.

Hatte auch sie bei dem, was sie tat, Bilder im Kopf?

Wahrscheinlich spielte sie den Videoclip nach, den sie an Silvester gesehen hatten. Damals hatte er sich geschworen, er werde eher mit einem Polizisten oder der Queen oder nur mit einem ihrer festlichen Marzipankleider ins Bett gehen als mit dieser Frau auf dem Barhocker neben ihm, deren Hosenanzug verdammt kratzig ausgesehen hatte.

So, sagte sie, so und so und so und zog den letzten Knoten straff.

Er hasste sie.

Sie liebten sich.

Irgendwann war Meret mit dem Gesicht auf seiner Brust eingeschlafen. Als gegen sechs Uhr ein Müllwagen vor dem Haus hielt und die Mülltonnen aus dem Vorgarten von Frau Gutmann vor dem Fenster entlanggezogen wurden, stand sie auf. Er hörte den Wasserhahn in der Küche laufen und Gläser klirren. Sie trank wohl einen Schluck, sammelte Rock, Schuhe, Bluse und Mantel zusammen, ließ ihre Unterwäsche da und ging. Eilige Schritte liefen an seinem Souterrainfenster vorüber, hart wie die von einem ungestümen Pferd. Ein Geruch von September blieb.

Später, als es bereits Tag war, klingelte sein Telefon. Er stöhnte auf und zerrte an Merets Slip, BH und Strümpfen. Eine Stechmücke oder auch zwei hatten sich, während er schlief, in seine Armbeuge gesetzt und ihn fachkundig angezapft. Der Anrufbeantworter schaltete sich nach dem vierten Klingeln ein.

Folgendes, sagte Wünsche, und seine Stimme hörte sich an, als nehme er einen Schluck Kaffee. Hannes stellte sich vor, dass Meret mit ihrer Tasse danebensaß und sich amüsierte.

Wir müssen den nächsten Drehtermin verschieben, sagte Wünsche. Ich glaube, meiner Schwester geht es nicht gut.

Hannes versuchte, seinen Knebel auszuspucken.

Ich habe sie soeben erwischt, sagte Wünsche, wie sie unten im Laden vor Fräulein Möller ihren Mantel geöffnet hat. Unter dem Mantel war sie nackt. Fräulein Möller hat die Hände vor das Gesicht geschlagen und gesagt: O Gott, ich kündige. Darauf Meret, Gott hat damit gar nichts zu tun, aber ich brauche sofort einen neuen BH, einen passenden Slip und ein Paar Strümpfe. Am besten die halterlosen, die ich gestern auch ausgesucht habe. Fräulein Möller hat daraufhin in ihren Schubladen herumgewühlt. Fast hat sie geweint.

Folgendes noch, sagte Friedrich mit einer Stimme, die auch fallende Börsenkurse hätte durchsagen können, ich hoffe, du hast noch einen Moment Geduld, Hannes.

Ich hoffe, der Anrufbeantworter schaltet sich gleich ab, sagte Hannes. Aber es kam nur ein dumpfes Muhen heraus.

Mit Fräulein Möller habe ich noch einmal geredet, sagte Friedrich, sie kündigt nicht. Sie bleibt. Nicht wegen mir und schon gar nicht wegen Meret. Sie bleibt wegen unserer verstorbenen Mutter. Dich aber wollte ich fragen, ob du einen guten Seelendoktor für Meret weißt. Du kennst dich doch mit Träumen und deren Deutung aus. Ob wir da besser einen Therapeuten oder einen Analytiker aufsuchen sollen, weiß ich nicht genau.

Therapeut oder Analytiker, wiederholte Hannes da sehr fröhlich und sehr laut. Ein Sadist würde reichen, so einer, der ihr regelmäßig den Hintern versohlt, bis sie ein Einsehen hat. Oder einen Orgasmus.

Endlich hatte er sich von dem Knebel befreit.

Danke, sagte Wünsche. Er legte auf.

Hannes' Nacken schmerzte. Seine Gelenke fühlten sich taubenblau an. Aber da war noch ihr Geruch im Zimmer, wie der Beweis für etwas ganz anderes. Er suchte nach Wörtern dafür: Warmes Gras, Pilze, Laub, Holzfeuer, aufgewühlte Erde und Abende, die duften wie frische Erbsen, wenn man sie aus der Schote befreit. Als Meret für eine Weile bei ihm eingeschlafen war, hatte das Innere seiner Nase angefangen, bis in den Kopf hinein ihren schönen Herbst zu riechen. Und wie sie mit der einen Hälfte ihres Gesichts auf seinem Herzen gelegen hatte, hatte er sie sogar gemocht. Ein wenig wenigstens. Warum war sie nur so blöd? Warum nur war sie schon so alt?

6.

Sie sahen sich kaum, im Juni. Sie sahen sich eigentlich gar nicht. Er merkte, er wartete.

Im Juli kaufte sich Hannes im Haus Wünsche eine neue Jeans. Fräulein Möller bediente ihn. Plötzlich stand Meret daneben. Sie sagte, wenn du nicht genau weißt, ob eine Hose dir passt, dann leg dir den Bund um deinen Hals. Passt sie dort, passt sie auch sonst. Er lächelte, sie auch, und er war überrascht über diese unerwartete, schüchterne Wärme zwischen ihnen. Als er fragte, versuchen wir es noch mal, hatte er das Gefühl, eine gute oder eine schlechte Eigenschaft mehr zu brauchen, um eine Situation wie diese zu seiner machen zu können.

Versuchen kann man's ja mal, sagte Meret.

Sie drehten tags drauf weiter.

Ende Juli sah er sich mit Karatsch im Bungalow auf halbem Hang den alten Film von Silvester noch einmal an. Vera, zwölf, saß auf der Mauer bei der Brauerei und rauchte ihre ersten Ringe. Ein Angebot, das der Regisseur gleich in den Film mit einbaute, sagte Karatsch. Heinzi, im Film Hatte genannt, trank einen Schnaps, und Friedrich, genannt Fetzer, warf wiehernd ein Bonbon ein. Dann legte Friedrich Wünsche seine Hand auf Veras Hand. Sie summte ein Lied, in dem weiße Vögel vorkamen, während die Kamera auf die drei Kinder zufuhr. Der Heinzi, sagte Karatsch, der ist jetzt auch schon tot. Der sollte in manchen Szenen trinken, wie seine Filmeltern auch. Aber er trank wirklich Schnaps, nicht nur vor der Kamera.

An einem Abend im August stürzte Hannes vom Bad in die Küche, weil er glaubte, es habe nach angebrannter Milch gerochen. Doch hatte er seit Tagen keine Milch mehr im Haus. Die Art, wie er in der Dämmerung stand, die jetzt schneller kam als im

Juli noch, erinnerte ihn an einen Film: Ein Mann wartet täglich am Fenster seiner Kellerwohnung, bis die schwarzen Pumps einer gewissen Frau auf Augenhöhe vorbeiklackern.

Bei der jährlichen Eröffnung der Kirmes an einem Freitagmittag Ende August stand er mit Karatsch am Bierstand. Nach dem dritten Bier war Karatsch wie immer gerührt. Da ist mir eines Tages dieser Hund hinterhergelaufen, sagte er, so ein Mischling mit flach angelegten Ohren und vorstehenden Rippen. Sein Schwanz streifte den Boden, als er neben meiner geöffneten Wagentür zu wedeln begann, und ich weiß bis heute nicht, ob ich ihn aus Mitleid angefasst habe oder nicht, aus Ekel. Dann bin ich ohne ihn losgefahren. Er ist ein Stück hinter meinem Wagen hergelaufen, bis er sich an den Straßenrand gesetzt hat, als wollte er dort auf mich warten. Ich hätte ihn einfach packen und mitnehmen sollen, sagte Karatsch, ich hätte es tun können.

Man hätte vieles tun können, sagte Hannes.

In der Woche darauf begann Hannes mit dem Rohschnitt zu seinem Film *Wünsche*. Er arbeitete mit Karatschs Computerprogramm Final Cut in dessen Keller. Es war Samstag. Wünsche saß mit dabei. Von dem, was sie in Karatschs Souterrain machten, verstand Friedrich nicht viel, aber er war ein Freund geworden.

In der gleichen Nacht noch notierte Hannes seine alte Geschichte mit Vera, als Sequenz für einen Film, den er nie drehen würde. Eine seiner grünen Karteikarten reichte dafür aus. Er schrieb: Abschlussprüfung an einer Berufsschule vor ca. zwanzig Jahren. Blütenlose Grünpflanzen drücken sich auf dem Treppenabsatz an die dunklen Scheiben zum Schulhof. Er, Schüler, sitzt auf der Treppe. Vera, Lehrerin, setzt sich neben ihn. Prost! Sie trinken und trinken, und als sie nicht mehr trinken, gehen sie zu ihm. Ich liebe dich, sagt er, als sie noch angezogen auf dem Bett liegen. Danke, sagt sie, aber jetzt halt den Mund und mach. Zwischen dem Prost und den beiden letzten Sätzen, so notierte Hannes, wird nichts geredet. Nur Umgebungsgeräusche und Musik. Portishead, wahrscheinlich.

Weißt du schon, wie man Auto fährt?, fragte ihn tags drauf ein kleines Mädchen an einer Fußgängerampel.

Winkst du mir, wenn ich jetzt rübergehe?, fragte er zurück.

Ich winke nur, wenn du nicht gehst, sagte das Mädchen.

7.

13. September, 18.37 Uhr, sagte Hannes' iPhone. Die Hortensien auf der obersten Stufe des Eingangs zur rosa Villa hatten kindskopfgroße, blassblaue Blüten. Ich bin nicht unbewohnt, sagte das geöffnete Fenster im ersten Stock. Ein Fensterflügel schlug böse im Luftzug. Hannes warf noch einen letzten Blick auf das rote Fahrrad, das klein war wie ein Kinderrad, und lief los. Das Gurren der Taube, die ihre regelmäßige Folge immer abbrach, begleitete ihn. Na, Taube, wohl den Text vergessen, sagte er laut, aber merkte, seine Stimme klang matt und gar nicht spöttisch.

Nach wenigen Schritten hing ein Zettel DIN-A4-Zettel am Baum. *Ich habe einen Abend zu verschenken*, stand da von Hand geschrieben. Einen Moment zögerte Hannes, dann riss er den Zettel ab und stopfte ihn in den Bund seiner Trainingshose. Er kniff die Augen zusammen und lief schneller. An einer dünnen Birke, keine hundert Meter weiter, wo er normalerweise aus dem langsamen Trab ins Laufen fiel, hing der nächste Zettel: *Früher waren wir anders. Früher waren wir jung. Aber was soll's. Früher war auch nicht alles wie früher.* Auch den riss er ab und grinste. Hier veröffentlichte also jemand, der keinen Verlag gefunden hatte? Er beschleunigte sein Tempo, auch weil ein drittes Blatt weiß zwischen zwei Zaunpfählen des leer stehenden Bauernhofs aufleuchtete: *Ich will jemanden finden, auf dem ich schlafen kann.* Und: *Bitte geh danach nicht, auch wenn ich schnarche,* stand auf einem vierten Zettel an der Schranke zum Wald. Hannes steckte ihn zu den anderen. Bei der Tannenschonung bekam er kurz Seitenstiche, und als er bei dem Kreis verbrannter Erde ankam, wo bald der Mann mit den Weihnachtsbäumen sitzen würde, kam ihm der Ort grundlos unheimlich vor. Er starrte auf den dunklen Kreis. Wie das Grab eines verscharrten Huhns, dachte er und drehte sich abrupt um. Nichts. Oder war da nicht doch eine Bewegung gewesen, hinten beim Farn? War da nicht jemand hastig mit einem roten Rad verschwunden? Er drehte sich wieder zurück. Und was schaute da unter dem großen Stein gleich neben dem dunklen Kreis hervor? Hannes bückte sich. *Mit dreizehn habe ich zum ersten Mal nicht mehr in den Speiseaufzug gepasst, aber da kannten wir uns noch nicht.* Er nahm das Blatt und lief weiter, in den tieferen Wald hinein, dessen Höhe und stille Trockenheit heute das Rauschen der A1 in der Ferne zu einem monotonen Dauerton werden ließ, mit dem Gefahr aufzog. Seine Hände fühlten sich plötzlich seifig an, und er merkte, er wartete. *Die Nachrichten kommen immer erst hinterher,* stand auf einem Blatt beim Ausgang des dunklen Walds. Es lag zwischen den Zweigen einer letzten kleinen Tanne, die so braun war, dass sie sicher den nächsten Winter nicht überleben würde. Am Reck des Trimmpfads wartete die nächste Mitteilung. *In Berlin habe ich in einer Zelle gewohnt, acht Quadratmeter schlank.* Die Klimmzüge ließ Hannes heute ausfallen. An der nächsten Kreuzung, wo es nach Norden zum Schwimmbad, nach Süden zur Gaststätte Waldlust, nach Westen zur Autobahnbrücke und nach

Osten zurück auf den Trimmpfad ging, klebte über dem Schild, das vor der Waldbrandgefahr warnte, die achte anonyme Mitteilung für ihn. Laut sagte er: Stimmt! Er sagte es wütend und verlegen. Er fühlte sich gemeint. Hannes zog seine grüne Jacke aus, knotete sie um die Hüfte und schob auch diese Nachricht zu den anderen. *Wenn ich dich liebe, was geht's dich an?*, hatte auf dem Blatt gestanden. Stimmt!, wiederholte er. Der Wald schwieg zurück. Den Rest des Weges rannte er in einem Endspurt, bei dem Karatsch nicht mitgekommen wäre. Als er bei der rosa Villa ankam, klemmte ein letzter Zettel unter seiner Fahrradklingel.

Komm her, Mann mit grüner Jacke, ich warte auf dich.

Hannes schaute an sich herunter. Die Jacke um seine Hüften war tatsächlich von einem aufdringlichen Grün, aber das war jetzt nicht der richtige Moment, um festzustellen, dass er einen komplizierten Geschmack hatte. Er las die Adresse, die unter der Aufforderung stand, und merkte, er stand bereits vor dem richtigen Haus. Es war die rosa Villa.

Langsam ging er auf Hortensien und Haustür zu.

Karatsch

1.

Sonntag, der letzte Tag im August. Mit der Dämmerung war es
kühl geworden. Karatsch hatte den fusseligen Bademantel angezogen und gegen zehn noch überlegt, den Kamin anzufeu-
ern, nur um sich einzureden, dies sei der verspätete Beginn eines gemütlichen Abends. Doch das Tappen seiner nackten Füße
auf dem Wohnzimmerparkett war ihm plötzlich unheimlich
vorgekommen. Vera war seit bald neun Monaten verschwunden. Der Sohn fuhr noch zur See und würde erst in zwei Wochen zurückkehren. Meret und Friedrich waren wieder am Ort,
aber kein wirklicher Trost für ihn, den verlassenen Karatsch.
Nah waren die beiden Wünsches nur Vera gewesen. Doch eine
neue Freundschaft auf seine alten Tage hatte Karatsch mit Hannes geschlossen, der an dem Tag, an dem Vera verschwand, in
die Stadt gekommen war. Wegen Hannes hatte er an einem
Morgen im Mai zum ersten Mal seit Veras Verschwinden wieder echte, tiefe innere Heiterkeit verspürt. Da hab ich doch noch
Sonne im Arsch, wenn ich dich so sehe, hatte er gesagt und dabei sein Schweizermesser aus der Tasche gezogen. Eigentlich
waren Hannes und er verabredet gewesen, doch Hannes war
nicht gekommen. Karatsch war mit seinem Volvo in den Narzissenweg gefahren, hatte an dem unbeschrifteten Schild unter
dem Schild GUTMANN geklingelt und durch das gekippte Kü-

chenfenster die Lüftung im Bad rauschen hören. Besorgt hatte er das Fenster ausgehängt und war in die Wohnung gesprungen. Im Bad war Hannes nicht. Hier, hatte jemand zaghaft vom Bett aus gerufen, hier bin ich. Das musste eine echte Fesselungskünstlerin gemacht haben! Perfectly four postered, hatte Karatsch gleich gesehen und Strümpfe, BH und Höschen einfach zerschnitten. Wer war denn das? Kenn ich sie? Doch hoffentlich nicht irgend so eine perverse Bankbiene, die eigentlich nur geheiratet werden will. Hannes hatte nicht geantwortet und etwas bleich den Morgenmantel übergezogen, den Karatsch ihm vom Bad aus zugeworfen hatte. Da, für deinen geschundenen Astralkörper, hatte er gesagt, und nimmst du mich mit, wenn du ihr das Höschen zurückbringst? Wir haben ja schon so einiges miteinander durchgemacht, mein Freund.

Karatsch starrte einen Moment auf seine nackten Füße auf dem Stäbchenparkett, dann auf die kalte, dunkle Feuerstelle seines Kamins mit den Delfter Kacheln. Nein, er würde ihn nicht anheizen. Lieber zog er sich wieder an.

Als er das Haus verließ, stach die Mondsichel am Himmel zwischen milchig dunkelgrauen Wolkensegeln hervor. Er dachte an Jo. Der Himmel über dem Meer, sah der genauso aus? Und wo Vera war, wie war der Himmel da? Eine kaum merkliche erste Herbstfeuchtigkeit zitterte in der Luft. Ab morgen war mal wieder September. Die Stelltafel der Gärtnerei gegenüber bot HEUTE Eierpflaumen an, und von unten aus dem Ort, wo es zwei Grad wärmer sein würde als hier auf halbem Hang, stolperte Kirmesmusik bis zu Karatsch herauf. Mit dem fröhlichen Schwachsinn von Kinderliedern und Popsongs drängelte sie sich in die stille Gegend der Bungalows. Wie in jedem Jahr überwucherte das Heimatfest mit einer Riesenkirmes den Ort. Mein Gott, was für ein trauriges Nest das doch war für alle diejenigen, die hier hocken blieben. Die gedämpften Kirmesklänge schienen im Weitergehen vor ihm zurückzuweichen und sich hinter ihm wieder zu schließen. Die Lichter der Fahrgeschäfte zuckten näher und näher. Letzte Nacht hatte Karatsch von Suse geträumt. Wie sie ihn stutenhaft anschaute. Fiel ihm das wegen der albernen Lichtwechsel da unten im Tal jetzt wieder ein? Das Weiß in Suses Augen war gleißend vor Sorge gewesen, in dem Traum. Pinkelst du?, hatte sie gefragt, kotzt du? Sie war näher gekommen. Neben ihr war eine dünne Birke hergelaufen. An die sollte er gepinkelt haben? Er erinnerte sich nicht, aber sein Gesicht war feucht. Glück gehabt, du weinst ja nur, hatte Suse festgestellt. Da hatte er sie plötzlich unbedingt gewollt, aber sie nicht ihn. Er hatte sie gegen diesen verdammt dünnen Baum gedrückt. Die Rinde, grau wie nasse Asche.

Bei der alten Stadtmauer angekommen, folgte Karatsch einer schmalen Gasse. Die Vorgärten der niedrigen Häuser dort wucherten über die Zäune. Auf einer Fensterbank lag eine Drahtbürste mit einem Knäuel violetter Haare darin. Wenige Schritte weiter stand das erste Kinderkarussell. Als Karatsch bei der Losbude ankam, wo Jo für Vera einmal eine Taube gewonnen hatte, gingen auf einen Schlag alle Lichter der Fahrgeschäfte aus. Nur der Autoscooter an der Längsseite des Marktplatzes gleich bei Haus Wünsche spielte einen letzten Song. *New York, New York. If you can make it there, you make it everywhere.* Dann schoben auch dort zwei junge Männer, die fast nur aus Oberarmen und Tattoos bestanden, die letzten bunten Wagen Puffer an Puffer zusammen.

Feierabend, Opa!, sagte der eine. Karatsch zeigte ihm den Stinkefinger.

Hey, ich zeig dich an, Alter, sagte der andere.

Karatsch fror, als er sich wegdrehte. Aber es stimmte. Das war jetzt das Alter. Die Dürre. Auch sein Spielpartner beim

Squash, einer von diesen Jungsenioren, besiegte ihn in letzter Zeit immer häufiger, und wenn Karatsch ehrlich war, war er schon eine Weile darauf erpicht, zu verkünden, dass er nun alt sei. Diskret wollte er sich von sich selbst verabschieden, noch bevor andere sich von ihm verabschiedeten. So würde leichter werden, was ohnehin bevorstand.

Mit den Frauen hatte es angefangen.

Einmal, kurz bevor er an Bord der *Hiroshima* ging, hatte der Sohn ihn dabei erwischt, dass er sich mit Sara, seiner Silvesterbekanntschaft, traf. Wenn er sie zu sich nach Hause bestellte, dachte er davor an Suse, danach nur noch an Sara. Zwischen den beiden Frauen verschwand Vera, als sei sie eine verblichene Markierung, ein unmerklicher Schritt nur von einem flachen zu einem kaum tieferen Gewässer. Bei seinem letzten Mal mit Sara hatte Karatsch allerdings vergessen, die Armbanduhr abzunehmen. Erst als er auf ihr lag, hatte er es bemerkt. Diese verdammte Uhr! Wegen der war Vera plötzlich doch mit im Zimmer gewesen. Karatsch hat eine seiner bewährten erotischen Fantasien bemühen müssen, um den Akt ohne große Peinlichkeiten für sich zu Ende bringen zu können. Gott ja, alles war anders geworden mit den Frauen, seitdem seine eigene wegblieb. Selbst die Anregungen aus dem Netz brachten ihm nur noch selten frischen Bildervorrat für gewisse Stunden. FREE PORN! FREE SEX! PERFECT GIRLS tippte er immer lustloser in seinem Souterrainbüro in den Computer ein, um manchmal nach wenigen Minuten schon etwas ganz anderes aufzurufen. www.vesseltracker.com/de/Ships/Ym-Hiroshima-9122394. In einer grisseligen Dunkelheit verfolgte er dann auf dem Bildschirm die Reise des Sohns auf der *Hiroshima* im Netz, folgte mit Lesebrille auf der Nase jenen gefrorenen Restlichtern eines versprengten Feuerwerks, rot wie Limonade, in der Dämmerung, die für ihn Jo auf dem Meer markierten. Sogar den Frachter selbst glaubte er manchmal als erleuchteten Punkt zu erkennen, als einen unter vielen anderen erleuchteten Punkten, bevor er verschwand in einer riesigen Nacht, die über dem Meer lag. Andere Punkte hatten ihn abgelöst, die ebenfalls wieder verschwanden für wieder andere. Während Karatsch so auf den Bildschirm starrte, erinnerte er sich an jene winzigen Punkte, die er genauso, aber vor fast zwanzig Jahren vom Balkon eines alten Hotels mit Blick auf das Meer gesehen hatte. Im Arm hatte er damals ein schreiendes Baby gehalten, den Sohn. Auf diese Weise schloss sich für ihn der Kreis vom Neugeborenen zum jungen Mann. Ja, dieser Sohn war und blieb sein Sohn, egal, was die Leute bei der Geburt geredet und gedacht haben mochten, und er auch. So getröstet, fing Karatsch manchmal an zu weinen. Den Bildschirm musste er dann Bildschirm sein lassen und seinen alten Globus oben aus Jos Zimmer holen, um sich zu vergewissern, dass tatsächlich eine Linie vom Sohn bis zu ihm durch den Erdball lief. Mein Gott, ja, der Globus war der Beweis. Es gab sie noch, die alte Welt, in der Karatsch mal ruhig gelebt hatte, bis einiges anders wurde.

Er überquerte die leere Straße vor Haus Wünsche. Selbst am Bierstand, an dem er am Freitagmittag mit Hannes das Feierabendbier getrunken hatte, stand keiner mehr. Trotzdem fühlte er sich beobachtet, ohne zu wissen warum.

Vor dem mittleren der sieben Schaufenster hielt er inne. Jetzt schaltete auch der Autoscooter in seinem Rücken die Beleuchtung aus, und im Schaufenster brannte einsam das grüne Licht einer Leselampe. Sie stand auf dem Nachttisch eines Bettes, in dem mit abgewandtem Gesicht eine Frau schlief. Sie war echt, merkte Karatsch, als sie den Kopf bewegte. Er sah ihre Wange, dann die spitze Nase, während sie den Kopf nach links rollte, um die andere Gesichtshälfte im Kissen zu vergraben. Beide Handflächen presste er plötzlich gegen die Schaufensterscheibe, wie ein Kind, das ein Spielzeug in der Auslage unbedingt will. Er kniff die Augen zusammen. Der zweite Blick bestätigte den ersten. Die Frau dort drüben im Bett könnte seine, könnte eine etwas mitgenommene, im Schlaf schmollende und zu dick geschminkte Vera sein.

Hallo? Er klopfte gegen das Glas. Die Frau hinter der Scheibe reagierte nicht. Der Schein ihrer Nachttischlampe konzentrierte sich auf das Buch, nicht auf sie. Es lag auseinandergebogen, mit dem Gesicht nach unten auf dem Nachttisch. *Gleißendes Glück*, las Karatsch den Titel. Der Autor hieß A. L. Kennedy. Er kannte nur einen amerikanischen Präsidenten, der so hieß.

Hallo? Er klopfte heftiger. Das gab es also noch, dieses Gefühl. Er erinnerte sich: Eine Frau sagt, mir ist jetzt kalt, und drängt sich an einen. Ein Blutstoß pumpte durch Karatschs Herz. In seinem Mund schmeckte die Rückseite der Zähne nach Meer, nach Fisch. Das gab es also doch noch, diese Art sexuellen Begreifens, wenn man sonst nichts begriff? Er sei zu alt dafür, hatte er in letzter Zeit immer häufiger gedacht. Seine Haut lud sich statisch auf und erschauerte. Alles gehörte augenblicklich ihm, auch die Dinge, die er nicht verstand. Auch die würden zu ihm kommen und mit ihm sprechen.

Hallo, geht's noch, hörte er jemanden dicht hinter sich sagen. Ein Zeigefinger mit dunkel lackiertem Nagel drückte sich neben seiner Hand auf das Glas.

Lassen Sie doch die Frau da in Ruhe. Ein Lachen schwang mit in der Stimme. Gefällt Ihnen, die Performance, oder?

Karatsch drehte den Kopf.

Die Frau gefällt mir, sagte er zu der Frau, die neben ihm stand. Mir auch.

Sie sieht jemandem verdammt ähnlich.

Finde ich auch.

Sie erinnert mich an jemanden.

An wen?

An meine Frau.

Sorry.

Wieso sagen Sie jetzt Sorry?

Er sah sie genauer an. Sie trug Flipflops, obwohl es nicht mehr warm war, und langes, offenes Haar, dessen Helle er unter dem Streulicht der Straßenlaterne keiner Farbe zuordnen konnte. Deutlich aber stieg ihm der Geruch nach Zitrone in die Nase.

Ist Ihre Frau nicht tot?

Quatsch!

Schlecht aber war die Idee nicht. Auf diese Ausrede hätte er längst selber kommen können. Hatte er nicht neulich nachts sogar geträumt, er würde hinter einem Sarg hergehen? Wieso hatte er beim Aufwachen nicht gleich beschlossen, ab heute Witwer zu sein? Witwersein hatte eine tragische Größe, war einfach erträglicher, als verlassen und deswegen der Vorgeführte zu sein.

Aber sie ist fast tot, sagte er.

Ach, tut mir wirklich leid.

Der Geruch von Zitrone wurde stärker, während die Frau sich auf die Unterlippe biss und dabei einen halben Schritt näher kam.

Ich verstehe, es ist schlimm, einen geliebten Menschen leiden zu sehen, schlimm mit anzusehen, dass er sterben will, aber nicht kann.

Quatsch, wiederholte Karatsch, sie ist nicht krank, meine Frau. Sie wird auch in den nächsten dreißig Jahren nicht sterben. Nur für mich ist sie so gut wie tot. Wenigstens mein Gefühl fühlt sich so an.

Gegen seinen Willen schaute er am Ende des Satzes auf seine Armbanduhr. Wieder hatte er das Gefühl, mit dieser Frau in den Flipflops nicht allein zu sein. Da, ein Schatten. Jemand beobachtete sie von der anderen Straßenseite her. Doch waren selbst die Männer vom Autoscooter längst verschwunden.

Ja, für seine Gefühle kann man nichts, und es ist auch schon spät, sagte die Frau da verlegen, als schäme sie sich für ihre heftige Anteilnahme, die sie vielleicht an den Falschen verschwendet hatte. Aber er war nicht der Falsche. Er machte alles richtig, bisher. Auch gegenüber Vera.

Er war sogar noch einmal, ohne Jo, aber gefasster als beim ersten Mal, aufs Präsidium gegangen, um anzubieten, einer netten Polizistin aus Veras Tagebüchern vorzulesen und mit ihr die Passagierlisten umliegender Flughäfen, Datum 31. Dezember, durchzugehen. Er hatte vorgeschlagen, sich unter ihrer professionellen Anleitung einen Reim auf Kreditkartenumsätze zu machen, die bislang jedoch ausgeblieben waren. Er hatte angeboten, Futter für alle Spürhunde im Kreis zu spendieren, wenn es denn endlich eine Suchaktion geben würde, und auch eine Liste von alten Freunden erstellt, die zwei oder drei Dinge mehr über Vera wissen mochten als er. Gegen großen inneren Widerstand hatte er Friedrich und gegen einen noch größeren Meret Wünsche ganz oben auf die Liste gesetzt. In den ersten Tagen nach den Weihnachtsferien hatte er der Schule gegenüber für Vera gelogen. Sie ist krank, hatte er gesagt, ich bringe ein Attest. Als kein Attest kam, war der Direktor persönlich vorbeigekommen. Bei einer Tasse Kaffee hatte Karatsch auf die Schlafzimmertür gezeigt und den Finger an die Lippen gelegt: Sie schläft sich gerade gesund, hatte er gesagt, um dann nach dem dritten Bier endlich einzugestehen, dass das Bett hinter der Tür leer war. Er hatte vor den Augen des Direktors geweint, der später trotzdem großen Ärger gemacht und schriftlich mit einem

Disziplinarverfahren sowie Veras sofortiger Entlassung aus dem Schuldienst gedroht hatte. Sie kommt wieder, bestimmt, hatte Karatsch zurückgeschrieben, und alle Zahlungsrückforderungen ab Januar beglichen, obwohl sein Hals vor Ärger immer kürzer geworden war, wie er morgens im Spiegel feststellen musste. Ach, der Spiegel im Bad, in den er beim Rasieren seit Monaten bereits allein schauen musste. Manchmal fing der rasch an, sich die Zähne zu putzen, damit er nicht weinen musste. Ob Vera da, wo sie jetzt war, das auch machte?, dachte er dann, so wie er sich manchmal verloren in einer fremden Stadt fragte, ob es Zuhause jetzt wohl auch regnete? Dann fühlte er sich weniger allein. Aber Vera hatte wahrscheinlich längst einen anderen gefunden, ja, ganz sicher hatte sie einen Mann gefunden, sonst wäre sie bereits zurück. Er war also frei. Er schaute die Frau in den Flipflops an. Sie frieren wohl auch so gut wie nie?, hätte er sie gern mit Blick auf die nackten Füße gefragt. Plötzlich hatte er die Vorstellung von einem langen, leichten Abend.

So war es übrigens angekündigt, sagte die Frau.

Was?

Das da. Sie tippte wieder gegen die Scheibe. Sie nennen es *öffentliches Schlafen*, und es ist eine Werbeaktion von Haus Wünsche.

Karatsch beugte sich zu ihr. Nicht aus Gier, nur aus Neugier. Oder nicht, oder doch? Da war er wieder, dieser Geruch nach Zitrone, verführerisch und unschuldig zugleich.

Öffentliches Schlafen, wer hat denn so eine Idee?

Eine Künstlerin, sagte die Frau in den Flipflops und zeigte auf das Bett im Fenster. Das ist eine Künstlerin.

Die Schlafende drehte ihren Kopf ins Profil und lag wie aufgebahrt auf dem Rücken.

Nix Künstlerin, sagte Karatsch.

Die Frau in dem Bett war Meret. Meret, diese unmögliche

Schwester von Friedrich Wünsche und die Freundin von Vera, vor langer Zeit. Meret sprang morgens um drei ungebeten mit ins Taxi und redete vom Onanieren und von Toten. Meret hüpfte lärmend in Vorgärten anderer Leute herum, piepste, ich bin's, ich habe keinen Vogel, ich bin heute einer. Bei jeder ihrer Störaktionen trug sie in Karatschs Vorstellung lange weiße Lackstiefel, in denen sie eifrig vorauslief, wenn es darum ging, peinlich zu sein.

Hier schläft die Chefin des Hauses persönlich. Karatsch tippte gegen die Schaufensterscheibe. Eindeutig, sagte er trocken. Die Nase, die kenne ich doch.

Von einer Kneipe, die bereits geschlossen hatte, gingen sie zur nächsten, die gerade schloss.

Sie sagte: Das Wichtigste im Leben ist, dass man glücklich ist.

Sie sagte: Glück ist nichts anderes, als einem geliebten Menschen nah zu sein.

Sie sagte: Ich habe heute schon sechs Zigaretten geraucht. Die letzte vor dem Schaufenster, als Sie gerade kamen. Karatsch nahm sie beim Ellenbogen und ließ ihn wieder los, als er in dem einsamen Mann, der auf der anderen Straßenseite vom Schuhgeschäft zum Blumenladen strich, den Besitzer vom Lottobüdchen zu erkennen glaubte.

Sie sagte: Der Abend ist nun doch keine Pleite.

Ihren Namen sagte sie nicht.

Jedes Mal, wenn sie in helleres Licht traten, sah er ihre Sommersprossen. Sie redeten über Vera, aber er nannte ihren Namen nicht. Denn das, was er sagte, passte nicht mehr zu dem, was er einmal mit Vera gemeint hatte. Eine Stimmung der Unausgesprochenheit hatte immer zwischen Vera und ihm geherrscht, vor allem, als sie schwanger geworden war. Genau darüber redete er jetzt mit einer anderen Frau.

Er sagte: Sie war mein Pflegekind, bevor wir geheiratet haben.

Er sagte: Sie hat nie gesagt, von wem das Kind ist.

Schade, dass sie nicht weiter fragte. Zu gern hätte er einer dritten Person gestanden, dass auch er nie sicher gewesen war, ob er oder wer eigentlich der Vater von Jo war.

Beim Gehen berührten sich manchmal seine und ihre Oberarme.

Er sagte: Ich bin sicher, dass sie mich nie betrogen hat. Nicht einmal, als sie noch eine junge Lehrerin und im Alter nicht weit entfernt von ihren Schülern gewesen ist.

Er sagte: Ab jetzt will ich im Leben nicht mehr wichtig, sondern nützlich sein.

Schon lange hatte er sich nicht mehr so unterhalten. Eigentlich noch nie. Er schaute sie immer wieder von der Seite an. Sie gefiel ihm. Kein Wunder. Frauen im Allgemeinen gefielen ihm sehr. Sah sie jemandem ähnlich? Nein, ganz und gar nicht. Nur die Haare vielleicht. Hagebuttenrot. Außerdem, eine Frau, die so viele Sommersprossen hatte, hatte er in seinem ganzen Leben noch nicht gekannt.

Beim Abschied gab er ihr seine Telefonnummer. Franz-Josef Kreitel, sagte er, aber alle nennen mich Karatsch.

Sie diktierte ihre Nummer.

Und der Name?

Salomé, sagte sie, Salomé Schreiner, mit Akzent auf dem e.

2.

Am nächsten Tag nach der Squash-Stunde nahm Karatsch nicht den direkten Weg nach Hause. Er fuhr die Bahnhofstraße hinauf, bog zwischen Post und Philatelie Reimann in die Barmer Straße ein und stellte seinen Volvo zwischen vielen freien Parkplätzen auf dem Markt ab. Es war Abend und Haus Wünsche nahezu ausgestorben, als er sich drei Paar Socken aussuchte und dabei trödelte, in der Hoffnung, Salomé Schreiner mit dem Akzent auf dem e zufällig anzutreffen. Denn eigentlich war diese Stadt so klein, dass man sich immer zweimal am Tag traf. Für Salomé Schreiner schien das nicht zu gelten. Vielleicht arbeitete sie viel? Auch nachts? Vielleicht war sie Krankenschwester und hatte Kinder? Vielleicht wohnte sie in einer der kleinen Nachbarstädte, die auch nicht viel größer waren als diese hier? Karatschs Blick fiel auf die kleine Tür beim *Personalabgang*, die jahrzehntelang nur ein weißer Schatten in der Wand gewesen war, seitdem Großvater Wünsche den Ausgang zum Park hatte zumauern lassen. Gleich nach der Geschäftsübernahme hatte Friedrich die Tür eigenhändig mit einem Vorschlaghammer von Karatsch wieder aufgebrochen und eine Bierbank mit zwei Aschenbechern unter freiem Himmel aufgestellt. Freiheit für die Kippen, hatte er zu Karatsch gesagt, als er tags drauf das Werkzeug in die Agentur zurückgebracht hatte.

Über Karatschs Kopf drehte sich ein Ventilator gegen eine Sommerhitze, die es nicht mehr gab. Es war der 1. September. Wir haben hier einen Film gedreht, hörte er wenige Schritte entfernt Fräulein Möller zu einer vereinzelten Kundin sagen. Bei dem Wort Film griff sie sich ins Haar, als seien noch immer Scheinwerfer auf sie gerichtet. Dann zog sie die Kundin am Ärmel eines betongrauen Kostüms, das auf keinerlei entschlüsselbare Interessen oder irgendwelche Begierden schließen ließ, zu einem Ständer mit kurzärmeligen Twinsets und ließ sie echtes Kaschmir befühlen. Herbstware, sagte Fräulein Möller, so wie man Hoffnungsschimmer sagt, nilgrün, indischblau, mohnrot, quellwasserhell. Später entdeckte Karatsch auf dem Weg zur Kasse von Weitem Meret in der Knopfabteilung. Heimlich legte er die Socken auf einem Wühltisch ab, um rasch verschwinden zu können.

Danke, dass wir am Samstag bei dir mit deinem Computerprogramm schneiden dürfen, sagte jemand dicht neben ihm

Ach, Friedrich, sagte Karatsch, wie man *Ach Scheiße auch* sagt. Friedrich sah ihm ins Gesicht, als gäbe es dort nach all den Jahren noch etwas zu entdecken. Karatsch versuchte freundlich und mit der gleichen Neugier zurückzuschauen. Nicht nur er, auch die anderen Leute am Ort fragten sich, warum Meret und Friedrich als Geschwister so unterschiedlich geraten waren. Waren sie das wirklich? Meret war fünfzehn Monate älter als ihr Bruder. Beide stammten nur auf ihre eigene Art direkt von Mutter Martha ab, und in beide hatte sich seine Vera einmal verliebt. Falls sie sich unterschieden, dann so, wie Wunsch und Sehnsucht sich unterscheiden.

Wir schließen gleich, sagte Friedrich und lächelte jungenhaft.

Bis Samstag dann, sagte Karatsch, aber euer Bier bringt ihr selber mit.

Draußen auf dem Gehsteig drehte Karatsch sich noch einmal zum Haus Wünsche um. Die Flügel der Drehtür rotierten, bis sie mit einem letzten Seufzer still standen. Es war das Bürstenhaar zwischen Türkante und Gehäuse, das so melancholisch geklungen hatte in seinem Rücken. Und was war das eigentlich für eine mädchenhafte Scheu, wegen der er seine neue Bekannte mit dem Akzent auf dem e nicht einfach anrief?

Von der Kirche mit den zwei Türmen schlug es acht. Fräulein Möller ging wie ein junges Mädchen in die Hocke, um auf der Höhe der Fußleiste die alte Drehtür abzuschließen. Als sie sich wieder aufrichtete, fing er ihren Blick auf. Darin die sorgenvolle Frage einer Kaufhausnonne.

Karatsch schaute ohne einen Wimpernschlag zurück. Nein, Vera war nicht tot. Das sagte ihm ein feines Geräusch im Universum.

Dienstag baute die Kirmes ihre Fahrgeschäfte ab und verließ die Stadt Richtung Norden. Karatsch stand am Fenster seiner Agentur und sah ihnen hinterher. Sie verschwanden in der Dämmerung über die gleiche Ausfallstraße, über die sie im nächsten Jahr zurückkommen würden. Ein Stockwerk unter Karatschs Fenster räumte Giuseppe vor seinem Eiscafé Venezia Tische und Stühle zusammen.

Karatsch machte auf dem Weg von der Agentur zu seinem Bungalow einen Schlenker Richtung Schule. Vor dem Tor aus Backstein stieg er aus. Dunkel war es längst, und niemand sah, wie er die Birke am Ende einer Reihe von Fahrradständern gleich neben dem Eingang der Turnhalle umarmte. Sähe ihn jemand so, er müsste denken, dass dieser Karatsch nun einer geworden war, der mit dem Baum tanzte. Die Birke hatte mitgespielt in dem alten Film, den Karatsch sich wegen Vera seit letztem Silvester nicht mehr nur an Silvester ansah. An jene Birke gelehnt hatte er sie das erste Mal gesehen, ein mageres, strohblondes Mädchen von zwölf Jahren, das eine Packung Zigaretten aus der verfilzten Strickjacke zog und sich eine anzündete. Sie hatte damals bereits so erotisch verheult ausgesehen wie Romy Schneider, aber war noch nicht wie zwei oder drei Jahre später jene Vorortschönheit gewesen, die nur darauf wartete, die Straße, aus der sie kommt, für immer zu verlassen. Es war Suses Idee gewesen, das Mädchen zu sich zu nehmen.

Du weißt, wo sie herkommt?

Ist das ein Grund, es zu tun und oder es nicht zu tun, Karatsch?

Dann sollten wir sie gleich adoptieren.

Nein.

Warum nicht?

Man weiß ja nie, in welche Situation man noch einmal kommt, hatte Suse gesagt, damit aber wohl nicht gemeint, was später passierte.

Karatschs Finger schoben sich auf der anderen Seite des Stamms fester ineinander. Zu Zeiten der Dreharbeiten war der Baum noch ein Bäumchen gewesen. Jetzt war er dicker. Aber wer war nicht dicker geworden in den letzten dreißig Jahren? Die Umarmung hielt er so lange, wie er früher einmal Vera geküsst hatte, als sie sich noch lange geküsst hatten. Ihren Atem glaubte er zu spüren an seinem Ohr, ein leises, pfeifendes Auf und Ab in der Nase, das ihren Schlaf begleitet hatte, als sie noch neben ihm lag. Einmal hatte er Vera in einem Hotel nackt fotografiert. Er hatte sie gebeten, am Fenster zu stehen, in der Hoffnung, jemand käme vorbei und würde die Lust an seiner Frau mit ihm teilen. Geteilte Lust war doppelte Lust. Einmal hatte er eine Videokamera mit Stativ am Fußende des Ehebettes installiert und Vera und sich bei der Liebe gefilmt. Jene Aufnahmen aus immer gleicher Entfernung und Perspektive waren von einer erbärmlichen Trostlosigkeit gewesen. So hatte es wohl angefangen, dass sie langsam aufhörten, miteinander zu schlafen.

Karatsch löste die Finger auf der anderen Seite des Stamms, drehte sich zur Straße, stemmte einen Fuß gegen die Rinde und zündete sich eine Zigarette an. Mit der Pose kehrte sogleich seine alte Sicherheit, eine fast jugendliche Unbedarftheit zurück, wegen der Vera ihn manchmal *Bauklötzchen* genannt hatte. Mein Gott, vielleicht hätte sie immer schon besser zu einem anderen Mann gepasst, obwohl sie unter seiner Obhut kaum älter geworden war. Ja, er hatte seine Pflegetochter immer gut gepflegt. Wenige Züge später ging Karatsch mit der Zigarette noch im Mundwinkel zum Volvo und tätschelte dessen Dach wie den Hals eines Pferdes.

Karatsch war noch zu Hause, als Donnerstag früh Hannes aus dem Büro über der Eisdiele anrief.

Bis Samstag, oder, Karatsch?

Netter Kerl, dieser Hungerland. Karatschs Firma hatte er mit Internetauftritt und Werbestrategie ein neues Image verpasst, alles zweisprachig und sehr professionell. Die Videos hatte Hannes mit einer japanischen Tänzerin als Ansagerin gedreht, eine hübsche Person ohne jede Emotion. Ihre Sachlichkeit wirkte wie eine Verführung, die sich sogar bei den Absatzzahlen anspruchsvoller Jazzaufnahmen bemerkbar machte. Mittlerweile übernahm Hannes auch Büroarbeit und schien sich sogar beim Sortieren und Archivieren alter CDs im Keller wohlzufühlen. Wieso eigentlich? Früher hatte Vera diese Arbeit besonders gern an Sonntagnachmittagen gemacht und war erst abends mit einem Gesicht wie nach einem verbotenen Rendezvous aus dem Keller wieder aufgetaucht.

Ja, bis Samstag, sagte Karatsch am Telefon, aber macht mir bloß meinen Computer nicht kaputt.

Karatsch hatte letzte Nacht wie ein Gast im eigenen Haus unten im Souterrain geschlafen. Seine Kaffeemaschine gluckerte. Ach, es hatte auch Vorteile, dass Vera fort war. Morgens konnte er Unmengen von Filterkaffee wie warmes Wasser aus der alten Maschine trinken. Er mochte diesen Beigeschmack von Plastik.

Noch was, Hannes.

Er griff in die Tasche des Bademantels. Bei der Gelegenheit hatte er wie seit Monaten schon eine Haarspange von Vera in der Hand, und geträumt hatte er auf dem Gästesofa auch: Der Bewegungsmelder vor der Haustür blinkte rot. Dann blinkte es rot im Zimmer. Jemand war hereingekommen. Ein Schatten, groß wie ein Mann, klein wie eine Frau. Der Schatten hob die Bettdecke an und kletterte neben ihn. Es war eine Frau, klein, rund und hell auch im Dunkeln und wie aus lauter Kugeln zusammengesetzt. Ich bin die Rattenfängerin, sagte sie, you have been thirteen for a long time, Karatsch. Sie öffnete seine Schlafanzughose, die plötzlich einen Reißverschluss hatte. Dann Schnitt. Er saß wieder allein oben in der Küche und aß Gulasch.

So ein Traum bedeutete vielleicht nur, dass man etwas gegessen hatte, was einem nicht bekommen war.

Sag mal, Hannes, fragte er, das Ding, auf dem ich letzte Nacht geschlafen habe, ist das eigentlich ein Sofa oder eine Couch?

Wieso?

Ach, nur so und bis gleich.

Karatsch legte auf. Den Mumienexpress hörte er drüben bei der Wendeschleife anfahren, nahm sich einen weiteren Kaffee und ging in den Keller. Alles muss man selber machen, murmelte er, als er das Möbelstück breitbeinig unter seinem Hintern prüfte. Er wippte, bis die Federung nicht mehr quietschte, sondern schrie. Der fusselige Bademantel klaffte unterhalb des Gürtels weit auf. Er versuchte die Kanten übereinanderzuschlagen, und ihm wurde klar, bei Sofa dachte er an Kindheit und Sex, bei Couch an Sigmund Freud.

Als er wenige Stunden später endlich Salomé Schreiner anrief, räumte sie während des Telefonierens hörbar Besteck ein. Klar, sagte sie freundlich, aber zerstreut, Samstag geht. Zu Karatschs Freude gab es sonst keine Hintergrundgeräusche. Weder von einem Mann noch von ungeduldigen Kindern war im Hintergrund etwas zu hören. Keine glückliche Familie wartete darauf, dass Mutter endlich aufhörte, mit der Welt draußen zu sprechen, weil es ohne Mutter beim Essen so kalt war unter dem Tisch.

Gern Italienisch, sagte Salomé Schreiner. Wo treffen wir uns?

Karatsch sah den Abend bereits vor sich. Bei der Käseauswahl würde sie mit einer Gabel hierhin und dorthin stechen, bis er ihr das Besteck aus der Hand nehmen, eine Scheibe Mozzarella abschneiden und ihr auf dem Messer in den Mund schieben würde.

3.

Es regnete, ein feines, stetiges Nieseln, das die Neonlampe vor dem Restaurant mit einem schmutzigen Schein umgab. Salomé Schreiner lief mit einer Plastiktüte und hochgezogenen Schultern neben ihm her zum Volvo. Den Arm schützend um sie zu legen, wie er es gern getan hätte, stand ihm nicht zu.

Mein Buch gibt übrigens den bislang umfassendsten Überblick über die Szene in der DDR, sagte er, obwohl sich junge Frauen normalerweise nicht für seinen Jazz interessierten. Auch Vera hatte lieber Trip-Hop, Beth Gibbons und Sophie Hunger gehört. Das erste Kapitel beginnt mit den frühen Jahren, sagte Karatsch und zeigte warnend auf einen Hundehaufen, in den Salomé fast getreten wäre. Damals hatten die Ostdeutschen im Ohr und im Gemüt noch den Nazi-Marsch, im Nacken den Stalin-Panzer, und über ihrem Alltagsgeschmack schwebte eine große, aber swinglose russische Seele.

Salomé sah Karatsch erstaunt an, und er merkte, er zitierte sich selber. Ja, er konnte prächtig reden, wenn er nur wollte, und vor allem, wenn er gefallen wollte.

Er schloss die Beifahrertür auf, und so zufällig wie immer lag ein Exemplar seines ersten Buches *Freie Töne* auf dem Rücksitz. Er holte es nach vorn und legte es auf die Plastiktüte in Salomés Schoß. Heute trug sie keine Flipflops, sondern Westernstiefel, Strumpfhosen und einen karierten kurzen Schottenrock. Eines Tages, sagte er, hat ein Freund von mir aus Ostberlin das Spreewald-Nest Peitz, das man eigentlich nur wegen der Karpfen kennt, zum Mekka der internationalen Jazzavantgarde ausgerufen und mich gebeten, die ganze Geschichte zu dokumentieren.

Okay? Salomé Schreiner steckte das Buch in die Plastiktüte. Ich mag Jazz. Vor allem Miles Davis und so. Aber was war eigentlich mit der Mauer? Galt die für Jazz nicht?

Musiker beider Teile durften reisen, sagte Karatsch, und ich war damals auch Musiker.

Sie schlug mit dem Zeigefinger nach ihm.

Schlagzeuger?

Nein, Saxofon. Ich habe damals im *Haus der jungen Talente* gastiert.

Okay, sie zog ein Lächeln mit den Lippen nach innen.

Noch ohne Glatze, sagte er. Ihr Okay wiederholte sie in einem Ton, der schwankte zwischen Unverständnis, Mitgefühl und Wurstigkeit. Hatte sie beim ersten Treffen auch so oft okay gesagt? Wie alt mochte sie genau sein? Jünger als Vera jedenfalls, was ihn nicht davon abgehalten hatte, wegen der Verabredung ausgiebig zu duschen und Hannes und Friedrich anzuweisen, sein Haus spätestens um zehn wieder zu verlassen.

Aber jetzt fahren wir noch ein wenig herum, oder?, fragte Salomé Schreiner.

Aber ja, sagte Karatsch, obwohl er genau wusste, für dieses ziellose Herumfahren im Auto mit Frauen, die er nicht kannte, war er zu alt. Wartete sie trotzdem darauf, dass er in eine Waldschneise einbog, den Arm um sie legte und sie zu küssen versuchte? Er strich sich über den Schädel. Wenn er noch genug Haare gehabt hätte, er hätte sich jetzt gern gekämmt, um sich zu beruhigen. Sie ließ das Seitenfenster herunter. Feiner Regen sprühte ihr ins Gesicht, was sie nicht zu stören schien. Er ließ den Motor an.

Ich habe nichts gegen solche Nächte, sagte sie, als sie eine geöffnete Schranke am Waldrand passierten, Hauptsache, man kann sich in ihnen bewegen, Hauptsache, man ist irgendwie schneller und stärker als sie.

Karatsch schaute ins Tal linker Hand, auf die vielen Häuser, die im Lauf der vergangenen Jahrzehnte ziemlich planlos dort hingewürfelt worden waren.

Was für ein Ort, sagte sie.

Ja, sagte er, der Sohn weiß schon, warum er zur See fährt.

Ihr Sohn fährt zu See?

Ja.

Okay.

Aber er kommt nächste Woche zurück, sagte Karatsch und merkte, die Vorfreude auf den Sohn machte ihn plötzlich sicherer.

Fahren wir noch zu mir?, fragte er.

Bei Jos letztem Landgang hatten sie zum ersten Mal wieder lange telefoniert, aber nur wenige Sätze gewechselt. Bereits bei diesem Gespräch war der Sohn Karatsch verändert vorgekommen, und Karatsch hatte sich genauso übrig geblieben gefühlt wie an jenem Tag, als er den Sohn auf der *Hiroshima* abgeliefert hatte und danach in den überheizten Großraumwagen eines ICE gestiegen war, wo ihn ein Kegelclub von Frauen in Veras Alter immer wieder zu einem Becher Sekt eingeladen hatte. In dem Lärm der Frauen hatte sich die Stille, die zu Hause auf ihn wartete, bereits auf ihn gelegt. Das nächste Telefonat vom nächsten Hafen aus hatte Karatschs Ahnung bestätigt, so heftig, dass es schmerzte. Jo war kein Kind mehr. Der Sohn war jetzt ein junger Mann, der im üblichen Schichtsystem wie ein Erwachsener morgens vier Stunden und abends vier Stunden auf der Brücke stand, in der Zeit dazwischen das Schiff inspizierte und tapfer in alle möglichen dunklen Hohl- und Zwischenräume kroch, um Aggregate zu warten oder anderes technisches Zeug. In Karatschs Vorstellung fand diese Arbeit im Bauch des Schiffes inmitten einer bodenlosen Finsternis statt, während an Deck irgendwelche ausländischen Fahnen gespenstisch in einem schwarzen Wind flatterten. Hast du keine Angst?, hätte er den Sohn gern am Telefon gefragt. Stattdessen lachte er verlegen:

Langweilig ist dir nie, oder? Karatsch, antwortete Jo, Karatsch, bitte! Das waren nicht mehr Stimme und Ton des kleinen Jungen, der einmal mit Spielzeugschiffen in seinem grünen Badewasser Havarien simuliert hatte, während seine Mutter auf einem Hocker dabeisaß und nicht weniger aufgeregt seine Seenot mitspielte. Letzte Woche hatte der Sohn noch einmal angerufen. Komme am Donnerstag, das ist der 12. September, hatte er gesagt und nebenbei mit dem Dritten Offizier, der wohl neben ihm stand, auf Englisch gescherzt. Es war ein Stolz in seiner Stimme gewesen, nicht auf eine Tat oder die eigene Person, sondern auf das, was er durchlebt hatte. Er hatte nach Vera gefragt, aber ohne jede Besorgnis. Längst hatte er sich herausgeschnitten aus dem Alltag im Flachbungalow. Das Meer war in das Leben des Sohnes eingedrungen, und Karatsch war neidisch geworden. Er hatte an dem Abend wieder den alten Globus geholt und lange auf dem Schoß gehalten. Langsam, ganz langsam nur war das viele Wasser zwischen dem Sohn und ihm zum Komplizen der Heimkehr geworden.

Als er den Schlüssel in die Haustür steckte, ärgerte er sich. In seiner Küche spielte das Radio. Im Souterrain stand das Fenster auf Kippe. Er hörte ein übermütiges Lachen. Friedrich und Hannes schienen sich beim Schneiden des Films bestens zu amüsieren und hatten nicht, wie verabredet, das Haus um zehn verlassen.

Das da unten sind nur Freunde, sagte er, als er Salomé in der Diele die Jacke abnahm. Sie schneiden einen Film.

Das Wetter, sagte der Radiosprecher aus der Küche.

Salomé holte einen DIN-A4-Umschlag aus ihrer Plastiktüte: Was glauben Sie, was für ein Porto da draufkommt?

Karatsch nahm ihr den Umschlag aus der Hand und fühlte irgendetwas Flaches, Hartes. Sie berührte mit dem Zeigefinger vorsichtig die Plastikmadonna auf dem Dielenschrank. Hübsch, sagte sie, ich mag Kitsch. Dann schaute sie in den Spiegel. Ihre Blicke begegneten sich. Er sah als Erster weg, drehte den Umschlag um und las die Anschrift.

Bayrischer Rundfunk, sagte der Nachrichtensprecher aus dem Radio, es folgt das Nachtkonzert.

London, las Karatsch sich selber vor, mit einer Stimme, die er so nicht kannte.

Ja, der Brief geht nach London, sagte Salomé Schreiner, da war ich übrigens nur einmal mit meinem Exmann. Damals habe ich aber nicht viel gesehen. Wir sind nachts gefahren, mit einer Mitfahrgelegenheit. Mein Mann wollte bei einem Gebrauchtwarenhändler in der Nähe vom Flughafen Luton ein Auto kaufen. Die Autos sollten dort besonders billig sein. Zurück sind wir in der gleichen Nacht im neuen Auto und mit Zollkennzeichen. In London habe ich damals nicht mal ein Hotelzimmer, geschweige denn die Themse oder die Tate Gallery gesehen.

Vera Conrad. London! Karatsch las noch einmal Namen und Anschrift und legte den braunen DIN-A4-Umschlag auf den Dielenschrank. Wieder schaute er in den Spiegel.

Wie lange brauchte man, bis man sah, was man sah?

Hannes fächelte mit einer Karteikarte in der Luft herum, als Karatsch die Tür zum Souterrainbüro öffnete und Salomé Schreiner vor sich her schob. Er hatte eine Hand zwischen ihre Schulterblätter gelegt. Auf dem grünen Spannteppich lagen noch mehr Karteikarten herum, in Rosa, Grün, Gelb und Blau.

Wem sind denn die runtergefallen?

Die sind nicht runtergefallen, sagte Friedrich und stand auf.

Die sind Konzept, sagte Hannes und tippte weiter in die Tastatur.

Sie zerschneiden hier also einen Film, sagte Salomé Schreiner und zeigte auf den Bildschirm.

Dort lief eine Frau, die selbst von hinten besehen eindeutig Meret war, eine Reihe von Schaufenstern ab, mit einem Kaffeebecher und einem Croissant in der Hand, die bloßen Arme mädchenhaft, die Schultern rund, fast sportlich, aber alles schwarzweiß.

Buchstabe für Buchstabe stanzte sich der Filmtitel in Schreibmaschinenschrift quer über das Bild, während Merets Silhouette im langen schwarzen Kleid wie der Schatten eines Karussells daran vorüberflog.

W-ü-n-s-c-h-e, buchstabierte Salomé mit, spielt sie oder ist das echt? Sie setzte sich auf das Gästesofa. Auf dem Bildschirm drehte Meret sich nach ihr um, als hätte sie die Frage gehört und würde deswegen die Frau auf dem Sofa dringend an den Haaren ziehen wollen.

Gott, sagte Salomé, das ist doch die, die letzten Samstag im Schaufenster öffentlich geschlafen hat, als wir uns kennenlernten. Ihre Hand flatterte zu Karatsch hinüber, griff aber ins Leere.

Das ist nur Audrey Hepburn für Arme, und ich hol uns mal noch ein Bier, sagte er.

Vor dem Dielenschrank blieb er stehen und fasste vorsichtig den braunen Umschlag an. Seine Finger lasen nochmals mit: London. Was war das für ein Stechen in seiner Brust? Er schloss die Augen und sah Vera. Sie ging über eine der vielen Brücken der Themse. Dort regnete es, wie es den ganzen Tag über auch hier geregnet hatte. Sie ging, eine schmale Gestalt, eine junge Frau, von hinten betrachtet eine Studentin vielleicht, in die große Stadt geschickt von einem Vater, der ein eigenes Haus und genug Geld hatte. Sie entfernte sich so langsam, die Gestalt, als gäbe es trotz des Regens kein Frieren.

Karatsch nahm den braunen Umschlag. Das Bier vergaß er.

Diese Frau hat mir den Pass aus London zurückgeschickt, sagte Salomé Schreiner später, als sie den braunen Umschlag längst aufgerissen und eine weiße Schokolade mit Orangenstückchen und eine schwarze mit Pfeffer herausgenommen hatte. Eigentlich als Finderlohn für diese Frau gedacht, sagte sie und brach die Riegel auseinander, ohne zuvor das Silberpapier abzuwickeln. Den Pass, so hat sie im Begleitbrief geschrieben, hat diese Frau zufällig im Seitenfach einer dunkelblauen Sporttasche gefunden, als sie in einem Charity Shop in Chelsea herumstöberte.

Welche Frau?, fragte Hannes.

Vera, sagte Karatsch.

Was?, fragte Friedrich.

Karatsch schob die Hände in die Hosentaschen, als könne er dort den weniger waghalsigen Anteil seiner Frau, der vielleicht noch zu ihm gehören mochte, in Sicherheit bringen. Noch immer war da dieses Stechen, das ihn enger und enger in den eigenen Käfig seiner Brust einschloss. Hatte er es wegen Vera an der Seele, wie andere Leute es am Herzen haben?

Sie ist in London, sagte er.

Friedrich öffnete das Fenster.

Was machen wir jetzt?, fragte er.

In der Nacht lag Karatsch wieder auf seinem Gästesofa.

Diese Vera ist also Ihre Frau?, hatte Salomé Schreiner nach mehreren Erklärungsversuchen endlich verstanden. Karatsch hatte bei der Frage die mit Speichel eingedickte braune Masse in ihrer Mundhöhle gesehen. Hatte sich nicht mehr gewünscht, nach dieser Frau greifen zu können, sondern hatte sie gleich lieber zweimal loslassen wollen.

Irgendwann war er eingeschlafen und träumte von einem grauen Wohnmobil, das er vor über zwanzig Jahren einmal gehabt hatte, als Jo noch nicht geboren war. Er fuhr damit herum, bis er eine von grauem Gras bewachsene Betonstraße gefunden hatte, mit niedrigen Häusern rechts und links. Er kannte die Straße, ohne sie zu kennen. Eine Straße wie für das Militär gemacht, an deren Ende, eingeklemmt zwischen den letzten Häusern, ein riesiger Tanker stand. Der Tanker versperrte Himmel und Horizont. Er fuhr mit seinem Wohnmobil darauf zu, und als er fast angekommen war, legte der Tanker ab. Er floh. Vor ihm? Durch die Lücke, die er zwischen den Häusern ließ, strömte das Meer ins Land.

Der Tanker hatte sich wie ein riesiger Stöpsel aus seinem Leben gezogen.

Friedrich

1.

Es klingelte. Er stand in weißer Unterwäsche und schwarzen Socken da und krampfte kurz die Zehen zusammen. Dann schob er ein altes Surfbrett beiseite und drückte auf den Summer. Ich bin's, rief jemand zwei Stockwerke tiefer. Als er sich im Flur über das Geländer lehnte, sah er unten bei den Briefkästen Hannes' Gesicht.

Wohin mit dem Bier?

Ins große Bad von Mutter Martha, leg die Flaschen in die Wanne.

Und die Kiste Apfelsaft?

Apfelsaft, sagte Friedrich, mir doch egal. Seine Stimme hallte wider. Es war kühl im Hausflur, am 12. September. Heute war sein sechsundvierzigster Geburtstag. Aus dem ersten Stock kamen Klavierakkorde. Meret spielte wie immer und wie immer das Gleiche, wenn sie melancholischer Stimmung war.

Verklärte Nacht von Schönberg, hatte sie Friedrich erklärt.

Kenn ich nicht, aber spiel doch mal was Lustigeres.

Lustig?

Ja, was Erbauliches.

Alles Erbauliche ist Teufelswerk, hatte Meret da gesagt. Er kannte sie so lange, schon sein Leben lang. Aber eigentlich kannte er sie gar nicht.

An seinem vierzigsten Geburtstag hatte Meret vor allen Gästen ein Gedicht aufgesagt. Von Shakespeare. *Wenn vierzig Winter deine Stirne drücken / Und tiefe Furchen deiner Schönheit ziehn / Sinkt deiner Jugend Kleid, von allen Blicken / Bewundert, heut zerfetzt und wertlos hin.* Er hatte dazu gelächelt. Er war reich, und was war sie? Auch nicht mehr ganz jung. Am Ende hatte Meret sich vor einem Publikum, das voller Unverständnis zugehört hatte, verbeugt. Meret, die es immer schaffte, dass man Dinge dachte, fühlte, sagte oder tat, die man nicht denken, fühlen, sagen oder tun wollte. Von seinen Aktiengewinnen hatte Friedrich das Haus bei Basel und mittlerweile den dritten Flügel für Annalisa gekauft, hatte Bilder über und neben und um den Steinway herum gehängt. Sie gefielen ihm nicht nur als Kapitalanlage ganz gut. Aus Sehnsucht nach Stilti Knalles hatte Friedrich eine ältere, robuste Hausangestellte aus dem Schwarzwald zu sich genommen. Sie und der offene Kamin im riesigen Wohnzimmer waren ab jetzt gemeinsam dafür verantwortlich, dass ihm und seiner Familie nicht kalt wurde in dieser hoch aufgeschossenen Existenz ohne Wurzeln. Denn manchmal, wenn Friedrich, ein Manager wie viele, aber mit mehr Geld als andere, vom Parkplatz über die Treppe aus Stahl und Glas in sein Büro ging, hatte er das Gefühl, er habe keine Füße mehr. Er hatte drei Autos, drei Pferde, zwei Kinder und eine Frau, ja, wirklich nur eine, auch an seinem vierzigsten Geburtstag noch, als die meisten seiner Freunde, erfolgreich und wie er süchtig nach Skifahren, Surfen und Sport überhaupt, längst an Scheidung dachten. Alle gratulierten ihm in einem Vier-Sterne-Hotel bei Salzburg zum Geburtstag. Aber jedem stand ins Gesicht geschrieben: Lieber achtunddreißig werden als vierzig. Um Mitternacht holte Annalisa die Gitarre. Drei Griffe, und alle jaulten auf: *Hotel California.* Annalisa hatte Friedrich während des Liedes lange angeschaut. Mein Gott, wie sehr er sich einmal verliebt hatte in ihre fassungslose Verliebtheit. Mit ihr, hatte er an dem Abend gedacht, kann ich alt werden, ohne jung bleiben zu müssen, was ja verdammt schwierig ist in einer Welt, in der nur neue Autos auf der Straße herumfahren. Mit dir will ich eines Tages im Park Schwäne füttern gehen, hatte er in der Nacht zu ihr gesagt. Sie hatten miteinander geschlafen, kurz und freundlich, aber immerhin. Zwei Wochen später hatte sie ihn verlassen, für ein ganz anderes, für ihr altes Leben in Italien. Die Kinder nahm sie mit. Hatte er das mit den Schwänen zu spät gesagt? Oder zu früh?

Ob Meret heute wieder ein Gedicht aufsagen würde?

Komm rein, sagte Friedrich und zog sich rasch die Jeans über. Du musst nicht anklopfen. Doch nicht Hannes betrat das Zimmer, sondern Schneider. Schneider, früher Streifenpolizist, jetzt Kaufhausdetektiv, aber immer mit Fotoapparat vor dem Bauch.

Haben Sie das schon gesehen? Er warf eine Zeitung, aufgeschlagen auf der ersten Seite des Lokalteils, auf das Bett. Mit der flachen Hand schlug er auf das größte der drei Fotos.

Ein ganz schlechtes Bild.

Ein Schnappschuss, sagte Friedrich.

Nicht mal das. Schneider schob die Hände überkreuz unter die Achseln, es ist einfach nur ein schlechtes Foto, Chef.

Was wäre denn für Sie ein gutes Bild? Friedrich zog ein kariertes Hemd über und krempelte die Ärmel hoch.

Wenn das Wesen von dem Ganzen eingefangen wird.

Friedrich nahm die Zeitung vom Bett und sah genauer hin. Auf dem Foto saß er selber, im Anzug, auf einem Hocker.

Und was wäre in diesem Fall das Wesen von dem Ganzen?

Sie, sagte Schneider.

Das bin doch ich.

Aber schauen Sie doch, wie Sie da sitzen, auf dem Hocker, sagte Schneider. Ein Hocker sagt, dass man hockt. Sie müssten sich mit den Knien zur anderen Seite schieben, damit das Bild sich öffnet. Und wie kommt dieser harte Nasenschatten unter Ihre Augen? So sieht doch jeder niedergeschlagen und orientierungslos aus. Was hatte eigentlich dieser Dilettant von Zeitungsknipser gegen Sie, dass er Ihnen auch noch die Hände abgeschnitten hat? Schneider fuhr mit dem Mittelfinger am unteren Bildrand entlang.

Was ist daran so schlimm?

Jedes Bild, sagte Schneider, entfaltet seine Wirkung nicht in der Mitte, sondern am Rand. Hier! Genau dort, wo Ihnen die Hände fehlen. Schneider hob seinen Fotoapparat. Darf ich?

Noch ein Foto von mir, heute, wo ich sechsundvierzig werde?

Schneider grinste. Genau Chef. Ein Unfall, ein Bild.

Schneider hatte einen Tropfen auf dem linken Brillenglas, und Friedrich bekam große Lust, in dieser durchsichtigen Blase des Augenblicks einfach zu verweilen. War schon okay, dass er langsam auf die andere Seite des Lebens fiel, seitdem Mutter Martha tot und er kein Sohn mehr war. Und wer bitte hatte eigentlich gesagt, dass man bis zum Schluss Wachstum produzieren musste?

Schneider schraubte den Verschluss wieder auf die Linse seines Fotoapparats.

Ich geh dann mal.

In schweren schwarzen, knarrenden Schnürschuhen verließ er Friedrichs Dachzimmer. Die Zeitung ließ er liegen.

2.

Das Interview war dreispaltig.

Haus Wünsche habe, hatte Friedrich im Lauf des Gesprächs gesagt, mit seiner langen Geschichte in dieser Stadt eine besondere Substanz, sei also fast so etwas wie Kult. Sonst stünden Sie ja nicht mit mir hier, meine Herren, hatte er gesagt, und die beiden von der Lokalpresse, ein Redakteur im weißen Anzug und ein Fotograf mit beigem Hut, kauten weiter Kaugummi. Nochmals zum Konzept, sagte der Redakteur. Der Fotograf spielte an seinem iPhone. Stellen Sie sich ein Warenhaus aus der guten alten Zeit vor, verknüpft mit der Möglichkeit, online einzukaufen, hatte Friedrich gesagt, und ein freundliches Gesicht hinter der Ladentheke hilft Ihnen dabei, wenn Sie mit der virtuellen Welt nicht richtig vertraut sind. Zusätzlich hat meine Schwester Meret noch die Idee, eine Stilberatung für unsichere, meistens männliche Kunden anzubieten, die ihr neues Outfit sowohl aus dem Ladensortiment auswählen als auch online bestellen können oder sogar ganz altmodisch vor Ort sich einen Anzug nähen lassen wollen. Meine Schwester und ich werden, ganz dem Familiennamen Wünsche verpflichtet, uns nach den elementaren Wünschen unserer Kunden richten und es vermeiden, falsche Bedürfnisse zu wecken durch alberne Angebote wie drei T-Shirts für den Preis von zwei. Für diese Art von Geschäftspolitik ist hier kein Platz.

Ihr Laden ist ja auch ziemlich klein, sagte der Redakteur, und dann drehen Sie hier auch noch einen Film?

Hannes Hungerland hat hier einen Film gedreht, hatte Friedrich geantwortet, ich selber weiß ja nicht einmal, dass es keine Tierquälerei ist, wenn die *Katze* an der Tonangel hängt, sondern dass *Katze* nur ein Ausdruck ist für ein Mikrofon mit Fellüberzug als Schutz gegen Wind. Der Redakteur in dem weißen Anzug, der bislang nicht mitgeschrieben hatte, zog plötzlich Notizblock und Kuli mit Sparkassenwerbung aus der Seitentasche des weißen Jacketts.

Sagen Sie das noch mal, bitte.

Kann man nicht zweimal erzählen, sagte Friedrich, war ein Witz.

Sagen Sie mal, warum machen Sie das eigentlich alles hier?, fragte der Redakteur. Während er seinen Kaugummi aus dem

Mund nahm und ein Papierchen suchte, dachte Friedrich, vielleicht für mich? Vielleicht mache ich das alles nur für mich. Oder für meine Frau? Oder für eine Frau, oder auch zwei? In dem Moment tauchte Fräulein Möller zusammen mit einem Lehrmädchen auf, die eine wie immer mit diesem erwartungsvollen Rosa im Gesicht und die andere in einem leichten Top, obwohl es schon Herbst wurde. Beide servierten große Gläser Latte macchiato und Mandarinentörtchen, während der Zeitungsfotograf beim Lehrmädchen auf den schmalen Streifen Haut zwischen Spaghetti- und BH-Träger starrte wie ein Hund auf eine Wurst. Ich mache das alles hier, weil ich die Welt verändern will, hatte Friedrich sich in dem Moment laut sagen hören und großen Spaß an seinem schrägen Geständnis gehabt. Mal sehen, dachte er, was die jetzt daraus machen. Mit der suggestiven Stimme eines Mannes, der sein Geschäft kennt und in Marketing, Finanzierungsmodellen und unverwechselbarer Geschäftskultur einfach unschlagbar ist, hatte er für die örtliche Presse noch angefügt, dass er danach strebe, achtzig Prozent seiner aktuellen Ware ohne Nachlass zu verkaufen. Den Rest werde er an jeweils vier Sonntagen im Frühling, Sommer, Herbst und Winter verschenken. Denn was man zu verschenken vorgebe, verwandle sich in Gewinn.

So ein Dilettantismus, sagte der Fotograf.

Richtig, sagte Friedrich, ich bin Dilettant und ein schlechter Erbe, der erben eigentlich unmoralisch findet.

Warum?, fragte der Redakteur.

Ich glaube, Marx hatte recht.

Wie bitte? Der Redakteur kritzelte etwas auf seinen Sparkassenblock, das aber viel länger war als Friedrichs letzter Satz. Wahrscheinlich nahm er eine Anzeige auf. Fräulein Möller hatte ihre Gesichtsfarbe von Rosa nach Knallrot gesteigert.

Was gibt Ihnen eigentlich diese Sicherheit, Ihren Erfolg hier in der Stadt nicht infrage zu stellen? Jetzt war der Redakteur ebenfalls rot im Gesicht. Wut und Scham haben eben die gleiche Farbe, dachte Friedrich, sagte aber: Bauchgefühl.

Wie bitte? Der Redakteur kniff die Augen zusammen, als könnte er so Friedrichs Stimme lauter stellen.

Bauchgefühl, wiederholte Friedrich. Schon hatte er sich an das Wort gewöhnt. Der Fotograf zog mit der Fußspitze einen Hocker zu sich heran.

Bitte setzen, ich brauche noch ein paar gute Portraitaufnahmen.

Kaum dass Friedrich auf dem Hocker gesessen hatte, war er sich aber seines Bauchgefühls nicht mehr ganz so sicher gewesen. Er starrte in die Kamera. Was, wenn er hier dem eigenen Konkurs zuarbeitete? Locker bleiben, sagte der Fotograf, immer locker bleiben, und Friedrich hatte im Blitzlicht seine Füße von der linken auf die rechte Seite geschoben.

Und Ihre Schwester?, hatte ihn der Redakteur noch gefragt.

Was soll mit meiner Schwester sein?

Ihr gehört Haus Wünsche laut Testament zu neunundvierzig Prozent.

Wir sind keine Aktiengesellschaft, sondern Geschwister. Friedrich war längst wieder aufgestanden.

Was denken Sie eigentlich, was Ihre Mutter von all dem hier halten würde?, fragte der Redakteur und knöpfte sein Jackett zu. Friedrich zuckte mit den Schultern.

Sie meinen, es müsste grundsätzlich mehr Mitbestimmung für die Toten geben?

War geklaut, der Satz, von Hannes. Schade, dass der nicht mit dabei war. Dann wären sie zu zweit. In einer Situation wie dieser galt: Zwei sind acht.

In dem Schweigen, das folgte, war Friedrich vor den beiden Herren von der Lokalpresse her Richtung Drehtür gegangen.

Kaum hatte Fräulein Möller hinter den beiden Herren von der Lokalpresse die Drehtür abgeschlossen und war dabei wieder wie ein junges Mädchen in die Hocke gegangen, da beeilte sie sich, Friedrich das letzte Mandarinentörtchen auf dem Packtisch zu servieren.

Wir tun doch hier alles für Sie, Chef, hatte sie gesagt.

Er hatte die Knie gegen die Verkleidung des Ladentischs gedrückt. Warum er sich eigentlich schon immer gewünscht hatte, diesen Laden hier zu übernehmen, hatte er nicht erzählt.

Das Nilgrün von Wolle, das Indischblau von Seide, das Mohnrot von echtem Samt und die quellwasserhellen Gazestoffe hatten ihn schon als Kind von fernen Landschaften träumen lassen, wenn die großen Lieferungen aus dem Ausland kamen und diese Kaskaden von Stoffen mit dem Geräusch von rauschendem Wasser in den Keller flossen. England, Elsass, Lyon, Flandern, Indien. Baumwolle, Seide, Wolle, Leinen. Alles war mit einem dumpfen Wumms tief unten in Haus Wünsche gelandet, während er, dreizehn und manchmal in Clubjacke, daneben stand. Auf gleicher Höhe mit dem Pflaster des Bürgersteigs befand sich damals der Zugang zum Keller, sauber vergittert und verglast, und eine Rutsche, deren Holz und Eisenteile von der Reibung der Kisten und Ballen wie poliert glänzten, führte hinab in den Schlund der Warenannahme. Eines Nachmittags kurz vor Weihnachten waren Meret, er und Vera hinter einer Lieferung aus Manchester her gerutscht. Zu der Zeit war Friedrich bereits davon überzeugt, sowohl die Fantasie eines Dichters als auch die Risikobereitschaft eines Spekulanten zu haben es eines Tages mit viel Wumms im Leben zu etwas zu bringen. An jenem kalten Dezembernachmittag hatte er, im Keller angekommen, gleich angefangen, die neuen Stoffballen übereinanderzuwerfen, als bereite er ein Feuer vor. Nach wenigen Sekunden lag eine wild leuchtende Farbskala über den Lagertischen ausgebreitet. Nur nicht die Augen schonen, meine Damen, rief er Meret, Vera und den umstehenden Verkäuferinnen zu und freute sich, dass seine selbstgemachte Feuersbrunst aus Stoffen etwas Zügelloses und fast Obszönes hatte. Rot, grün, gelb, rief er, nur nicht ängstlich sein, wer Angst hat, hat verloren! Bei dem Satz hatte er nur Vera angeschaut, und Meret hatte zu lachen angefangen, hoch, hell, hysterisch fast.

3.

Als Friedrich in den Garten kam, war Hannes gerade dabei, mehrere Bauscheinwerfer und die Musikanlage von Karatsch im Park aufzustellen.

Karatsch selber lässt sich entschuldigen, sagte Hannes und klopfte auf eine der Boxen. Der Sohn kommt heute zurück.

Ein erstes buntes Herbstlaub, das von den Kastanien gefallen war, lag als Dekoration auf den Biertischen. Neben dem verblühten Hibiskusbusch schloss Hannes ein Mikrofon an.

Hält jemand eine Rede?

Man weiß ja nie, sagte Friedrich.

Der Garten war bis auf einen verfrühten Gast noch leer. Er stand nur wenige Schritte von Friedrich entfernt in einem schwarzen Anzug herum und lächelte entschuldigend, wenn ihre Blicke sich trafen. Nami Main, ein Ex von Meret, den die Leute in der Stadt früher den Punk-Perser genannt hatten. Nami Main, auch genannt Mimi, betrieb die Lottoannahmestelle am Marktplatz, wenige Schritte von Haus Wünsche entfernt, wo er jeden Freitag mit seinen deutschen Stammkunden darauf trank, dass samstags immer die Falschen gezogen wurden. Er lebte mit seinen zwei Söhnen und dem bösen Blick einer toten Ehefrau im Nacken, der die Spritztour damals mit Meret nach Belgien vorzeitig die mädchenhafte Schönheit geraubt hatte.

Das Licht an diesem 12. September wurde rasch gelber. Die Glocken von der Kirche mit den zwei Türmen läuteten den frühen Abend ein, und die Schatten von Fräulein Möller und ihren vier Damen vom Verein Kochlöffel e.V. lagen sehr lang auf dem Weg unter den Kastanien, als sie mit dem Essen kamen. Im Älterwerden waren sie einander ähnlich wie Parkbänke.

Wohin jetzt mit dem Salat und der Lasagne? Fräulein Möllers Blick fiel bei der Frage auf den verfrühten Gast im schwarzen Anzug.

Bald, im Herbst, verkaufe ich übrigens wieder Maronen, sagte er.

Das schöne Wetter blieb, und alle kamen. Schneider hatte sogar ein kurzärmeliges Polohemd an. Die Damen aus der Schneiderei sowie Fräulein Möller trugen offene Schuhe, aber mit Perlonfüßlingen. Eins der Lehrmädchen, noch ein halbes Kind mit unbändigen Haaren, hatte sich mit zwei anderen Mädchen einen Dreierpack Caprihosen aus der vor-vorletzten Sommerkollektion geteilt, rosa, türkis und kanarienvogelgelb. Alle drei standen sie mit ihren herzförmigen Gesichtern um den einzigen Mann im Verkaufspersonal herum. Er bediente in der Wäscheabteilung und hatte Absatzzahlen, die auf große Menschenkenntnis schließen ließen. Friedrich hatte die Schreis eingeladen. Auch sie hatten, wie Karatsch, aus familiären Gründen absagen müssen. Annalisa hatte eine alberne Ansichtskarte aus Amalfi geschickt, auf der die Kinder nicht einmal selber unterschrieben hatten, und Vera lebte in London. Sie kam gar nicht erst auf die Idee, ihm eine Karte zu schreiben. Wie allein konnte man eigentlich auf seinem eigenen Fest sein? Hannes' Bauscheinwerfer zwischen den Kastanienbäumen warfen von unten Licht auf die Gesichter von Friedrichs Belegschaft und ließen sie im ersten Moment wie fremde, abstrakte Wesen aussehen, die

heute Abend nicht über sich nachdenken, sondern sich nur erleben wollten. Es war kurz nach neun, und die Rotkehlchen,
die zuvor laut gesungen hatten, bohrten sich auf den oberen
Ästen der Bäume in ihre Träume.

Wo war Meret? Friedrich sah sich um. Ob sie wenigstens ein
Gedicht für ihn auswendig gelernt hatte?

Sie saß in einem roten Kleid und Westernstiefeln auf einer
Bierkiste bei der Hauswand. Er ging zu ihr hinüber.

Das soll wohl ein Witz sein, hatte sie letzten Samstag gesagt,
als Friedrich lange nach Mitternacht aus Karatschs Keller zurückgekommen war. Meret saß im Wohnzimmer und schaute
einen lauten Western an. Während er erzählte, hatte sie ihn
nicht einmal angesehen.

In London, inschalla, was macht die denn da, hatte sie nur gefragt, aber den Ton vom Fernseher nicht leiser gestellt. Bedroh-
lich zogen auf dem Bildschirm Silhouetten von Indianern am
Rand eines Canyons auf.

Karatsch fährt wohl hin, hatte Friedrich gesagt.

Wann?

Sobald Jo zurück ist. Allein traut er sich nicht.

Warum fliegt Karatsch nicht?

Zu fliegen traut er sich auch nicht mehr.

Inschalla, was für ein Mann, sagte Meret, und du, fährst du
mit, Friedrich?

Würdest du gern mitfahren?

Würdet ihr denn eine ehemalige Würstchenbudentante nach
London mitnehmen? Dass sich da unsere Vera mal nicht meiner
schämt. Sie schaute ihn an. Hier ich, dort du, dazwischen Eis-
kruste, sagten ihre Augen.

Mein Gott, ja. Meret hatte bis vor Kurzem noch ein anderes
Leben, so wie er auch. Verwahrlost ist sie, hatten die Leute ge-

sagt, als sie im letzten Jahr in die Stadt zurückgekommen war. Meret schenkte sich Wein nach. Auf dem Bildschirm schwirrten die ersten Pfeile gegen den Treck weißer Siedler am Fuß des Canyons.

Weiß Karatsch mittlerweile, warum sie weggegangen ist?

Ich glaub nicht, sagte Friedrich, so richtig weiß er es nicht.

Und du, weißt du es? Ihr wart doch mal so.

Sie setzte ihr Glas ab und schmiegte die linke Faust in ihre rechte Hand. Langsam drehte sie den Kopf weg, als hätte sie Angst, einen wesentlichen Gedanken in ihrem Hirn zu verschütten, wenn sie ihn länger ansah.

Ihr doch auch, sagte Friedrich.

Meret griff wieder nach dem Glas. Sie hatte bereits deutlich zu viel getrunken, also musste es schon sehr viel gewesen sein. Dabei war sie einmal ganz anders gewesen, war mit geschlossenen Füßen auf den Küchentisch gesprungen und hatte mit einem Geschirrtuch um die Hüften geknotet die Carmen gegeben. Hatte von Zigeunerliebe gesungen und getanzt für einen kleinen, verschworenen Kreis. Für Stilti Knalles, für Vera und ein bisschen auch für ihn.

Friedrich schaute auf den Bildschirm. Dort hatte es bereits Tote gegeben.

Ich weiß, warum sie weg ist, sagte Meret.

Jetzt bin ich aber mal gespannt.

Wegen mir.

Sicher nicht, Meret, hatte er da gesagt. So wichtig bist du schon lange nicht mehr.

Für wen? Sie starrte ihn an.

Brauchte sie Hilfe? Brauchte sie nicht, beschloss er.

Danke auch, sagte sie.

Wie schlimm er sie fand, wenn sie ihn dann so mit diesem kalten, allzu wissenden Ausdruck von Kindern anschaute, die weder lächeln noch sprechen. Gefühlte fünf Stunden hatte sie regungslos so dagesessen, feierlich, unfreundlich, fast schon tot. Sie hatte an dem Abend etwas Buntes getragen und war ihm trotzdem wie ein Stück veralteter Konfektion vorgekommen, die in irgendwelchen Provinzkaufhäusern Sommer um Sommer in den Schaufenstern weiter ausbleicht, ohne dass jemand sie haben will.

Statt sich zu entschuldigen, hatte er unbeholfen eine Geste aus seinem Repertoire altmodischer Zärtlichkeiten ausprobiert. Mit einem Finger hatte er ihr über den Oberarm gestrichen. Ich glaube, Leute verschwinden, wenn sie nicht wissen, wohin sie gehören, hatte er dabei gesagt und war dann rasch auf sein Zimmer gegangen.

Friedrich zog eine zweite Bierkiste neben Merets. Sie schlug die Beine übereinander.

Hast du schon was getrunken, Schwester?

Ein leises, beleidigtes Klirren und Knirschen kam zur Antwort aus den Musikboxen im Gebüsch. Meret schwieg und starrte an ihm vorbei auf das Ende der kurzen Kastanienallee, wo die Nackte aus Bronze am Rand ihres Teichs auf der Schildkröte herumbalancierte. Daneben stand Fräulein Möller mit einer ersten Kasserolle Lasagne, begrüßt von Pfiffen und Applaus. Hannes ließ sich neben Friedrich auf einen dritten Bierkasten fallen. Er drückte auf eine Fernbedienung. Musik setzte ein.

Hast du bitte mal Feuer?, sagte Meret und beugte sich über Friedrich hinweg zu ihm, als sei sie mit Hannes allein. Ritsch, nochmals ritsch. Für einen Moment sah Friedrich, wie nah Meret und Hannes sich kamen. Er drückte Rücken und Hinterkopf gegen die Hauswand, um nicht zu stören. Nami Main in seinem schwarzen Anzug stand nicht weit entfernt, sehr still bei dem Bogen mit den Kletterrosen. Die Rasenfläche dahinter giftete hell und grün. Jemand musste einen Farbfilter vor den Scheinwerfer geschoben haben.

Ich hab hier noch was für dich, sagte Hannes und stieß ihn mit dem Knie an, einen Vorschlag, zum Geburtstag. Das könnte dir gefallen. Er holte sein iPhone heraus.

Das Holzboot auf dem Foto lag an einem unbefestigten Flussufer und spiegelte sich umgeben von hohen Tannen in der glatten Oberfläche des Wassers.

Mein Traum – der Ort, sagte Hannes. Jeder braucht so einen Plan B.

Friedrich nickte. Cabins nennt man das in Amerika, sagte er. Meine amerikanischen Kollegen von früher haben fast alle so etwas, oft auch als Ship Cabins, wie deine da.

Und auch in Kanada.

Ja, oft, sagte Friedrich.

Wir sollten uns so etwas anschaffen, wir beide. Oder wenigstens eine Hütte hier im Bergischen, sagte Hannes.

Warum?

Man muss einfach mal verschwinden dürfen, oder?, sagte Hannes. Machst du mit?

Aber verschwinden kann man doch nur allein, sagte Meret mit einer Stimme, als hätte sie keine Seele. Sie schaute erst Friedrich, dann Hannes an. Doch wer weiß, vielleicht klappt das ja mit euch beiden. Ist ja 'ne echte Männerfreundschaft. Da muss man sich ja nicht verstehen, da muss man sich nur mögen.

Beim Rondell fingen zwei Lehrmädchen in ihren Caprihosen an zu tanzen. Die eine bewegte sich zur Musik, als erreichten Klang und Rhythmus sie tief, tief unter Wasser. Während sie sich ohne innezuhalten wie ein Derwisch drehte, zauberte sie geschickt einen gelben BH unter ihrem Shirt hervor, um ihn der Nackten aus Bronze über die pyramidenförmigen bemoosten Brüste zu ziehen. Eine Haarsträhne strich sie dabei hinter das Ohr, um ihre Nummer mit dem BH für geglückt zu erklären. Das hatte etwas Graziöses und Gemeines zugleich.

Ich glaub, ich muss gleich schlafen, sagte Meret, ich glaub, ich muss jetzt träumen. Aber vorher noch Folgendes. Sie beugte sich in Friedrichs Gesicht. Ihr Atem roch nach Nikotin und Veilchen. Ich schenk dir zum Geburtstag keinen Fluchtort. Ich schenke dir meine Kollektion OMO für Haus Wünsche. Echt Prêt-à-porter, du wirst sehen.

Du kannst Französisch, Schwester?

Wieder stieß Hannes ihn mit dem Knie, und Friedrich ärgerte sich über sich selbst. Meret stand auf, ließ ihre Zigarette fallen, reckte und dehnte sich wie eine dösige Katze, strich das rote Kleid über dem Schoß glatt und ließ so dem Mann bei den Kletterrosen Zeit, zu ihr herüberzukommen. Als Nami Main ihr die Hand gab, sah sein schwarzes Jackett aus, als sei es ihm in den letzten Sekunden um die Schultern zu eng geworden.

Bald ist richtig Herbst, da verkaufe ich wieder Maronen.

Friedrich trat Merets Zigarette aus, die noch auf dem Kies glomm.

Oh Mann, sagte er.

Wenige Tage, bevor Friedrich in einem Internat verschwinden sollte, hatte Vera zu ihm gesagt, gemeinsam zu verschwinden ist eine Superidee. Sie hatte es selber schon einmal ausprobiert. Aber allein. Da war ich fünf oder so, hatte sie gesagt, und wir kannten uns noch nicht. Sonst hätte ich dich vielleicht mitgenommen. Ich habe mich an einem Samstag kurz nach dem Mittagessen mit meinem Dreirad aufgemacht. Ich bin die Straße zum Friedhof hinuntergefahren, danach ist der Fußballplatz gekommen, und hinter dem Fußballplatz hat ein hohes Haus aus Beton mit langen Fenstern ohne Glas gestanden, eine Bauruine.

Hinter der Ruine faserte die Stadt aus. Eine letzte Siedlung habe ich auf meinem Dreirad durchquert, bis ich zur Autobahnbrücke kam. Dort habe ich einige Minuten gestanden und gewinkt, die meisten Fahrer haben fröhlich zurückgewinkt. Sie konnten ja nicht ahnen, dass dies ein Abschied sein sollte. Ich bin mehr als sechs Kilometer weit gefahren, ein Stück sogar auch über eine viel befahrene Umgehungsstraße, die an einem Fluss entlangführte, in den ich auch hätte hineinfallen können. Irgendwann bin ich nach links abgebogen, auf einen Bauernhof. Dort habe ich versucht, einen Platten am Hinterrad mit Grasbüscheln zu reparieren, und bin dabei erwischt worden. Der Bauer muss gemerkt haben, dass etwas nicht stimmte. Er hat mich zu seiner Tochter auf die Wippe gesetzt, dann auf sein Sofa in der Küche. Ich habe Wurstbrot gegessen und *Die Kinder von Bullerbü* geschaut, bis die Polizei kam. Ich bin damals sehr glücklich gewesen.

Vera hatte Friedrich angeschaut. Und jetzt sag du mir, wie komme ich in diesen Nachmittag wieder zurück? Mit dir?

Besser mit dem Rad vielleicht, hatte er damals vorgeschlagen.

Telefon! Hannes zeigte auf Friedrichs Schoß. Es war kurz nach Mitternacht. Glückwunsch noch zum Geburtstag, brüllte Karatsch in sein Ohr, nachdem Friedrich hektisch sein iPhone herausgekramt hatte, in der Hoffnung, es sei Annalisa.

Bis dann, sagte Hannes, hob die Hand, stand auf, offenbar ohne das Gespräch unterbrechen zu wollen, und verschwand.

Jetzt saß Friedrich auf seiner Bierkiste allein, und Karatsch redete auf ihn ein. Ja, sagte Friedrich, ja, ja, kann man so machen, gut, gut, gut. Beim Rondell tanzten die Gäste um die bronzene Frau herum wie um ein Goldenes Kalb. Erschöpfung kündigte sich an, aber verwandelte sich bereits in Rausch.

Auf der Rückfahrt nehmen wir Muscheln aus Dünkirchen mit, hörte er Karatsch mit fester Stimme sagen.

Wieso willst du eigentlich, dass ich mitfahre?

Karatsch murmelte irgendetwas, in dem das Wort alt vorkam.

Was?

Alte Verbundenheit, sagte Karatsch und klang verlegen, fast verletzt. Oder nenn es, wie du willst, mein Freund.

Oh Mann, wiederholte Friedrich leise und starrte auf die vielen Zigaretten im Kies vor ihm, oh Mann, aber er merkte, er freute sich.

Gegen zwei kam Meret zurück und trat an das Mikrofon, das Hannes neben dem verblühten Hibiskusbusch aufgebaut hatte. Sie klopfte dagegen. Aus den Boxen klopfte es zurück.

Hannes?, fragte sie leise in das Mikrofon.

Die letzten Gäste, die noch bei der Bronzefrau saßen, aber nicht mehr tanzten, hatten sie gehört und kamen näher. Hoffentlich jetzt nicht wieder Shakespeare, dachte Friedrich, als sie die Hände genauso auf den Rücken legte wie vor sechs Jahren bei ihrem großen Auftritt auf der Burg bei Blaufelden.

Für meinen Bruder, sagte sie, noch zum Geburtstag.

Sie sang: *Words fall through me and always fool me and I can't react.*

Nicht schlecht, hörte Friedrich den alten Schneider sagen, und als sie fertig war, verbeugte Meret sich, als sei sie die einzige Frau der Welt, die jemals zu Recht eine Bühne betreten hätte.

4.

Ein Sommer in den Achtzigern. Meret hatte die Musik dabeigehabt.

Slime, Madness, Grauzone, Blondie und Einstürzende Neubauten. Sie fahren einfach drauflos. Jeder Umweg ist willkommen, wenn er nur vielversprechend ist. Friedrich kutschiert den Mercedes von Mutter Martha Richtung Meer. Vera trägt auf der Reise in den Süden ein altes weißes Männerhemd aus Baumwolle, und alle haben sie in dem Sommer noch gewusst, dass es schöner ist, jemanden zu lieben als niemanden zu lieben. Meret sitzt hinten, Vera vorn. Friedrich redet. Wenn er sie von der Seite anschaut, bildet er sich ein, die Schönheit auf ihrem Gesicht mit seinen Worten hervorgehaucht zu haben. Liebe, was soll das denn sein?, fragt Meret auf einmal. Du kannst aussuchen, Schwesterchen, es ist ein starkes Gefühl des Hingezogenseins oder die Erfindung mittelalterlicher Dichter. Liebe ist eine moderne Erfindung, eine Illusion, ein zivilisierter Aspekt von Sex oder eine ganz normale Unwahrscheinlichkeit.

Stopp, stopp, ruft Meret, und Vera dreht sich zu ihr um. Sie schaut zwischen der Freundin und Friedrich hin und her. Wovor habt ihr eigentlich Angst, ihr zwei?, fragt sie.

Das erste Stück der Strecke fahren sie die belgische Küste entlang, vorbei an lauter Hochhausruinen, halb toten Städtchen und stillgelegten Zementwerken. Dass man durch Belgien muss auf dem Weg zum Glück, ist euch das auch klar?, seufzt Meret. In Südfrankreich angekommen, setzen sie für einige Tage nach Nordafrika über. Halb Nordafrika ist hinter Vera her, aber Meret, die wie ein offenes Messer herumläuft, hat am Ende des Ausflugs mit halb Nordafrika geschlafen. Eines Nachts, als sie alle drei tief, tief auf dem Boden einer vierten Weinflasche angekommen sind und am Strand schlafen, kriecht Friedrich zu Vera in den Schlafsack. Oder ist er in den Schlafsack nebenan gekrochen, ohne sich zu vergewissern, wer darinliegt? Auf jeden Fall drücken sich zwei in jener Strandnacht unter dem hohen, sternenfunkelnden Himmel wie die kleinen Wölfe aneinander, und der dritte liegt allein. Morgens sammeln sie Tempotücher ein, die um ihre Schlafstelle auf dem Sand verstreut liegen.

Wer hat geweint?
Und wenn ja, warum? Was ist eigentlich passiert?
Haben wir?
Nein.
Doch, wir haben?
Ja, aber nur kurz.

Meret

1.

Merets Augen wanderten den Kondensstreifen am blauen Herbsthimmel entlang, den ein Flugzeug im Fensterrahmen gezogen hatte. So hatte sich das Warten als Kind angefühlt. Ein Innehalten, das ihr nie nutzlos vorgekommen war, sondern wie ein langsames Verstehen. Oder wie ein Verstehen, das sich auf angenehme Weise vertagt.

Während der Streifen am Himmel ausflockte, kam ihr eine Idee für die Herbstmodenschau: Ein Kleid aus Seidentüll würde es sein oder besser noch eins aus Seidenchiffon, weil der besser fällt als Tüll. Ein Hauch von einem Kleid würde es sein, mit freien Schultern und märchenhaft schön. Zwei duftige Bahnen Stoff würden aus einer Naht zwischen den Schulterblättern wie Schwingen wachsen und an den Händen mit Fingerringen fixiert werden. Die Schwingen würden die Frau in dem Kleid zum Engel und die bloßen Schultern würden sie wieder zur Frau machen. Gelernt ist gelernt. *Falling slowly / Eyes that know me / And I can't go back / Moods that take me / And erase me / And I'm painted black*. Meret hatte angefangen zu singen, das gleiche Lied, das sie gestern auf Friedrichs Geburtstag sehr spät noch ins Mikrofon gehaucht hatte, und sie drehte sich im Bett, das nicht ihres war, auf die andere Seite. Es war das Schlafzimmer ihrer Großmutter Eugenie, und das angrenzende Bad hatte die gleiche Farbe wie die Außenfassade der Villa. Rosa.

Take this sinking boat and point it home / We've still got time.

Von fern mischte sich ein regelmäßiger Regen in ihren Gesang, mal lauter, wenn das Wasser wohl auf Büsche traf, mal leiser, wenn es über Gras streifte. Wer hatte denn da den Rasensprenger angestellt um diese Zeit im Jahr? Niemand, erinnerte Meret sich. Sie selber hatte nur vergessen, die Zeitschaltuhr, die im Sommer die Bewässerung regelte, rechtzeitig aus der Steckdose zu nehmen. Seit dem Tod der Großmutter war das Haus unbewohnt, denn Mutter Martha starb, bevor sie einziehen konnte. Würde sie einmal hier einziehen, oder Friedrich?

Oder beide, wenn sie Gesichter wie Eidechsen haben würden und steife Knie?

Raise your hopeful voice, you have a choice / You've made ...

Sie hielt inne. In die plötzliche Stille hinein klingelte es. Sie hatte vor dem Klingeln zu singen aufgehört, als hätte sie etwas geahnt.

Als sie zur Tür hinunterging, war sie nackt.

Vorhin im Kontor war sie schwungvoll mit Friedrichs Schreibtischstuhl ein paarmal rückwärts gegen den alten Tresor gefahren, bis sie schließlich aufgestanden war, die Zahlenkombination eingegeben und ihre Handtasche mit einem Packen Bargeld gefüttert hatte. Da war Friedrich mit Karatsch und Veras Sohn bereits abgefahren, nach London. Ohne sie. Man hatte sie nicht einmal gefragt, ob sie mitwollte. Im Hinausgehen hatte sie noch das Blatt des Vortags mit dem Datum von Friedrichs Geburtstag vom Sparkassenkalender gerissen und zerknüllt. Dann hatte sie das doppelseitige Klebeband des Dekorateurs eingepackt und war mit ihrem alten roten Rad zur rosa Villa gefahren. Manchmal kam sie hierher, wenn sie schlecht geträumt hatte, manchmal, wenn sie sich über Friedrich geärgert hatte oder über Männer und Menschen an sich. Manchmal kam sie auch nur, um in einem verlassenen Haus, das in ihre Kindheit gehörte, nach dem Rechten zu sehen. Sie zähmte und goss den Garten, leerte die Mausefallen. Manchmal stand sie auch nur da, mit dem Rücken an die kleine Kellertür gelehnt, die ins Freie führte, und hörte ihr Herz schlagen. Sie zählte mit, was in ihrem Leben nicht war. So tauchte dann am Ende eines Nachmittags in einem Kellergang, der nach Äpfeln und früher roch, jene schwarze, unversöhnliche Einsamkeit auf, die eigentlich nur im All wohnt. Dann lehnte Meret da und meinte, es gebe sie schon nicht mehr. Es gebe sie nur noch für die anderen.

Sie ging zur Tür und schaute durch den Spion. Die Situation hatte sie sich selber eingebrockt, alles so gewünscht. Mit einem Ruck riss Meret die Tür auf. Da stand er und sah verschwitzt, verstockt und traurig aus. Manche Männer sind wie Radiergummis, andere wie Messer. Der hier war beides und deswegen auch ohne genauere Vorstellung davon, wie diese Begegnung jetzt oder die nächste Woche überhaupt oder der Rest des Lebens verliefen.

Meret zog Hannes ins Haus und schloss mit einem Fußtritt die Tür.

Ich habe einen Abend zu verschenken, Mann in grüner Jacke, sagte sie. Ich weiß, sagte Hannes und zog die DIN-A4-Blätter aus seinem Hosenbund. Ich hab hier gleich mehrere Einladungen.

Seine andere Hand hing groß und warm am Köper herunter. Meret hätte sie greifen können, über ihr Schamhaar, Taille, die Brüste bis zu den Schultern führen, die sehr gerade an den Schlüsselbeinen hingen. Sie könnte sie sich endlich auf den Kopf legen, diese große, warme Hand von Hannes.

Willst du einen Tee?

Nur wenn er grün ist. Hannes schaute abweisend auf sie herab, dann auf seine Jacke, die er über die Trainingshose geknotet hatte. Schon klar, eigentlich kann niemand sie richtig leiden.

Männer mieden sie sogar, als sei sie ein benutztes Tempotuch, das unter einer Krankenhausheizung liegt. Nur Kneidl war anders gewesen. Er hatte ein großes Herz und noch größere Hände gehabt, mit denen er für sie die Nachttischlampe ausgeschaltet und nach der Liebe das Fenster geöffnet hatte.

Komm, sagte sie, komm mit nach oben. Hannes nickte, aber rührte sich nicht. Ja, sie musste nur noch ein wenig warten. Gleich würde er sie gegen die Wand drücken und hochheben. Sie würde ihr Gewicht spüren und zugleich, wie leicht sie war. Er würde sie höher schieben, an der Wand entlang, und noch höher, bis sie den Mund öffnete, das Herz. Sich. Er würde sich wenige Augenblicke später mit leicht gebeugten, leicht nach außen gedrehten Knien in den Moment hineinfallen lassen und nicht mehr genau wissen, was er sagte oder tat.

Tust du mir einen Gefallen, Meret?, sagte Hannes.

Sie lächelte: Ja?

Zieh dir was an, ja?

Er knotete die Ärmel seiner Jacke auf. Ein kurzer Mantel für sie, als sie hineinschlüpfte. Sie gingen nach oben. Die Handtasche, die noch an der untersten Stufe lehnte, nahm sie mit.

2.

Mit Tesa war der Handzettel an das Wartehäuschen gegenüber dem Krankenhaus geheftet gewesen: IMBISSBUDE KARL KNEIDL SUCHT AUSHILFE! Fahr hin, hatte Merets innere Stimme gesagt und es ausnahmsweise einmal gut mit ihr gemeint. Die Entlassungspapiere aus der Gynäkologie hatte sie in den Müll bei der Haltestelle geworfen und die Straße überquert. Das war vor zehn Jahren gewesen. Sie war nicht in ihre Sozialwohnung am Stadtrand von Kiel zurückgekehrt, wo aufgeplatzte Plastikmüllbeutel, durchnässte Kartons, aufgeweichte Zeitun-

gen und eine Unzahl leerer Plastikflaschen vor ihrem Parterre-
fenster das Müllhaus zu sprengen drohten. Sie fuhr in die entge-
gengesetzte Richtung, zum Bahnhof, mit nichts in der Hand als
einer gestreiften Polentasche voller Schmutzwäsche und zwölf
vakuumverpackten Scheibletten vom Krankenhausabendbrot.
Der kurze Mantel über dem Trainingsanzug war ein Herbstmo-
dell, mit dem H&M flächendeckend Werbung gemacht hatte.
Auch am Bahnhof. Deswegen kam sie Kneidl wohl bekannt vor,
als sie nun in so einem Mäntelchen vor seiner Imbissbude stand
und nichts bestellte, sondern bleich lächelte, während ihr Herz
raste. Von der ersten Sekunde an hatte sie ihn und sich vereint
unter einem jungen Baum gesehen, der aber nicht im düsteren
Park hinter Haus Wünsche herumstand. Ihr Baum wuchs in
einem eigenen kleinen Garten. Sie und er lagen darunter. Ihre
Köpfe berührten sich, während sie gemeinsam die helleren Un-
terseiten der Blätter betrachteten. Hoch darüber schwebte eine
Wolke, die kurz sogar die Form eines gewickelten Babys annahm,
obwohl Meret gerade erst eine komplizierte Abtreibung hinter
sich hatte. Kneidl, hatte sie auf den ersten Blick gewusst, war der
Mann des neuen Jahrtausends für sie. Am Wochenende zuvor
war er sogar in der Zeitung gewesen. Mit Foto im Lokalteil, in
der Rubrik VERMISCHTES. Er hatte in der Nacht von Samstag
auf Sonntag während der Tagesthemen auf den amtierenden
Bundeskanzler geschossen, weil ihm dessen Arbeitspolitik nicht
gefiel. Danach war der Fernseher kaputt gewesen. Kneidls Haar
lichtete sich bereits an den Schläfen. Den Rest hatte er mit Gummi zu einem Zöpfchen gebunden, zu so einem dürftigen Rat-
tenschwänzchen, und sie fand das schön. Er schob eine doppelte Portion Pommes für sie über den Tresen. Sich selber goss er
einen Laphroaig ein. Nachdem er ihr zu lange in die Augen gesehen hatte, hatte er auch ihr einen eingegossen. Sie stießen an.
Katzen würden Whisky saufen, sagte er, trink, Mädchen!

Gesagt hatte der Kneidl nie viel. Doch wenn er mal geredet hatte, waren die Worte immer seine eigenen gewesen und in ihrem Inneren gelandet, dort, wo es bei ihr am lautesten war. Ja, Kneidl war wie die meisten Menschen, er meinte es gut. Er versuchte es wenigstens. Eine Hand, eher eine Pranke, mit der man Motorräder reparieren und Eisenzäune zu einem Blumenmuster biegen konnte, streckte er über den Tresen zu ihr herüber und zog sie so nah zu sich heran, dass sie sich auf die Zehenspitzen stellen musste. Das Schälchen mit den bunten Plastikpickern für die Pommes fiel dabei um.

Küssen, hatte er vorsichtig gefragt, und viel hatte nicht gefehlt und sie hätten getan, was man an so einem Ort gar nicht tun konnte. Sie hätten das getan, wovon sogar Meret keine Ahnung hatte, wie man es auf der Straße tut, aber sie hätten es getan, fast, und ganz bestimmt wären die Passanten um sie herum gestorben vor Empörung. Einige auch vor Erregung.

Glückliche Zeiten folgten, dort in der Brutzelbude am Bahnhof Kiel. Mit den Wochen vergingen die Monate, die Jahre, aber die Liebe nicht. Tagsüber hatte sie fröhlich bleiches Fleisch in die Fritteuse geworfen. Nachts war Kneidl bei ihr, und solange er mit ihr schlief, verging Merets Angstwut, die sie schon ein Leben lang plagte, wie eine Faust, wenn die Hand sich öffnet. Alles war gut gewesen, bis eines Tages im letzten September Vera vorbeigekommen war, die Augen zusammenkniff und Meret mit der ausgeblichenen Menüleiste über den Fritteusen wie Gleiches mit Gleichem verglich. Am liebsten hätte sie Vera mit den bunten Plastikpickern die Augen ausgestochen. Wegen dieses Blicks, wegen dieses Angriffs der Vergangenheit auf die Gegenwart hatte Meret sich zwischen Würstchen und Koteletts plötzlich selber wie ein Stück Fleisch gefühlt, dessen Verfallsdatum längst abgelaufen war. Ein Stück Wellfleisch, ein Dreck. Nach einer Ewigkeit, in der Meret sich sogar hinter dem Namen

Helga zu verstecken versucht hatte, war endlich dieser Junge gekommen, der Vera so verdammt ähnlich sah, dass sie ihn am liebsten angefasst hätte, wie man einen jungen Hasen anfasst. Die beiden waren gegangen und hatten in einiger Entfernung wie Verschwörer miteinander gesprochen. Über den Akkordeonspieler vielleicht, der auf dem Bahnhofsvorplatz gesessen hatte? Über die Frau in der Imbissbude? Über deren giftiges Gesicht und Welksein? Vera hatte an dem Tag im letzten September die Scham und die Unzufriedenheit in Merets Leben zurückgebracht, und am Abend hatte es deswegen den großen Streit mit Kneidl gegeben. Vergessen waren plötzlich all die Sonntagmorgen im Bett, wenn sie sich eine Zigarette angezündet und auf seine Nase geascht hatte, um ihn zu wecken. Beim Kochen hatte Meret angeekelt auf das klebrige Hirschgeweih über dem Herd mit den Topflappen im Gehörn gezeigt, dann auf das rustikale Bücherregal ohne Bücher und die Kissen aus dem Ein-Euro-Shop in der Sofaecke, wie sie da einfach nur hockten, ohne ihr zu helfen, aber mit gespitzten Ohren alles mithörten. Im Bad riss sie das Saunatuch mit dem lustigen Spruch von der Heizung und trampelte darauf herum, und vor dem Schlafengehen zerrte sie eine Leiter vom Keller ins Schlafzimmer, um Kneidls verstaubte Sportpokale vom Kleiderschrank zu werfen. Ja, sie hatten gestritten, bis sie gegen Mitternacht den Kneidl hasste wie am Nachmittag die Vera. Was ist mit dir, was hast du denn, gefällt es dir hier nicht mehr?, hatte Kneidl mit hängenden Armen gefragt, bis er zugeschlagen hatte. Zum ersten Mal hatte er sie geschlagen, mitten ins Gesicht. Mitten ins Herz.

3.

Ist noch ungeschnitten, die Szene, aber ich habe sie gestern für euch vom Rechner überspielt, sagte Hannes, als er auf dem weißen Ledersofa neben ihr saß. Auf dem Panoramafenster im ersten Stock der rosa Villa lag die Dunkelheit. Bis eben noch hatten die Tannen da drüben in das vielversprechende rote Glühen des Himmels gestochen und so auf das schöne Wetter für morgen hingewiesen. Eine Taube gurrte.

Du hast die Szene für Friedrich überspielt, sagte Meret, nicht für mich. Du und dein Freund, ihr seid ja so! Zärtlich umschloss sie mit der Linken die rechte Faust. Rasch löste sie die Hände wieder voneinander, denn die Geste kam ihr bekannt vor. Sie schloss den letzten, obersten Knopf der grünen Jacke.

Erkennst du überhaupt was?, fragte Hannes und drehte sein iPhone zu ihr. Sie rutschte näher heran.

Aha, schon wieder ein Filmchen. Sie rückte noch näher.

Brauchst du eigentlich eine Brille?, fragte Hannes.

Auf dem Display erschien ein Autoscooter, leer bis auf zwei Kerle, die die Wagen vor der Kasse zusammenschoben. Hey, ich zeig dich an, Alter, zischte einer von beiden, doch war er mit der Drohung schon wieder aus dem Bild. Ein offensichtlich älterer Mann ging an der Kamera vorüber.

Das ist ja Karatsch, der traurige Hund. Hast du den einfach gefilmt?

Meret legte eine Hand auf die Sofalehne und streichelte das Leder.

Erkennst du eure Aktion?, fragte Hannes.

Karatsch presste jetzt die Hände oder auch den Bauch gegen die Scheibe, genau war das nicht zu erkennen.

Was heißt hier: eure Aktion? War meine Idee, das mit dem öffentlichen Schlafen, sagte Meret. Sie schloss die Augen und hob das Gesicht zu Hannes. Schon klar, sie provozierte, wenn das Leben nicht freiwillig hergab, was sie verlangte. Schon klar, Hannes saß gegen seine Absicht, aber nicht ungern neben ihr auf dem einmal weißen, jetzt gelblichen, längst mürben Ledersofa der Großmutter. Er fand ihre Haare, die Nase, das Make-up, ihren Gang und heute vor allem ihre Nacktheit unter seiner Jacke albern. Doch etwas an ihr rührte ihn, etwas stieß ihn ab. Das spürte sie. Aber nichts passierte.

Sie öffnete die Augen wieder und schaute auf das iPhone.

Vor dem Schaufenster von Haus Wünsche war eine Frau neben Karatsch getreten. Da!, sagte Meret, sieht ja aus wie Vera.

Das ist diese neue Bekannte von Karatsch, sagte Hannes.

Die mit dem Pass, von der Friedrich erzählt hat?

Ja.

Und das bin jetzt ich! Meret tippte auf Hannes' Hand, die das iPhone hielt. Sogar mein Buch von dieser Kennedy kann man auf dem Nachttisch erkennen. Mein Gott, Hannes, was ich alles schon gelesen habe. Sogar als Kind nachts noch im Bett und so lange, dass ich morgens zu spät zur ersten Stunde gekommen und fast von der Schule geflogen bin.

Hannes stand auf.

Nein.

Ich geh.

Geh nicht.

Doch, nach Hause.

Warum?

Duschen.

Nein, bleib! Sie griff nach ihrer Handtasche. Du weißt ja noch gar nichts.

Für heute reicht es.

Du weißt nicht einmal, was das hier für ein Haus ist.

Nein, sollte ich?

Meine Großeltern haben es von einem Tuchfabrikanten gekauft. Die Familien waren damals befreundet.

Meret, das ist mir doch jetzt egal.

Weiterreden, sagte sie sich. Tasche aufmachen und weiterreden. Sie sagte: Ursprünglich hatte dieser Tuchfabrikant das Anwesen der Stadt vermachen wollen, hatte es auch schon so verfügt. Nach seinem Tod sollte es ein Haus für gefallene Mädchen werden.

Meret, hör auf, sagte Hannes.

Sie sagte: Eigentlich war dieser Tuchfabrikant aber kein wohltätiger Mensch. Er war wie mein Großvater und hatte sich zu lange schon über seine eigene, hochnäsige Tochter geärgert. Gestrauchelte Mädchen aufzufangen war die Chance für ihn, das eigene Kind fallen zu lassen.

Meret?

Da, bitte. Sie hatte das Bündel Banknoten in der Hand und hielt es ihm hin.

Was ist los, willst du jetzt auch ein Haus kaufen?

Nein, sagte sie, kein Haus. Dich.

Was?

Mach irgendetwas dafür, Hannes.

Was denn?

Etwas, das sich wie Liebe anfühlt.

Hannes' Hand, die eben noch entspannt, groß und dicht neben ihrem nackten Oberschenkel gelegen hatte, spreizte sich jetzt hässlich, während er vor ihr stand.

Wie meinst du das?

So. Sie griff nach der Hand, mehr eine Kralle, und legte sie sich auf den Kopf. Beide schauten einander an, jeder von seiner Seite des Lebens.

Folgender Vorschlag, schöne Frau, sagte Hannes und zog die Hand zurück. Mach einfach mal was Vernünftiges im Leben, Meret. Hab einmal auch für andere einen guten, klugen, hilfreichen Gedanken, nicht immer nur dieses Aufblitzen von Empfindungen, die zu nichts führen. Schneide deinem Bruder die Haare und quäl ihn nicht immer nur. Putz Fenster, stopf Socken, bring neue Griffe an eurem Hängeschrank in der Küche an, reparier den Speiseaufzug, den du selber vor Jahrzehnten kaputt gemacht hast, weil du zu fett warst, um noch damit zu fahren.

Du Sau, sagte Meret. Das mit dem Speiseaufzug hatte gesessen. Die ganze Rede hatte gesessen. Exakte Mitte, hätte Kneidl gesagt. Mit dreizehn war sie wirklich eines Tages zu groß gewesen, um zusammengerollt und selig wie am Tag zuvor auf einem Essenstablett zwischen den Stockwerken von Haus Wünsche herumzureisen. Worauf hatte sie damals eigentlich gewartet, wenn sie in dem dunklen Schacht auf- und abfuhr? Wollte sie noch mal geboren werden? Oder sterben? Oder war es um etwas anderes gegangen, das weniger endgültig war, aber mehr ängstigte oder mehr beschwingte als Geburt und Tod?

Trink einfach weniger, sagte Hannes jetzt, steh früher auf und produzier von deiner eigenen Kollektion, wie gestern mal wieder für Friedrich und in den Wind hinein versprochen, endlich mehr als nur das eine Musterkleid, das eh niemandem passt, der älter als fünfzehn ist, und beschimpf deswegen nicht immer deine kleinen Schneiderinnen. Du warst doch angeblich selber mal eine. Mach einfach mal was Undramatisches, schöne Frau, was Nützliches, und versuch nicht wie besessen jeder Situation das große Gefühl abzuringen. Die Gegenwart ist meistens dünn. Wir alle haben Gefühle. Meistens eignen sie sich nicht zur Veröffentlichung. Wir anderen schlucken sie runter, oft auch ohne Alkohol.

Schnauze, du Sau, sagte Meret. Er ging zur Tür.

Die Jacke, sagte er, die kannst du mir morgen zurückgeben.

4.

Die Dämmerung war längst Dunkelheit geworden. Als Meret durch den Hausflur ging, war da plötzlich der Geruch nach

Curry und Putzmittel, nach Blumenwasser, das erneuert werden muss, nach Pfeifentabak und langen Sommerabenden, an denen Mädchen, die hier nie wohnten, im Garten Federball spielen, bevor sie in ihre Stockbetten kriechen und unter rauen Wolldecken vom Roten Kreuz fluchen oder weinen. Waisenkinder, sagte Meret laut im Flur, Waisenkinder.

Im Bad von Großmutter Eugenie brannte die indirekte Beleuchtung und streute trübe Stimmung über die altrosa Kacheln. Das Haus der Großmutter war das Haus ihrer Kindheit, nicht Haus Wünsche. Haus Wünsche ist Friedrichs Terrain. Meret setzte sich auf die geschlossene Kloschüssel und starrte ins Bidet mit dem Sprung, in dem sie sich als Kinder die Füße gewaschen hatten, Friedrich und sie. Zu Hause hatten sie auch ein Bidet, aber das war nicht für Füße. Wofür denn, hatte sie Stilti Knalles gefragt.

Erklär ich dir später.

Meret hielt eine Hand vor den Mund und prüfte ihren Atem, dachte an den Zahnarzt, der einmal ihr Liebhaber gewesen war. Morgens hatte sein Kuss zum Abschied nach Zahnpaste geschmeckt. Eine Frau muss zwanzig Mal am Tag geküsst werden, damit sie jung aussieht, hatte er immer gesagt. Was für ein umsichtiger Mann, aber auch das war lange vorbei. Sie stand auf und schluckte kurz darauf in der Küche ein Aspirin. Laut Packung, die sie selber einmal hier hatte liegen lassen, war das Medikament seit drei Jahren abgelaufen. Nacht drängte gegen das Küchenfenster. Was sollte sie jetzt tun? Über die Farbe Grau nachdenken? Auf einen nächsten Kondensstreifen am Himmel warten, auf morgen, wenn es wieder hell werden würde? Oder sollte sie auf die alte Zeitung, die sie vor Wochen neben einer angebrochenen Packung Kekse auf dem Küchentisch hatte liegen lassen, ein Gesicht malen? Welches? Das von Hannes, das vom Zahnarzt, ihr eigenes? Oder das von Vera? Sie setzte sich an den Tisch und fuhr mit einer Hand unter Hannes' Jacke, zwischen den Brüsten entlang. Fuhr höher und hatte plötzlich eine andere, strengere, sehr anmutige Halslinie unter ihren Fingern, die aus dem verfilzten Kragen einer Strickjacke von der Caritas wuchs und berührt werden wollte. Vera, früher einmal. Meret war der blauen Aderspur mit zwei Fingern gefolgt, hatte die Augen geschlossen und war der Spur mit der Zunge gefolgt, um schließlich zuzubeißen, nur um danach im Mittagslicht und auf dem Heimweg von der Schule in Veras Augen ein stilles, sehr kontrolliertes, aber intensiv leuchtendes Entsetzen zu sehen. Waisenkind, hatte Meret gesagt, Waisenkind. Ach Meret, mein Rettchen, scharf wie Rettich, sagte die Stimme von Stilti Knalles auf dem leeren Küchenstuhl gegenüber und bewegte ihre Oberarme, die die gleiche Farbe und Konsistenz hatten wie die Kekse auf dem Tisch. Ein etwas krümeliges Teiggelb.

Wieso bist du nur so ein Schwein?, sagte Stilti Knalles. Ich glaube, du bist gar keine richtige Wünsche. Dich haben sie unter dem Rosenbusch gefunden.

Später, aber nicht viel später, fing Meret an, in den unteren Schubladen des Küchenschranks nach dem alten Weihnachtsschmuck zu suchen. Schließlich war es bereits September. Ein Album aus Leder rutschte ihr entgegen. Sie schlug es auf, und uneingeklebte Fotos fielen heraus. Auf den meisten war sie selber, mal mit, mal ohne Friedrich, mal mit, mal ohne Christbaum oder Hollywoodschaukel, aber immer mit dem gleichen, leicht delirierenden Kinderblick. Hatte sie damals geschielt oder einfach nur ernster dreingeschaut als ihr Bruder? Die älteren Fotos von Urgroßmutter Valerie und Großmutter Eugenie, beide geboren in Westpreußen, waren für die Ewigkeit mit selbstklebenden Fotoecken fixiert. Was für eine Schattenpflanze diese Großmutter Eugenie als Mädchen gewesen war, mit ihren schweren, schwarzen Haaren, die sie auf den meisten Bildern zusammengedreht und von einem riesigen Hornkamm fixiert am Hinterkopf trug. Richtig schön war sie nicht. Ihre Tochter Martha auch nicht. Beide hätten sie nicht konkurrieren können mit den schläfrigen Katzengesichtern ihrer Verkäuferinnen in Haus Wünsche. Aber wer erfolgreich war, musste nicht unbedingt schön sein. Eugenie, einziges Kind von Valerie, übernahm das Geschäft. Martha, einziges Kind von Eugenie, ebenfalls. Lauter Mädchen. Eine richtige Geschäftsfrauendynastie. Meret biss an ihrer Nagelhaut herum, während sie weiterblätterte. Sie hatte nicht einmal einen tüchtigen Mann geheiratet, einen Tuchhändler aus Kratzau in Böhmen, wie die Großmutter, einen Kerl, der ins Geschäft passte und dem einzigen Kind Martha sogar den Namen Wünsche ließ. Aus rein geschäftlichen Gründen. Mutter Martha hatte ihren Mann Manfred auch nicht in der Imbissbude gefunden, sondern per Anzeige in irgendeinem katholischen Blättchen. Manfred, was für ein Name, soll die Großmutter gesagt haben, so heißt man doch nur, wenn man eine Oper ist. Martha war auf den Fotos einen halben Kopf größer als der schöne Manfred, der sich aus seiner Schicht in die Kaste der eingebildeten Wünsches verirrt hatte, um bereits beim Frühstück auf ein Maria-Weiß-Porzellan von Schwiegermutter Eugenie starren zu müssen, das ihn für den Rest seines kurzen Lebens begleiten sollte. Jede zerbrochene Tasse war ersetzbar. Auch seine Kinder Friedrich und Meret hießen Wünsche. Wünsche, wie die Mutter Martha. Wünsche, aus rein geschäftlichen Gründen eben. Auf den letzten Seiten des Lederalbums waren nur wenige Fotos fixiert. Auf einem, an Silvester '70, steht Manfred mit der Familie von Martha, zu der er nicht gehört, draußen vor Haus Wünsche. Im Hintergrund ist die Drehtür zu sehen. Am linken Bildrand hängen ein paar schwarze Äste vor dem Schneehimmel. Meret, drei, versucht, an Manfred gelehnt, wie ein Storch auf einem Bein zu stehen, und lächelt, als würde sie in der Ferne jemanden erkennen. Wahrscheinlich ihre eigentliche Familie. Wahrscheinlich die von Manfred, wohnhaft in der Nähe eines Rosenbuschs. Friedrich sitzt auf dem Unterarm von Stilti Knalles und lächelt still, als warte er darauf, dass ein Vogel einen Schatten auf sein Gesicht wirft. Es war das letzte Foto mit Manfred. Ich will nicht sterben, ich will nicht sterben, soll er einige Monate später auf dem Weg ins Krankenhaus geschrien haben, in dem er, noch keine dreißig, als Toter ankam. Mutter Martha war älter als er. In den Jahren danach floh ihr Kinn immer deutlicher aus dem Gesicht, sagten die Fotos.

5.

Keine Stunde später stellte Meret ihr altes rotes Rad neben der Drehtür von Haus Wünsche ab, wo schon lange keine Familienfotos mehr gemacht worden waren. Sie nahm ihre Handtasche und die grüne Jacke von Hannes aus dem Korb und trug wieder einen dunkelblauen, kratzigen Hosenanzug.

Wie wohl das Wetter in London jetzt war?

Das Wort SPÄTKAUF leuchtete gelb über den Marktplatz, obwohl die Jalousien von Mimis Lottobude bereits heruntergelassen waren. Nicht ein Auto fuhr, aber ein einzelner Mann kehrte, angezogen wie ein Kellner in weißem Hemd und schwarzen Hosen, zwischen weißen Parkstreifen Herbstlaub. Meret pfiff wie ein Bauarbeiter. Der Mann schaute auf. Es war Nami Main.

War er kleiner geworden?

War ihr gestern bei Friedrichs Fest gar nicht aufgefallen.

Egal, das Feuer in Nami Mains Blick nahm sie nach all den Jahren noch immer persönlich. Ein Schwarm aufgeregter Vögel flog in Höhe ihres Zwerchfells auf, sobald er sie länger als drei Sekunden anschaute. Eine Staffel von fliegenden Teppichen folgte, inschalla.

Nami Main grüßte mit einer Handbewegung zurück, mit der er auch ein Spinnennetz hätte beseitigen können. Mach mal was Vernünftiges, sagte Meret sich, und ging über den leeren Parkplatz auf ihn zu.

Glaubst du eigentlich, dass ich jüdisch bin, Mimi?

Du bist doch nicht einfach jüdisch, nur weil dir ein halbes Kaufhaus gehört, Meret Wünsche. Was fragst du so?

Magst du Juden?

Du meinst, weil ich Iraner bin?

Quatsch, du bist Nami Main, du bist Mimi von hier, früher Punk-Perser, heute Lottobude, sagte Meret, bilde dir bloß nichts Politisches ein.

Vorsichtig fasste sie an die Manschette seines weißen Hemds und zog.

Aber kommst du mal mit rüber zu mir, Mimi, bitte?

Im Sommer waren die Schaufenster sehr heiß, im Winter bitterkalt. Jetzt im Herbst hatten sie eine angenehme Temperatur, doch die Luft auf den knapp vier Quadratmetern blieb abgestanden. Es roch streng nach den Sichtschutzrollos aus den Sechzigerjahren, als Nami Main und sie die schwarze Singermaschine über die Schwelle hievten. Beide stießen sie sich den Kopf an dem niedrigen Türsturz zwischen Schaufenster und Verkaufsraum.

Bitte andersherum, sagte Meret, als Nami Main die Maschine mit dem Gesicht zur Straße aufstellen wollte, und warte mal hier. Ich hol uns ein Bier.

Mit der Handtasche unter dem Arm ging sie ins Kontor und schob den Packen Geldscheine zurück ins unterste Fach des Tresors.

Sag mal Danke, Friedrich, sagte sie laut und dachte an Hannes.

Als Meret ohne Handtasche, aber mit Bier zurück ins Schaufenster kam, stieß sie sich wieder den Kopf am Türsturz. Nami Main war fort und draußen Nacht. Ein einzelnes Auto auf dem Marktplatz schaltete die Scheinwerfer ein, und ein weißes Männerhemd blitzte in deren Kegel auf, als der Fahrer umständlich wendete. Das Hemd, das musste Nami Main sein, der zurück zu seinem Büdchen ging.

Sonst war wenig Umgebung auf dem Bild.

Meret war müde, aber so einen ausrangierten Lappen zum Designerstück umzuarbeiten dauerte vielleicht eine halbe Stunde, rechnete sie aus. Herstellungskosten 25 Euro, wenn die ausführende Schneiderin Auszubildende oder Ausländerin war. Endpreis 75 Euro, vielleicht auch mehr. Damit machte man etwa 200 Prozent Gewinn. Vom Finanziellen hatte sie zwar keine Ahnung, aber vielleicht sollte sie sich darum auch einmal kümmern. Sie fädelte einen blauen Faden in die Nadel der alten Singer-Maschine. Das Kleid von Mutter Martha, ebenfalls blau, mit feinen weißen Streifen an Ärmelnaht und Rocksaum, war von bester Qualität, zeitloser Schnitt, Größe 38/40 und kaum getragen. Die Nadel stach einmal zu.

Ein Dutzend Schnittmuster lag auf dem Boden und darüber ein Bogen Pauspapier, durchscheinend und hart wie die Pommesspitztüten aus Pergamentersatz in Kneidls Bude. Meret bückte sich und strich das Pauspapier mit beiden Händen glatt. Ein Musterbogen für ein Wickelkleid aus den Achtzigern schien jetzt deutlicher hindurch und sagte mit seinen farbigen Linien, jetzt hier lang. Du machst das und dann das und dann das. Warum hatte sie es eigentlich nicht geschafft, dem Leben ein Schnittmuster vorzulegen? Warum hatte sie ihre Gefühle in keine Form und ihre Furcht in kein Kleid stecken können? Das Blut stieg ihr ins Gesicht, während sie so mit dem Kopf nach unten dasaß.

Man könnte ja meinen, sie schämte sich, aber ab jetzt würde alles anders werden. Kopf hoch, ran an die Singer. Meret rückte ihren Stuhl dicht an den Nähmaschinentisch. An den Geruch der Sichtrollos würde sie sich gewöhnen, hatte sie beim öffentlichen Schlafen auch. Außerdem stanken sie nicht schlimmer als verschwitzte Matten in der Schule, damals im Turnhallenpavillon, wo die Mädchen die unteren Fensterscheiben mit Pergament- oder Paus- oder Pommestütenpackpapier oder frag mich was verklebten, wegen der Jungen, die aber trotzdem nachmittags feixend mit ihren Mofas beim Eingang herumstanden, genau dort, wo neulich nachts Fräulein Möller den Karatsch gesehen hatte, wie er dort herumstreunte, aber wohl nicht wegen eines Mädchens oder einer Frau. Wegen einer Birke, hatte Fräulein Möller gesagt, fromm ist er geworden. Wahrscheinlich seit dem Verschwinden seiner Vera, hatte sie gesagt, ist er einer Naturreligion verfallen, die unsereins gar nicht kennt. Aber was sollte denn einer wie Karatsch bei einer Birke beten, fragte sich Meret, während sie den Stoff des alten blauen Kleides noch einmal unter der Nadel zurechtschob. Vera, Vera, komm zurück, so wie ein wirklich verzweifelt Zweifelnder auf Knien fleht: Lieber Gott, bitte, bitte sei! War er denn auf Knien?, hatte Meret Fräulein Möller gefragt und sich dabei gedacht, dass die ganze Sache mit Karatsch und dem Baum auch ein Irrtum sein könnte. Möglicherweise hatte er in jener Nacht nur an die Birke beim Schultor gepinkelt. Möglicherweise hatte Fräulein Möller aus Scham nicht richtig hingeschaut und sich ein dunkles Ritual kurz vor dem Morgengrauen vorgestellt. Wer weiß, was in dem Kopf von so einer Kaufhausnonne vorging, die selber nur so fromm war, weil kein Mann sie ein zweites Mal ansah. Vielleicht hatte sie sich sogar etwas noch Unanständigeres vorgestellt. Und, Fräulein Möller, hatte Meret wieder gefragt, hat er?

Was?

Gekniet?

Er stand, hatte Fräulein Möller gesagt.

Meret lachte und drückte ihren Bauch fester gegen die Schublade der Singermaschine und freute sich auf den Abend im Schaufenster, mit dem Rücken zur Welt. Machte Spaß, im Auftrag von Hannes mal etwas Vernünftiges zu tun und sich dabei in aller Öffentlichkeit geborgen fühlen. Spät würden Passanten aus der letzten Kinovorstellung vom Freitag kommen, und irgendwann würde auch Hannes an die Scheibe klopfen. Denn mit dem, was er in der rosa Villa gesagt hatte, hörte nichts auf. Im Gegenteil, etwas begann. Da war sie sich sicher. Möge es sich anfühlen wie Liebe. Meret drehte mit der Hand am Rad. Mit dem Fuß setzte sie den gusseisernen Tritt der alten Singer in Gang. Die Hände übernahmen das Tempo des Fußes. Ja, nähen konnte sie, Nähen machte das Denken leichter und das Leben auch. Nähen war für Meret wie Singen. Singer-Maschine singt mit. *I don't know you / But I want you / All the more for that / Words fall through me / And always fool me / And I can't react.* Meret Wünsche war eine gelernte Schneiderin und staatlich geprüfte Modedesignerin ohne Abitur, aber mit Abschluss an der besten Schule Berlins. Friedrich Wünsche, dem Bruder, wegen dem sie das Herz in den letzten Monaten wieder höher trug, während auf ihm alle Verantwortung lastete, hatte sie zum Geburtstag versprochen, eine Prêt-à-porter-Kollektion für Haus Wünsche zu entwerfen. Wenn sie porter jetzt durch partager ersetzte und wenn sie einfach Secondhand-Klamotten zu Kilopreisen bei Humana und anderen Sozialkaufhäusern erstand, alles einmal in die Waschmaschine, den Trockner und unters Bügeleisen warf, wenn sie dann den ein oder anderen Abnäher änderte oder das ganze Teil wendete, den V-Ausschnitt von vorn als keuschen Blickfang auf den Rücken drehte und mit einer gewagten alten Schnalle in Bauchnabelhöhe oder mit ein paar Knöpfen entlang der Raglan-Naht vom Hals- zum Achselausschnitt behauptete, genau das sei angesagte Mode, dann könnte sie einen dieser Secondhand-Lappen zum ursprünglichen Kilopreis von höchstens 90 Cent am Ende für 98 Euro verkaufen als einmaliges Designerstück, mit dem die Kundin garantiert auch in Bayreuth keine von diesen bösen Überraschungen in den Pausen erleben würde, weil beim Sektholen eine Frau aus München vor ihr und wenige Schritte hinter ihr noch zwei andere stehen, die das gleiche Kleid tragen.

Meret ließ ein neues Garn auf die Spule laufen und biss den Faden mit den Zähnen ab. Sie schaute zur kleinen Tür aus Pressspanplatte, die je nach Dekoration zusammen mit der Rückwand neu tapeziert wurde. Wegen der stickigen Luft im Schaufenster stieß sie sie mit dem Fuß einen Spalt auf. Wer hatte denn da unbemerkt eine Tasse Tee auf den Nähmaschinentisch geschoben? Mimi? Irgendein geisterhafter Windowservice? Sie griff nach der Tasse und hielt in der Bewegung inne. Er war noch warm, der Tee, und roch nach Ingwer oder Zitrone.

Hatte es da nicht in ihrem Rücken geklopft?

Hannes? Jetzt schon?

Sie war nicht mal richtig geschminkt, aber drehte sich um.

Die Außenbeleuchtung von Haus Wünsche hatte sich längst angeschaltet. Der warme, staubige Glanz von Abendsonne war vor Stunden bereits übergegangen in etwas Bläuliches, Kaltes, das Düsterkeit verbreitete statt Licht. Draußen vor dem Schaufenster stand eine Frau. Der Stich Rot in ihrem Haar ließ sich nicht richtig erkennen, aber Meret wusste auch so, dass es diesen Erdbeerton gab.

Es gibt alles, was es gibt.

Ich bin's, sagte Vera lautlos auf der anderen Seite der zerkratzten Schaufensterscheibe mit diesem Mund, der schon immer zu groß für sie gewesen war. Alles kam zurück? Meret sah die ausgeprägte Rotzrinne zwischen Nase und Oberlippe. Solchen Menschen hat in der Wiege bereits ein Engel den Finger fest auf den Mund gedrückt, hatte Stilti Knalles einmal gesagt, damit sie schweigen. Solche Menschen haben ein großes Geheimnis, das sie selber nicht kennen, weswegen sie oft grundlos traurig oder sehr fügsam sind, manchmal aber auch abwesend oder auch ohne Grund aggressiv.

Hau bloß ab, sagte Meret.

Vera und sie, alles kommt zurück. Sie sind acht, sie und Vera, in jenem Sommer, auf jenem Weg zur Gartenlaube, in der ein Mann namens Adler mit seinen zwölf Katzen und dem Bein aus Holz wohnt. Sie haben es eilig, Vera und sie, aber noch eiliger werden sie es haben, von dort wieder fortzukommen. Der Weg führt durch Farn. Sie kriechen durch die Zaunlücke, durch die kein Erwachsener folgen kann. Hand in Hand laufen sie an Brombeerhecken vorbei, die schon zu Adlers Garten gehören, dann über eine Wiese mit Pflaumenbäumen, doch ohne sich um die weißen Blüten im Frühling oder um die blauen Früchte im Herbst zu kümmern. Sie betreten das Holzhaus, mal mit, mal ohne Strickjacke über den Sommerkleidern. Es riecht nach Katzen und meistens auch nach Pfannkuchen, Ei, Zwiebeln, oder was es sonst so bei Adler zu Mittag gegeben hat. Sie zieht als Erste die Strickjacke aus, dann das Kleid über den Kopf. Die Schuhe lassen sie an, denn die Dielen sind schmutzig. Oft stellen sie sich in einen letzten Streifen Sonnenlicht, der durch eine kleine blinde Fensterscheibe wie Staub rieselt, während ihre Kleider, noch in Kindergröße, das eine blau, das andere rot-weiß gestreift, vor ihnen auf den Holzdielen liegen, dort, wo keine Sonne mehr hinkommt. Sie stehen Schulter an Schulter. Vera ist kleiner als sie, und vielleicht deswegen streckt sie, Meret, den Bauch vor, damit es schneller geht. Auf der anderen Seite der

Kleider sitzt Adler in dem Teil des Zimmers, in dem immer Schatten wohnt. Er ist nicht hässlich, aber holzig wie sein Bein. Er sitzt im Dunkeln seiner Gier, auf einem schmuddeligen Gobelinsessel. Nach drei oder vier Minuten ist er fertig. Sofort ziehen sie sich wieder an, und sie streckt die Hand aus mit einem breiten Lächeln und schließt sie zur Faust um den Geldschein, den sie beide auf dem Nachhauseweg bei Pizza Schmitza in Pommes rot-weiß und im Salon Venezia in vier Kugeln Erdbeereis umtauschen.

Pizza Schmitza gab es noch. Über dem Eissalon Venezia hatte Karatsch noch immer seine Jazzagentur, obwohl Vera verschwunden war.

Obwohl Vera wieder da war.

Hau ab, sagte Meret erst jetzt, aber merkte, sie freute sich und stand schon auf, trat auf das Pauspapier über den Schnittmusterbogen, stieß sich schon wieder den Kopf an der niedrigen Tür vom Schaufenster zum Verkaufsraum und hatte wenige Herzschläge später den Schlüssel unter der Sperrholzplatte vom Elektroschaltkasten hervorgekramt, um endlich für Vera in die Hocke zu gehen und die Drehtür aufzuschließen. Leise schabten fünf Flügel mit ihren Bürstenkanten am Holzgehäuse entlang.

Entschuldigung, sagte Vera, ich war schon zu Hause, aber da ist keiner.

Sie lächelte und stellte ihre dunkelblaue Sporttasche ab.

Was soll ich machen, ich habe ja nicht einmal mehr einen Schlüssel.

III.
EINES TAGES

1.

Kommen Sie rein, sagt der Mann, den sie noch nicht kennen. Er hat Krähenfüße um die Augen, trägt Ohrring und kurz geschorenes Haar. Breitbeinig und breitschultrig lehnt er in seinem Türrahmen.

Es ist Samstag, acht Uhr in der Frühe und nicht die Zeit, unangemeldet bei einem Fremden vor der Tür zu stehen. Aber sie sind richtig hier. Vera Conrad, c/o Kennedy.

Gestern am späten Nachmittag sind sie mit Jo am Steuer zu Hause losgefahren. Hecken, ein Bahndamm, der Friedhof, dann der Neubaukomplex des Altersheims. Davor das Grün der Tannen, das anders ist als das Grün von Fichten, hat Jo gedacht. Seitdem er wieder an Land ist, interessiert er sich für Natur, für Bäume. Das wird sich geben. Karatsch hat neben ihm gesessen, Friedrich Wünsche hinten. Als sie kurz vor der Auffahrt zur A1 am stillgelegten Autokino vorbeikamen, haben sie alle drei zum riesigen Parkplatz mit den Grasnarben zwischen Hunderten von Stellplätzen geschaut. Da wo einmal die Leinwand gestanden hatte, leuchtete moosgrün der alte Gaskessel.

Die Autofähre von Calais nach Dover haben sie kurz vor Mitternacht genommen. Eine ungarische Familie, die mit ihnen an Bord kam, hat mit Schlafsäcken sogleich ihr Lager unter den Bistrotischen aufgeschlagen, und er, Jo, hat die vier Stunden

Überfahrt auf zwei zusammengeschobenen Sesseln gehangen, mit einer nächsten Dose Bier in der Hand. Was Karatsch und Wünsche gemacht haben, weiß er nicht. Als sie anlegten, war es noch dunkel.

Der Mann im Türrahmen schaut auf den silbernen Volvo, den Jo am Straßenrand der Bancroft Road geparkt hat.

Kann es sein, dass ich weiß, warum Sie hier sind? Sie kommen wegen Salomé aus Deutschland angefahren, richtig?

Salomé hat er gesagt, als sei das wirklich ihr Name. Warum hat Mutter das gemacht? Abzuhauen ist ja in Ordnung. Menschen verschwinden, wenn sie nicht mehr wissen, wohin sie gehören. Aber warum dieser andere Name?

Bitte, kommen Sie doch rein, wiederholt der Mann im Türrahmen der Bancroft Road Nummer 101, allerdings ist sie gestern abgereist.

Nein, sagt Karatsch, wer?

Salomé.

Alle drei schlucken. Keiner berichtigt ihn.

Wohin?, fragt Friedrich Wünsche nach kurzem, angestrengtem Schweigen.

Nach Hause, wohin sonst.

Kennedy gibt die Tür frei. Als er lächelt, verschwindet die grobe Melancholie aus seinem Gesicht. Wünsche und Karatsch folgen ihm. Die Tür bleibt angelehnt. Jo steht allein draußen. Was Mutter jetzt wohl macht?

Einen Schlüssel zum Haus auf halbem Hang hat sie nicht mehr. Er auch nicht.

Er schaut sich auf der Straße um. Was für ein schöner Septembermorgen. Er mag den Herbst. Mutter auch. Herbst hat nicht dieses Zuviel wie Sommer und Winter, hat sie einmal gesagt. Bald werden die Blätter an den Bäumen bunt sein und so herbstlich, wie das Licht jetzt schon ist. Sie werden fallen wie in jedem Jahr und dabei den Klang von Regen haben. Auch hier, in der Bancroft Road. Nebenan im Vorgarten von Hausnummer 103 steht ein dicklicher Pakistani in der Morgensonne und wirft Fischfutter in einen vergitterten Teich, der wie ein Zugang zur Kanalisation aussieht. Als er hochschaut, hat er nicht wegen der Augen, sondern wegen des Blicks Ähnlichkeit mit Jamie, dem Jungen aus Burma, der mit Jo auf der *Hiroshima* gefahren ist. Jo geht ins Haus. Hinter der Tür steht ein Paar hochhackiger türkiser Sandalen mit Blumenbukett in Veras Größe, das aber nicht zu ihr passt. Es steht zwischen den viel größeren Schuhen von Kennedy und wartet auf eine Vera, die Jo noch nicht kennt. Aber was hat er eigentlich erwartet? Dass nicht ein Mann, sondern Mutter die Tür öffnet und gleich sagt, ja, sie fährt mit zurück, oder nein, sie hat den Bungalow, halbe Hanglage, für immer verlassen.

Als er in Kennedys Küche kommt, lehnen drei Männer nebeneinander an der Spülzeile und schauen ihm entgegen, als wollten sie anfangen zu singen, sobald er nur die Hand hebt. Alle drei haben die Arme übereinandergeschlagen. Bei Kennedy sieht es aus, als müsse er an einen komischen Film denken. Bei Friedrich Wünsche sehen die verschränkten Arme wie Aufmerksamkeit aus und bei Karatsch so, als seien sie zu kurz für seinen Leib.

Meine Frau, wiederholt er immer wieder, meine Frau. Neben ihm steht ein Vogelkäfig, zugedeckt mit einem karierten Küchentuch.

Stopp, sagt Kennedy, stopp, und lächelt. Damit hier keine Missverständnisse aufkommen, wir waren kein Paar. Sie hat mich sogar geschlagen.

Wieder ist mit der Wärme, die ihm mit dem Lächeln ins Gesicht gestiegen ist, dieser gewisse Zug von Verwahrlosung oder Vernachlässigung von seinen scharfen Zügen verschwunden.

Ich habe Salomé die Wohnung gelassen, solange ich da unten war. Dann bin ich früher als erwartet zurückgekommen. Ich glaube, es wurde ihr hier zu eng.

Aber sie hat Sie nicht geschlagen, sagt Karatsch.

Doch.

Kennedy greift an Karatschs Gesicht vorbei und nimmt das Küchentuch vom Käfig. Karatsch ist vor seiner Hand zurückgezuckt. Zwei Kanarienvögel sitzen auf einer Stange dicht beieinander und plustern sich auf. Als sie das Gefieder schütteln, klingt es wie das kurze Aufsurren einer elektrischen Zahnbürste.

Die beiden Vögel habe ich wegen meiner Töchter. Mich allein kommen sie nicht so gern besuchen.

Kennedy zieht mit dem Fuß einen Küchenstuhl zu sich heran, setzt sich und massiert sein linkes Knie. Es riecht nach Chicken Curry und Sweet Corn. Verpackungen verschiedener Lieferdienste stapeln sich auf der Spüle. Im Spülbecken weicht ein Topf mit Bolognesesoße ein. Über dem Hängeschrank ist ein Wasserfleck an der Decke, und jemand hat lose Tapete in den vier Ecken des Raums mit Stecknadeln fixiert. Das muss eine Frau gewesen sein.

Sicher ist Mutter älter geworden.

Warum hat meine Frau Sie geschlagen?, fragt Karatsch wieder.

Kennedy auf dem Küchenstuhl bewegt jetzt mit drei Fingern vorsichtig seine Kniescheibe unter den Jeans. Um die Geschichte abzukürzen, sagt er, ich habe diese zwei Töchter. Sie leben auf einem Hausboot, Nähe Victoria Park, am Regent's Canal, bei meiner Ex. Keine schlechte Gegend für Kinder. Krähen und Kormorane kommen vorbei. Manchmal auch ein Reiher. Den kennen die Kinder schon, und er kennt sie. Meine Ex wohnt bei ihrem neuen Kerl und hat noch ein Kind bekommen. Wir haben uns vor einem halben Jahr getrennt, aber ich bin der Vater. Das

Kind ist zu früh gekommen. Deswegen bin ich auch zu früh zurückgekommen.

Er macht eine scharfe Bewegung mit dem Kopf: Von da unten.

Da unten?, fragt Friedrich Wünsche.

Nicht schön da, sagt Kennedy, aber muss man mal gewesen
sein. Ist wichtig für die Karriere.

Was ist wichtig?

Kabul, sagt Kennedy.

2.

Alles hatte er richtig gemacht.

So sehr richtig, dass Vera einen Anfall von Zärtlichkeit sich
selbst gegenüber bekam. Seinen Lippen hatte sie im März bereits angesehen, dass er küssen konnte. Sie waren kindlich und
etwas kummervoll, und als er sie letzte Woche auf dem braunen Cordsofa endlich auszog, war es eigentlich schon Herbst.
Sie spürte, wie weich ihre Haut war, ohne sich selber berühren
zu müssen. Die ungeküssten Küsse, die seit Monaten ihr System
verstopften, wollten alle auf einmal hinaus. Was sie an dem
Nachmittag taten, als er unangemeldet zurückkam und vor seiner eigenen Tür stand, hinter der sie seit Monaten allein wohnte, hatte nichts von der atemlosen Heftigkeit, mit der früher ein
Mann über sie oder sie über Männer hergefallen war. Manchmal bereits im Hausflur und noch mit Kaugummi im Mund.
Vor allem schnell musste es damals gehen, so als wollten beide
rasch durch den anderen hindurch, um ihn ein für alle Mal hinter sich zu lassen.

Alles in Ordnung? Funktioniert die Heizung, der Herd? Stört
dich mein Hiersein?, hatte er sie gefragt und auf den Mundwinkel geküsst. Sein Gepäck stellte er in der Diele ab, als warte er als
unangemeldeter Gast darauf, dass sie ihm einen Platz zuwies.

Ein Zimmer weiter stand das Bett. Es blieb unberührt.

Du denkst zu viel, hatte er irgendwann gesagt, mein Sofa wackelt davon.

Als sie an dem Morgen danach zur Arbeit ins Krankenhaus ging, hatte hier, in einem blassen, silbrigen Licht, wieder dieser Vorrat an Tag in der Luft gelegen, so wie dort drüben, in dem anderen Leben, das sie verlassen hatte, schon lange nicht mehr. Alles schien noch möglich zu sein. Der Himmel war klar und leuchtend und blau. Die Luft hatte wie eine aufgeschnittene Wassermelone geschmeckt. Es wird bereits kühl, sagten die Menschen auf der Straße, während sie zur U-Bahn liefen. Sie hatten es auf Englisch gesagt.

9:17. Der Digitalwecker neben Friedrichs Bett leuchtet Vera entgegen. In London ist es eine Stunde früher. Vera dreht sich auf die andere Seite. Mein Gott, ja, als ließe sich an dieser Zeitverschiebung irgendetwas erkennen.

Auf dem Dachfenster liegt das Licht eines frühen Herbstmorgens. Sie schaut an sich herunter. Weiße gestopfte Damastbettwäsche, darunter die Konturen einer Frau, die die Knie angezogen hat. Du hast Pech, hat Meret gestern Nacht gesagt, du musst hierbleiben. Deine Männer sind nach London, auf dem Weg zu dir. Friedrich ist mit. Du kannst in seinem Zimmer schlafen. Oder willst du lieber ins Bahnhofshotel?

Als sie noch Kinder und sehr befreundet waren, hat Vera nie bei den Wünsches schlafen dürfen.

9:25. Vera steht auf, wickelt sich in eine Wolldecke und geht hinunter in die erste Etage. Als sie die Tür zu Mutter Marthas Schlafzimmer öffnet, riecht es nach ungelüfteter Süßwarenhandlung im Hochsommer. Meret liegt ausgebreitet auf dem Doppelbett und prustet im Schlaf wie ein Nilpferd.

Kurz vor Mitternacht hat Vera gestern gegen die Schaufensterscheibe von Haus Wünsche geklopft, hinter der eine Frau mit dem Rücken zur Straße saß und nähte. WIR DEKORIEREN, stand auf dem Fenster daneben. Dahinter standen ein paar alberne Schafe herum, geschoren bis auf das nackte Styropor, und sahen mit glotzenden Glasaugen Vera dabei zu, wie sie versuchte, die nähende Frau im anderen Fenster auf sich aufmerksam zu machen. Die Frau trug einen marineblauen Hosenanzug mit akkuraten weißen Steppnähten, so ein Modell für sehr fortgeschrittene Schneiderinnen mit sehr ruhiger Hand. Merets Hand, hatte Vera gedacht, und klopfte wieder. Endlich schaute Meret von dem ebenfalls marineblauen Kleid unter ihrer Nadel hoch. Das Gesicht ein Schrei mit geschlossenem Mund.

Jetzt gibt Meret auf dem Doppelbett kleine, wohlige Schluchzer von sich. Wahrscheinlich hat sie später am Abend allein auf das Wiedersehen getrunken. Ihr Gesicht ist verändert, aber doch ihr altes Gesicht. Helga war früher. Wie hieß noch mal der Imbissstand? Kneidls Brutzelbude? Vera schaut unter das Doppelbett von Mutter Martha. Eine Kaffeetasse, innen braun wie eine ungeputzte Kloschüssel, ein angeschlagener flacher Teller aus der Serie Maria Weiß mit einem Rest Spiegelei und einem braunen Apfelschnitz darauf, mehrere Gläser, ein Öffner für Wein, einer für Bierflaschen, Deoroller, Handcreme und ein paar Ohrstöpsel, die einmal rosa waren.

Meret prustet noch einmal laut, richtet sich auf und starrt zu Vera in der Tür, ohne ein Zeichen des Erkennens. Ihr Blick ist glasig und unscharf.

Und jetzt hör endlich auf, mir türhoch zu erscheinen, du Scheiß-Madonna, sagt sie, bevor ihr Oberkörper zurückplumpst auf die Matratze.

Wieso bist du eigentlich zurückgekommen, he? Doch nur, um mich zu ärgern, hat Meret gestern Abend gesagt, als sie das Bett in Friedrichs altem Zimmer für Vera frisch bezogen haben. Gern hätte Vera da Merets Hand gedrückt. Wäre Meret nicht gewesen, sie hätte nicht gewusst, wie nah zwei Menschen einander sein können. Näher, als es möglich oder erlaubt ist. Sie sind gemeinsam ins Ballett gegangen, und Mädchen, die ins Ballett gehen, sehen eh aus, als seien sie aus der gleichen Familie. Sie haben zusammen die erste Zigarette geraucht und am gleichen Tag zum ersten Mal eine fremde Zunge im Mund gehabt, vom gleichen Jungen. Sie haben sich bei Einbruch der Dunkelheit auf den gleichen Spielplätzen herumgetrieben und einen Sommer lang in der Bauruine beim Fußballplatz wie ein Paar gelebt. Ganze Tage verbrachten sie in den leeren Räumen wie in Träumen. Gleich hinter der Bauruine war die Stadt zu Ende. Eine letzte Siedlung noch, dann kam die Autobahn. Hand in Hand haben sie die Samstagnachmittage, in die schon die Langeweile des Sonntags hineinschwappte, beim Autobahnkreuz verbracht. Sie stellten sich auf die Brücke über der A1. Selbstmörderbrücke, sagte Meret. Am Rand der Autobahn standen die giftigen Wunderkerzen. Sie winkten den Autos, die unter ihren Röcken hindurchfuhren, und zählten kreischend die, die zurückwinkten. Himmel und Erde federten über und unter ihnen hinweg, wenn sie danach zurück in die Stadt gingen. Ja, an ihren guten Tagen waren sie zwei Spatzen oben auf einer Telefonleitung gewesen, durch die angenehme Gespräche liefen.

Vera hat Meret gestern Abend das Kopfkissen weggenommen, das schief geknöpft war, und endlich doch ihre Hand gehalten. Für einen Moment, aber heftig und dramatisch. So wie früher.

Schon gut, hat Meret gesagt. Vera hat die Hand losgelassen, und sie waren wieder getrennt.

Vorbei an den Cocktailsesseln in der Diele und vorbei am Speiseaufzug geht Vera in die Küche, die früher das Reich von Stilti

Knalles war. Sie wickelt die Wolldecke höher, bevor sie eines der beiden Fenster öffnet. Da liegt der Park. Wo der Hauptweg den Knick macht, steht die Nackte aus Bronze am Teich und trägt einen gelben BH. Um sie herum auf dem Wiesenrondell drängeln sich Holzstühle und Bierbänke. Vera lässt das Fenster offen und setzt sich an den Küchentisch. Was Kennedy jetzt wohl macht? Sie hat ihn nie Sean genannt. Nur Kennedy heißt er für sie, wie der Präsident. Komisch eigentlich, dass ihn noch keiner erschossen hat.

Darüber rede ich nicht mit dir, hat er gesagt, du wohnst hier, also gehörst du zur Familie. Mit der Familie spricht man über so etwas nicht.

Was ist so was?

Krieg, sagte er.

Dass er dort unten Kraftfahrer gewesen ist, dann Späher, dass er schlimme oder ganz schlimme Sachen gesehen hat, dass er bei den Angriffen Staub und Dreck aus den Stellungen fliegen sah und dazwischen auch Körperteile und dass er in solchen Situationen daran gedacht hat, beim Heimkommen entweder ein Architekturstudium anzufangen oder einfach den Rest des Lebens im Garten seiner Oma in Aberdeen unter den alten Apfelbäumen sitzen zu bleiben, hatte Vera vom Kioskbetreiber unten an der Ecke der Bancroft Road erfahren, wo Kennedy manchmal nachts noch Zigaretten holen ging. Den Mann kannte er schon ewig. Bei dem Mann konnte er beichten. Bei ihr hat er nur einmal geschrien, im Schlaf. Sie sucht ihr Knie unter der Wolldecke, umfasst es und drückt zu. Zärtlichkeit oder Wegfahrsperre? 9:31 sagt die Uhr neben der Sammlung selbstgemachter Marmeladen mit handgeschriebenen Aufklebern auf dem Hängeschrank. Meret tappt im Morgenmantel durch die Küche, um die Kühlschranktür aufzureißen. Ihre schmalen, nackten Füße sind grau getönt.

Ekelhaft, sagt sie, als sie in die Wurstdose schaut. Wer hat die denn gekauft? Ich mag keine Fleischwurst, und schau dir die hier mal an.

Was ist damit? Vera ist aufgestanden und geht zum geöffneten Fenster.

Ich bin einfach dagegen, dass die Wurst ein Gesicht hat, sagt Meret.

Ich frühstücke eh nicht.

Dachte ich mir, du willst nicht dicker werden. Wie heißt er denn?

Und du so?, fragt Vera. Wieso bist du nicht mehr in Kiel?

Meret holt sich, ohne hinschauen zu müssen, einen Piccolo aus dem Seitenfach des Kühlschranks und starrt dabei Vera an mit dem dummen, boshaften oder gleichgültigen Ausdruck eines Wesens namens Helga, das grundsätzlich nichts von dem begreifen will, was es sieht oder was man ihm gerade sagt.

Was bist du für eine Scheißfreundin, sagt sie, wieso bist du nur zurückgekommen.

3.

Kabul, hat Kennedy gerade gesagt, und Jo schaut auf die den Wecker, der auf dem Kühlschrank steht. Ob er sich hier irgendwo zum Schlafen hinlegen kann? Ob er Kennedy so etwas fragen kann? Er muss Mitte dreißig sein. Mutter ist sechsundvierzig. Was findet sie an ihm, oder besser, was findet er an ihr?

Jo setzt sich mit Schwung auf den Küchenschrank und lässt die Beine baumeln. Karatsch schaut ihn erstaunt an. Kennedy nicht.

In den Zeiten, in denen ich nicht dort unten, sondern in London bin, unterrichte ich als Vertretung im Sportcenter, sagt er. Boxfit. Danach geht er ins Yoga. Er zeigt auf eine eingerollte dünne Matte, die als Puffer zwischen zwei Weinflaschen über das Küchenregal hinaushängt. Meistens weiß ich aber auf dem Ding da nicht, wohin mit meinen Muskeln, wenn ich diese Fische, Krähen und hinabschauenden Hunde machen soll.

Das ist ja schön, dass Sie so viel Sport machen, sagt Karatsch. Gehässig, findet Jo. Friedrich Wünsche lacht. Wahrscheinlich ist er nur übermüdet. Wieder lächelt Kennedy. Ziemlich gewinnend, findet Jo. Das Licht in seiner Küche ist jetzt so hell wie auf einem überbelichteten Foto. So hell, dass man darin verschwinden könnte.

Plötzlich fühlt Jo sich weit weg von allem, selbst von den Umrissen dieser Küche hier.

Toilette?, fragt er.

Jo setzt sich auf den geschlossenen Klodeckel, dreht den Wasserhahn auf und berührt mit den Fußspitzen eine Bodenfliese nach der anderen. Was wirst du machen, wenn du alle gezählt hast, sagt er zu sich. Bald ist Mittag.

Die anderen hört er aus der Küche bis zu sich herüber reden. Das Wort Krieg fällt wieder. Dann ist es still. Stühle rücken, eine Kühlschranktür schlägt, und als er zurückkommt, trinken Karatsch und Friedrich Wünsche Milch.

In absehbarer Zeit wird er sich bei der Metropolitan Police bewerben und wie jeder andere dort erst mal Streife fahren müssen, falls ihm nicht noch ein Spezialwissen einfällt, erzählt Kennedy.

Interessant, sagt Karatsch, und ich will ja nicht unhöflich sein. Er setzt sein schiefes Lächeln auf. Aber was ist jetzt eigentlich mit meiner Frau? Es wird ja einen Grund haben, dass sie Sie geschlagen hat.

Ja. Kennedy sieht amüsiert aus oder so, als erinnere er sich daran besonders gern.

Knapp nur habe er seine Tasse noch abstellen können, sagt er, bevor ihn der erste Schlag traf. Dabei hatte er nichts anderes getan, als mit dem Ausweis in der Hand herumzuwedeln, der in ihrer Abwesenheit zufällig herumgelegen hatte. Die da auf dem Foto ist ja bildhübsch und bestimmt überhaupt nicht spröde, hatte er zu Vera gesagt. Warum erzählst du mir nichts davon, wenn wir so aufregenden Besuch haben? Sie hatte ihm den Ausweis aus der Hand gerissen und zugeschlagen. Im Sitzen spielt er ihre Attacke vor. Rechts, links, Jack, box, Jack, box. Man ist selten früher nicht hübscher gewesen, hatte sie dabei geschrien und gleich noch einmal ausgeholt. Ich schwör's, sagt Kennedy, die beiden da sind meine Zeugen. Er zeigt auf eine bedruckte Tasse im Abwasch. Prinz Charles und Lady Di. Sie lächeln als Hochzeitspaar aneinander vorbei.

Was haben Sie dann gemacht?, fragt Friedrich Wünsche.

Ich habe einfach ihre Hände festgehalten und Stopp gerufen, Stopp, stopp!

Was war denn das für ein Ausweis?

Ihr eigener, aber Salomé war auf dem Foto viel jünger.

Und? Wünsche schluckt. Und sie?

Bei dem Sie denkt er so laut, dass Jo den Namen Vera hört.

Hat geweint, sagt Kennedy, weil sie so erleichtert war. Endlich hatte mal jemand in ihrem Leben Stopp gerufen.

Versteh ich nicht, sagt Karatsch.

Ich auch nicht, sagt Kennedy.

Aber ich, sagt Friedrich Wünsche.

Er steht auf und öffnet das Küchenfenster.

Jo stellt sich neben ihn. Bisher war Friedrich Wünsche ihm fast egal. Jetzt mag er ihn plötzlich.

Den Ausweis hat sie dann gleich am Tag drauf verloren, sagt Kennedy, und es hat eine Woche gedauert, bis sie einen neuen hatte. Mit dem ist sie dann weg.

Kennedy stellt sich ebenfalls ans Fenster und hebt die Hand, um einen rothaarigen Fensterputzer im Haus gegenüber zu grüßen, der die Verglasung der Außenflure reinigt.

Der Neue von meiner Ex, sagt er, der putzt bei der Stadt.

Aus einer Nachbarstraße der Bancroft Road kommt die mechanische Melodie eines Glockenspiels, die ein Rudel dunkeläugiger Kinder aus Häusern, Höfen und Aufgängen lockt. Eins trägt Schlafanzug, ein anderes Pampers ohne was drüber. Der Eiswagen kommt, und zwei Minuten später überquert auch Jo die Straße und stellt sich mit den Kindern an. Die Karosserie eines ehemaligen Wohnmobils ist beklebt mit Donald Ducks und halbnackten Frauen, alle eingefroren in dem Moment, in dem sie ein Eis essen, das zu groß für sie ist. *Nice and Creamy, old and Dreamy* steht über dem Verkaufsfenster. Das C für Cold ist abgefallen. Zu Hause bei Karatsch auf halbem Hang gibt es keine solchen Wagen, gibt es keine schmuddeligen Verführer, sondern nur geräumige Tiefkühltruhen mit selbstgemachtem Schokoladen- und Pistazieneis nach Schweizer Rezeptur. Warum sagt niemand zu Kennedy, dass die Salomé, die in London ihr Eis am Wagen holt, daheim in Karatschs Keller eine solche Tiefkühltruhe hat und eigentlich Vera heißt? Mit einer Eistüte Angelina Jolie XXL geht Jo zurück zu Kennedys Haus. Der dickliche Pakistani mit dem Fischfutter ist aus seinem Garten verschwunden. Dafür steht jetzt ein kaputter Biedermeierstuhl beim vergitterten Teich. Über der Lehne hängt ein Spültuch.

Trocknen Spültücher mit Löchern schneller als Spültücher ohne Löcher?

Und was ist mit der anderen Frage?

Jo stößt die Tür zu Kennedys Haus mit dem Fuß auf.

Es fühlt sich richtig an, dass sie es ihm nicht sagen.

4.

So, sagt Meret, gleich ist es zehn. Was machen wir jetzt?

Reden, sagt Vera, er heißt Kennedy.

Wegen dem bist du zurückgekommen?

Auch. Obwohl ich eigentlich wegen ihm hätte länger bleiben wollen.

Meret stellt ihr eine Tasse mit Kaffee hin.

Sieht er gut aus?

Er ist Soldat. Jetzt hat er gerade Urlaub. In vier Wochen ist er wieder da unten.

Wo ist denn *da unten*?

Immer woanders.

Und dieses Mal?

Priština.

Priština?

Wahrscheinlich spricht Meret das Wort zum ersten Mal in ihrem Leben laut aus.

Vera zieht die Beine an und merkt, wie ihr Bauch unter der Wolldecke gegen die Schenkel atmet.

Das Camp in Priština heißt Film City.

Soll das ein Witz sein?

Nein. Das Hauptgebäude des Camps war früher ein Filmstudio, in dem auch die Winnetou-Produktionen geschnitten wurden.

Wie geil ist denn das? Meret klatscht in die Hände, und Vera findet, sie ist zu alt für das Wort geil.

Hat er eigentlich wegen dir Urlaub genommen?

Sag mal, wo lebst du eigentlich, Meret?

Wieso?

Der Mann ist im Krieg. Vera setzt die Füße wieder auf den Boden.

Außerdem wird er gerade Vater.

Jetzt sitzt Meret wie ein Stock da. Dann greift sie über den Küchentisch und versucht, Vera aus der Wolldecke zu wickeln.

Vera lacht: Keine Angst, nicht mit mir.

5.

Eigentlich könnten wir doch gleich wieder fahren, sagt Jo, als sie beim Bankomaten auf der White Chapel Road in der Schlange stehen. Karatsch schaut auf seine Uhr.

Wir bleiben noch bis morgen früh. Ich habe die Rückfahrt mit der Fähre für Sonntag zehn Uhr gebucht und bezahlt. Dabei bleibt es.

Endlich ist er an der Reihe. Mit viel Druck tippt er die Geheimzahl ein.

Wir könnten wenigstens anrufen, ob sie schon zu Hause ist, sagt Jo.

Zu Hause kommt sie nicht rein, sagt Karatsch. Sie hat keinen Schlüssel mehr. Wo sollen wir sie also anrufen? Wieder tippt er. So ein Scheiß mit Reis, sagt er, warum das plötzlich nicht mehr die richtige Geheimzahl ist, weiß ich auch nicht.

London, sagt Friedrich Wünsche. Er breitet mit den Händen in den Taschen die Arme aus und scheint plötzlich auf und davon fliegen zu wollen.

London, mein Gott, sogar das Atmen ist hier eine wunderbare Sache! Er holt tief Luft.

Smog, sagt Karatsch.

Eine junge verschleierte Frau läuft in offenen Sandalen vorbei. Mein Gott, dass man auf so kleinen Füßen überhaupt vorwärtskommt, denkt Jo. Gleich neben dem Bankomaten ist die Post. Ob Mutter dort mit ihrem unerschrockenen Fersengang an einen Schalter getreten ist, um den Brief mit dem Pass nach Deutschland wiegen zu lassen? Ob sie ihn hat, versichern lassen

und deswegen ihre Anschrift erst im letzten Moment und un-
überlegt eingefügt hat? Ob sie den Pass zurückgegeben hat, wie
man eine Rolle aus Altersgründen zurückgibt? Oder ob sie sich
gewünscht hat, mit dem Brief eine Spur zu legen, oder wenigstens eine Flaschenpost einzuwerfen: Bancroft Road 101, c/o Kennedy. Bitte finde mich doch einer.

Friedrich Wünsche zieht eine Geldkarte aus seiner Briefta-
sche.

Royal Bank of Scotland, hab ich zufällig noch, von früher.

Früher, wann war das?, fragt Jo.

Als hier noch mehr Smog war, sagt Karatsch. Seine Laune
wird deutlich schlechter.

Friedrich Wünsche lacht. Das war, als ich noch so ein Getrie-
bener im gehobenen Management war und selbst Joggen nicht
mehr half.

Karatsch ist bereits beim Ampelübergang und will ihn bei
Rot überqueren. Er schaut in die falsche Richtung dabei. Jo reißt
ihn zurück.

Stimmt, Sohn, die fahren hier ja alle auf der falschen Seite.
Bin ich froh, wenn ich wieder zu Hause bin, sagt er, und putzt
sich verlegen die Nase.

Im Touristenbus Nummer 11, der sich im Schneckentempo durch
den Stau auf der Fleet Street schiebt, schweigen sie alle drei aneinander vorbei, bis der Bus ganz stehen bleibt. Sie steigen um.
Als sie sich mit einem anderen Bus Chelsea nähern, sind alle,
die in London ernsthaft Eile haben, längst ausgestiegen. Allein
sitzen sie auf dem Oberdeck, und Karatsch fängt an, Witze zu
erzählen.

Wie viele Inder passen in einen Bus?

Alle, sagt Wünsche, den kannte ich schon.

Karatsch lacht trotzdem. Kurz darauf schläft er ein. Jo macht ein Foto, wie er auf dem Oberdeck eines Londoner Busses am Ende einer langen Reihe von türkisen Haltestangen den Kopf gegen die Scheibe gelehnt und den Mund etwas spitz geöffnet hat, als stolpere er durch eine zärtliche Kinderlandschaft mit einem freundlich Comicmond darüber, der seinem Traum weder nah noch fern, aber am Himmel steht. Wünsche, sagt er zu Friedrich Wünsche, als er ihm das Foto auf dem Display zeigt, und Karatsch zwischen ihnen beiden leise schnarcht, Wünsche ist ein seltsamer Name, oder? Unten auf der Straße laufen vier Mädchen in kurzen Schottenröcken vorbei, lachen und haben es gut miteinander. Seltsamer wäre es, wenn ich Sehnsucht heißen würde, sagt Wünsche, ich finde meinen Namen gar nicht so schlecht. Wünsche kann man im Kopf formulieren, meistens auch konkret. Würde ich Sehnsucht heißen, wer weiß, ich wäre ganz anderen Gefühlszuständen ausgeliefert.

Oder stellen Sie sich vor, Sie würden Kummer heißen, sagt Jo.

Da kenne ich zwei, die so heißen.

Und?

Die sind glücklich verheiratet, im Gegensatz zu anderen Leuten, sagt Friedrich Wünsche und schaut den Mädchen mit den Schottenröcken hinterher.

Du kannst ruhig du zu mir sagen, Jo.

Waren Sie eigentlich mal in Mutter verliebt?

Ich, sagt er, und in dem Moment bremst der Bus scharf. Karatsch wacht auf.

Später steigen sie am Sloane Square aus und gehen auf einen Kaffee ins Kaufhaus Peter Jones. Chelsea im Panoramablick bis rüber zu den Hyde Park Barracks, verspricht Friedrich Wünsche. Auf der Rolltreppe dreht sich kurz eine alte, sehr gut angezogene Frau zu ihnen um. Der Riemen ihrer Umhängetasche betont ungeschickt ihre linke Brust unter der rosa Kostümjacke. Leise bewegt sie die Lippen, als würde sie singen oder beten, bevor sie im dritten Stock mit dem steifen Gang einer beleidigten Katze in der Parfümerie verschwindet.

6.

Was kochen wir heute Abend? Und vor allem morgen, wenn alle wie versprochen wieder zu Hause sind? Nudelauflauf? Fisch? Von der Kirche mit den zwei Türmen läutet es Mittag. Meret hat sich soeben erst angezogen. Sie kramt zwischen Rechnungen, Kulis, Kerzen und Teebeuteln einen Lippenstift aus der Obstschale, die auf dem Küchentisch steht, um blind die Kontur ihres Mundes nachzuziehen. Das hilft jetzt auch nichts mehr, denkt Vera. Doch was gibt ihr eigentlich das Recht, die Freundin mit der strahlenden Grausamkeit einer Jugend zu mustern, die sie selber nicht mehr hat? Oder deren allerallerletzten Akt sie sich inszeniert hat, indem sie in London untertauchte? Ob man ihr ansieht, dass sie all die letzten Wochen eine graue Trainingshose und ein weißes Männerunterhemd getragen hat, ärmellos und an zwei oder drei Stellen geflickt? Dass sie irgendwie schlampiger, müder und befreiter zugleich geworden ist, als müsste sie sich hinter keiner Pose, hinter keinem hochgezogenen, ewig jungen Gesichtchen mehr verstecken? Meret neigt sich weiter vor, wie um in Veras Pupillen nach ihrem eigenen Spiegelbild zu suchen oder dem Bild, das sie sich ab jetzt von der Freundin machen soll. Beide sind sie auf dem Weg, auf dem man aus der Blicklinie der Männer verschwindet. Bald wird es still werden, während das Leben immer schneller läuft, und kaum jemand wird noch danach fragen, ob Meret oder auch sie noch für die Schnelligkeit oder nur noch für die Stille gemacht sind. Warum eigentlich nimmt sie jetzt Meret nicht einfach beim

Arm und sagt, man muss nur noch ein wenig geduldig sein, bis einen das wirkliche Alter von dieser ganzen Schinderei hier erlöst? Ist sie von der Begegnung enttäuscht? Hat sie gehofft, dass Meret hartnäckiger fragt, wer ist eigentlich der Mann, der es geschafft hat, eine so schöne Trägheit bei dir zu enthüllen, he?

Doch Meret und sie haben auch früher nie über Männer gesprochen. Warum eigentlich nicht?

Außerdem, Meret ist schon immer nur mit sich beschäftigt gewesen, und sie, Vera, hat an dieser Beschäftigung teilnehmen dürfen.

Als sie wenige Minuten später vor Haus Wünsche stehen, schaut sie zu dem Fenster im ersten Stock hinauf, hinter dem einmal Merets Kinderzimmer war. Dort hatten sie gespielt, wenn es kalt war oder regnete. Ein breites Fenster, genau über dem Ü von WÜNSCHE.

Wohin gehen wir jetzt?, fragt sie.

In die Stadt.

Aber da sind wir doch schon.

Schlaumeise, sagt Meret und zieht los, vorbei am Reformhaus, das heute Sanddornsirup billiger verkauft, vorbei beim Juwelier, von allen Knippstein Karl genannt. Hallo, Vera, ruft er hinter ihr her, wieder zurück? Gruß an Karatsch!

Vielleicht gibt es auch hier am Stadtrand vier alte Türken in einer Autowerkstatt wie am oberen Ende der Cambridge Heath, die sieben Tage die Woche auf einer türkisen Kunstledergarnitur sitzen und aus bunten Gläsern Tee trinken. Vielleicht gibt es auch hier einen fremden Alltag, von dem Vera bisher nur nichts wusste. Sie überqueren die Ampel bei der Brauerei. Vera läuft hinter Meret her. So war es immer schon. Es riecht nach Hopfen, denn gebraut wird auch samstags. Auch das war immer schon so. Aber etwas ist neu. Meret zieht einen anthrazitfarbenen Einkaufstrolley hinter sich her. Kein Rentnerkoffer, sagt sie, als hätte sie Veras Blick in ihrem Rücken gespürt. Sie dreht sich um. Das ist ein Markenprodukt, Süße, was es aber bei Ikea jetzt bereits viel billiger gibt.

Im Obstladen Spanischer Garten kauft Meret Pilze und Zwiebeln bei der jungen Frau des türkischen Inhabers. Also doch Nudelauflauf, sagt sie beim Aussuchen, als hätte jemand anderes für sie entschieden. Die Verkäuferin trägt Kopftuch. Haar und Stoff sind als dicker Knoten im Nacken gebunden, so dass sie nicht muslimisch, sondern wie eine junge Frau aus den Fünfzigern aussieht. Der Inhaber vom Eiscafé Venezia ruckt mit dem Zwillingskinderwagen seiner Enkel über das Kopfsteinpflaster. Na, wieder da?, ruft er. Wie geht es Karatsch? Gut, antwortet Meret anstelle von Vera. Mit der Ruhe von Menschen, die beim Friedhof auf der Bank sitzen, rauchen, dem Wind in der Rotbuche über sich lauschen und die Vögel auf der Mauer gegenüber zählen, redet sie mit ihm über irgendwelche Dinge, die schon lange vorbei sind.

Alle leben so. Die Stadt, in der man groß geworden ist, bleibt die Stadt, an der alle weiteren gemessen werden. Ist Heimat eigentlich dort, wo man herkommt, oder dort, wo man hinwill?

Zu Fuß ist Vera gestern Nacht vom Bahnhof in die Stadt hinaufgegangen. Das Eiscafé Venezia hatte längst geschlossen, aber auf der ersten Etage, in Karatschs Agentur, hat sie in einem einzelnen erleuchteten Fenster die Silhouette eines jüngeren Mannes gesehen. Sieht wie ein Boxer aus, hat sie gedacht, was macht so einer bei Karatsch im Büro? An dem Klingelschild im Eingang ist sie vorbeigegangen, die Bahnhofstraße hinauf. Der griechische Schneider hat wie immer unter Neonlicht an seiner alten Nähmaschine gesessen, obwohl es bereits spät war. Als sie bei der Post abbog, hat sich gerade die Beleuchtung über dem Philateliegeschäft Reimann ausgeschaltet, und zwei Querstraßen weiter beim Marktplatz ist im Schaufenster von Foto Kirsch das Abschlussfoto von Jos Abiturjahrgang ausgestellt gewesen. Ja, von Schaufenster zu Schaufenster war sie weitergelaufen. Alle vollzählig, alle noch da, seitdem sie an Silvester den Weg in umgekehrter Richtung gegangen ist. Da schon wäre sie am liebsten wieder umgekehrt und zurück nach London gerannt, wo nicht das Eiscafé Venezia in ihrem Rücken und Pizza Schmitza an der nächsten Ecke vor ihr liegen, sondern ein Hinterhof auf sie wartet, in dem sehr junge Jungen an teuren Autos herumpolieren und wo gleich gegenüber der Markt ist, der nur einmal die Woche unter einem groß dreinschauenden Sonntagshimmel nicht stattfindet. Auf dem Markt hat sie fast alles gekauft, was sie zum Leben brauchte, auch die Perlenkette zu zwei Pfund für ihren großen Auftritt vor Kennedys Kamera. Mein Gott, wie sie den festen, besorgten Druck seiner Hände vermisst und deren sanfte Gewalt. Trotzdem wird sie wieder hier und einfach weiterleben, als sei nichts geschehen. Was soll's. Täglich kann man dabei erwischt werden, dass man nichts Besonderes tut.

Stopp mal, ruft Meret quer über die Straße hinter einem Mann her, der von hinten sehr jung aussieht. Als er sich umdreht, ist er auch von vorn nicht viel älter.

Du kriegst von mir noch deine Jacke, Mann ohne grüne Jacke, sagt Meret.

Hannes, sagt Vera.

7.

Den ganzen Tag über sind Karatsch, Friedrich Wünsche und er durch London gestreunt. Als sie am Abend in die Bancroft Road zurückkommen, bietet Kennedy an, dass sie bei ihm schlafen. Die Nacht wird kurz sein. Morgen, am Sonntag, müssen sie früh los, um die Fähre zurück von Dover nach Calais zu erreichen.

Friedrich Wünsche bekommt das winzige Kinderzimmer mit den vergilbten Pferdepostern. Da hat sie geschlafen, sagt Kennedy, meine große Tochter. Er zeigt auf ein Klappbett mit rosa Vorhängen. Nehmen wir das Doppelbett im Schlafzimmer, Sohn?, fragt Karatsch, und Kennedy kündigt an, er könne seinen Schlafsack zwischen Küche und Wohnraum ausrollen.

Wenn ihr in der Nacht ein Kratzen hört, sagt er, dann ist das kein Einbrecher.

Sondern meine Frau, sagt Karatsch.

Keiner lacht.

Kennedy hebt die Hand zur Zimmerecke. Am Mittelfinger trägt er etwas Breites, Silbernes, drei Viertel Schmuck, ein Viertel Schlagring. Jo folgt der Richtung, in die die Hand zeigt. Wieder fällt ihm das Stück Tapete auf, das in einer Ecke mit Stecknadeln befestigt ist.

Das Kratzen ist der Geist eines Taxifahrers, der vor mir hier gelebt hat, sagt Kennedy.

Taxifahrer war ich in meiner Jugend auch mal, sagt Karatsch.

Der vor dir hier war, hat sich erhängt, sagt Kennedy, aber lächelt Jo an.

Ob er noch einen zweiten Schlafsack hat?

Als sie auf die Straße treten, ist der Nachthimmel von einem hellen, lichten Gelbgrau, wie immer in großen Städten. Jo geht neben Kennedy, der kein Bier im Haus hatte. Er hat vorgeschlagen, in der Approach Tavern etwas trinken zu gehen, gute zehn Minuten von seiner Wohnung entfernt. Salomés Lieblingskneipe, hat er gesagt. Alle drei sind wieder bei dem Namen zusammengezuckt, und wieder hat keiner gesagt, dass die Frau, die er meint, Vera heißt.

Oder Mutter.

Ein Wohnblock, verkleidet mit weiß lasierten, rissigen, fleckigen Ziegeln und durchbrochen von zahllosen Aufgängen, zieht sich bis zur nächsten großen Kreuzung. Nur in einem Fenster im vierten Stock brennt ein kaltes Licht, das die Stille der Straße verstärkt. Im Fensterrahmen sieht Jo die Silhouette eines Mannes, der ziemlich jung sein muss. Hinter der Kreuzung führt die Straße an einem Stück Rasen mit kaputten Sitzbänken vorbei, einem Ort, der einmal öffentliche Gartenanlage sein sollte. Eine Straßenlaterne in der Mitte streut schmutziges Licht wie Dunkelheit über den Fleck festgetretener Erde. Ein Schwarzer erhebt sich langsam von einer Bank und kommt auf sie zu. Ein flatteriger Schatten, hoch wie eine Tür, die ohne Haus herumläuft. An den Füßen trägt er Pantoffeln und auf dem linken Ohr einen Verband. Er geht auf Kennedy zu, so als sei auf dieser Erde grundsätzlich zu wenig Platz für sie beide. Don't, don't grab me, blood, sagt er mit einer Stimme, die zu den schmalen Fluchten von gleichförmigen toten Fenstern und Türen des Wohnblocks hinter ihnen passt. Er fährt die Faust aus. Kennedy antwortet mit einem Ausweichen, das einem verzögerten Angriff ähnelt. Kurz hält er sich dabei mit beiden Händen am Saum seiner Jacke fest. Wie lässig er angezogen ist. Dieser Kennedy weiß einfach, was man in einer Welt wie dieser hier trägt. Sicher trainiert er auch eine Mannschaft von kleinen schwarzen Jungen im Fußball, hat Jo gedacht, und stellte sich vor, wie Kennedy breitbeinig auf einem der vielen kleinen Trainingsfelder steht, die am Abend unter dem Flutlicht wie Aquarien aussehen. Im Eifer des Gefechts klingt Kennedys Stimme plötzlich wie die eines Schwarzen: Hey, wenn du ein Held sein willst, musst du dich benehmen können! Der Satz stammt von Jamie, aber passt auch zu Kennedy.

Der Schwarze ist weitergegangen, und Kennedy läuft weiter neben ihm her, als sei nichts geschehen.

Hia, hia, ruft Karatsch, hia, hia.

Darf ich was fragen?, fragt Jo.

Ja.

Hat es dir nichts ausgemacht, in Kabul auf Leute zu schießen?

Nein. Ich habe ja auch nicht immer getroffen.

Und dann?

Dann habe ich doch keine Analyse angefangen, sagt Kennedy.

Hia, hia, ruft Karatsch in ihrem Rücken wieder, hia, hia, ist euch klar, was das heißt? Das ist der Ruf, mit dem man Elefanten antreibt, Leute.

Wissen auch nicht viele, sagt Kennedy und grinst Jo an.

Darf ich noch was fragen?, fragt Jo.

Mach, sagt Kennedy, aber geht bereits schneller.

Ist Mutter weg, weil du Vater geworden bist?

8.

Karatschs dunkler Kamin gähnt sie an. Vera gähnt zurück.

Kurz nur ist sie vorhin oben im gemeinsamen Schlafzimmer gewesen. Nicht einmal die Tasche hat sie dort abgestellt. Es hat nach dem Schlaf und Schweiß vergangener Nächte gerochen, nach all dem Schlaf und Schweiß all der vergangenen Jahre. Ich leg mich im Wohnzimmer hin, hat sie zu Hannes gesagt.

Und ich muss mal wieder da runter, hat er geantwortet und auf die Treppe zum Souterrain gezeigt. Sie hat sich über Eck auf die Sitzgarnitur gegenüber dem Kamin gelegt. Direkt über den Delfter Kacheln wird Silvester wieder der alte Film laufen. Same procedure as every year, wird Karatsch in seinem hölzernen Englisch sagen, mit dem er sich jetzt durch London schlägt. Die alten Freunde werden kommen, alle um ein Jahr älter geworden. Wie war es denn in London, ist es da nicht sehr teuer?, werden sie sagen, und Veras Antwort nicht wirklich abwarten. Die Mettbrötchen werden wie in jedem Jahr interessanter sein.

Nur Lilo Schrei wird ihr zuhören.

Unser Kummerkasten, hat Karatsch sie genannt.

Und Friedrich?

Der war ja mal verliebt in dich, wie ein Hamster, hat Karatsch am vorletzten Silvester gesagt. Schau dir doch nur den alten Film an, wie ihr da die Böschung herunterrollt.

Vera gähnt, manchmal hatte sogar Karatsch recht. Diese Szene ist die einzige, die sie sich in all den Jahren immer wieder voller Spannung angeschaut hat, als hätte sie sie noch nie gesehen. Sie liegt auf Friedrich. Er schaut zu ihr hoch. Weißt du jetzt auch, wie das ist, zwischen einem Mann und einer Frau, hat sein Blick damals gefragt, obwohl sie Kinder waren. Noch unter ihr liegend, ist er tiefer und tiefer gefallen und zugleich näher und näher gekommen. So intim wie mit diesem Jungen ist sie später mit keinem Mann mehr gewesen.

Vera schlägt die grüne Wolldecke zurück, mit der sie im Herbst manchmal noch als Einzige auf der Terrasse sitzt, wenn es bereits kühl wird. Hannes muss die Decke über sie gelegt haben, als sie früh am Abend auf Karatschs Sitzgarnitur eingeschlafen ist. Ja, das ist Hannes, hat Meret am Mittag auf der Straße gesagt. Er arbeitet in eurer Jazzagentur und schneidet unten bei euch im Keller sein Filmmaterial. Deswegen hast du doch den Schlüssel zu Karatschs Haus, oder?

Hannes?

Meret hat das s von Hannes mit einem Zischen von sich gegeben. Was ist mit euch, was habt ihr denn, warum schaut ihr euch so an? Gegen Ende der Fragen hat sie immer langsamer gesprochen und mit traurigen Panda-Augen mal den einen, mal den anderen angeschaut. Ihre Wimperntusche war verwischt.

Vera steht von der Sitzgarnitur auf und läuft auf nackten Füßen zur Küche. Die alte Kaffeemaschine thront neben der Kochplatte. Karatsch muss sie ganz hinten aus dem Schrank wieder hervorgekramt haben. Da steht sie, eine Monstranz auf dem

Altar einer Kirche, in die Karatsch lange schon auch ohne Vera geht. In der Diele fällt ihr Blick in den Spiegel, dann auf Suses Plastikmadonna, neben der auch jener Schlüssel liegt, mit dem Hannes die Tür zu Karatschs Bungalow aufgesperrt hat. Es ist Veras alter Schlüssel mit dem dicken silbernen Herz als Anhänger, das Jo ihr zum Vierzigsten geschenkt hat.

Wie lange ist sie fort gewesen?

Lange.

9.

Dort hat sie gesessen, sagt Kennedy und zeigt in der Approach Tavern auf den runden Tisch in einer Nische, wo der Wedel einer Zimmerpalme seine Finger auf die Glatze eines Mannes legt, der allein trinkt. An dem Tag unserer Fotosession habe ich ihr zwei Aufnahmen von Schauspielerinnen gezeigt. Die eine mit Perlenkette, die andere in Trainingsjacke. Beide Jahrzehnte voneinander entfernt, aber beide mit Sonnenbrille, was sie einander wieder ähnlich gemacht hat. Beide aus dem Stoff, aus dem Ikonen sind, sagt Kennedy. Sie hat sich nicht für Audrey Hepburn in *Frühstück bei Tiffany*, sondern für Julia Roberts in *Notting Hill* entschieden. Deren Klamotten haben ihr besser gefallen, vor allem die Trainingsjacke, und als sie dort drüben zur Tür hereinkam, hat sie sich nicht zu mir, sondern an den Tisch mit der Palme dahinter gesetzt. Im Kostüm, sagt Kennedy. Was bitte?, fragt Jo. Sonnenbrille eben, sagt Kennedy, blaue Trainingsjacke und unechte Perlenkette, die sie für zwei Pfund auf dem Markt an der White Chapel Road gekauft hatte. Bei dem Wort Perlenkette schaut Karatsch an sich hinunter, als könne er sich plötzlich nicht mehr erinnern, ob er heute eine Krawatte trägt. Wie eine echte Celebrity hat sie ausgesehen, sagt Kennedy, wie eine, die das Licht stärker einfängt. Er wirft sich gegen die Rückenlehne seines Stuhls, bevor er weiterredet, unsicher offenbar, ob ihn überhaupt jemand an diesem Tisch versteht.

Kann ich mir gut vorstellen, sagt Friedrich Wünsche freundlich und trinkt an seinem Bier.

Wir haben so getan, als würden wir uns nicht kennen, aber als hätte ich sie gleich erkannt, sagt Kennedy. Ich habe angefangen, sie zu fotografieren. Am Nachbartisch saßen zwei Frauen. Sie schrieben Postkarten mit Motiven aus der Portrait Gallery. Schottinnen vermutlich, sagt Kennedy, denn sie waren nicht besonders hübsch. Die eine holte ihr Telefon heraus und zeigte der anderen etwas, worauf diese die Hand vor den Mund schlug. Aber da war die mit dem Telefon bereits aufgestanden. Ein Autogramm, bitte, sagte sie und legte eine der Postkarten mit der blanken Seite auf den Tisch. Meine Julia Roberts kritzelte zwei unleserliche Wörter. Ein Kellner kam mit der Speisekarte. Er wollte ebenfalls ein Autogramm. Wieder hat sie etwas gekritzelt, auf die freie Fläche zwischen Tagessuppe und Pies, irgendetwas, das tatsächlich mit J anfing und sich in großen Schlaufen aufs Papier warf, sagt Kennedy. Bevor jemand fragen konnte, welche Buchstaben dem J eigentlich folgten, stand sie auf und ging.

Superszene, oder? Kennedy schlägt Karatsch auf die Schulter. Du hast eine wunderbare Frau, und das Ganze ist wirklich eine Schande.

Was ist eine Schande?

Dass Salomé keine Schauspielerin geworden ist.

Niemand widerspricht.

Noch was trinken?, fragt Friedrich Wünsche stattdessen, die machen hier sicher gleich zu.

Jo schaut ihn an. Gut sieht Friedrich Wünsche aus. Ob er keine Frau hat? Ob er gern Mutter gehabt hätte, wenigstens vor langer Zeit einmal, als der alte Film noch neu war?

10.

Hannes sitzt vor dem Computer, als Vera herunter ins Souterrain kommt.

Wie ist es denn so, für Karatsch zu arbeiten?

Das hier ist nicht für Karatsch, das ist mein eigener Film. Ich schneide ihn gerade.

Ach so, sagt Vera, ich hab auch mal in einem Film mitgespielt.

Ich weiß, sagt Hannes.

Er soll nächste Woche in London laufen.

'Dein alter Film? Kann nicht sein.

Doch, sagt sie. In einer Reihe unter dem Motto *Neorealismus. Alte Filme: Schlaglichter auf heute?*

Im Kino?

Nein, in einer Kirche.

Hannes lacht. Kirche, das passt.

Vera setzt sich auf das Gästesofa und schiebt die Hände unter die Oberschenkel. Wenn sie ehrlich ist, hat Reverend Jonathan nicht den alten Film, sondern sie auf das Programm gesetzt, sein schwarzes Schaf, das ihm an Silvester zugelaufen ist. Jetzt hat das Schaf sich nicht einmal verabschiedet, weder von ihm noch von dem Mann am Tresen, der ihr bei jedem Wiedersehen eine Hand gegeben hat, die ihr dafür, dass sie bis zu den Fingern tätowiert war, erstaunlich weich vorkam. Der Heiland am Kreuz über dem Altar in St John on Bethnal Green mit seiner schmuddeligen Schleife vor dem Geschlecht wird ihr den raschen Abgang verzeihen müssen.

Du hast recht, Hannes, sagt sie, Kirche passt wirklich besser als Kino. Ich habe ja immer nur geglaubt, dass ich Schauspielerin bin oder eines Tages sein könnte. Gewesen bin ich eigentlich nur ein kleines, nettes, etwas räudiges Ding, auf das vor vielen Jahren einer ganz gut die Kamera gehalten hat. Richtig Schauspielerin zu sein aber hätte bedeutet, mich anstrengen zu müssen, eine ganz andere zu sein. Ich hätte schreien können müssen, ohne zu schreien, lächeln ohne zu lächeln oder weinen ohne zu weinen. Ich kann aber nur leben ohne zu leben. Das wenigstens habe ich längst bewiesen.

Wo?

Hier, in dem Haus. Sie zeigt mit dem Kinn nach oben.

In Gedanken fährt sie mit der Hand unter ein Kissen auf dem Gästesofa und hat Karatschs Schlafanzug in der Hand. Ja, Vera Conrad, denkt sie, du wärst so gern in Cannes auf dem roten Teppich fotografiert worden, stattdessen bist du gedankenlos über den Bettvorleger in Karatschs Schlafzimmer gestolpert und in sein Bett gefallen.

Hannes dreht sich auf dem Schreibtischstuhl zu ihr um.

Übrigens, sagt er, als wir vorhin auf euer Haus hier zugingen, habe ich zu spät bemerkt, das ist nicht so richtig die Situation, die ich mir wünsche.

Schon klar, sagt sie, wegen damals.

Er nickt. Sie auch. Mehr nicht. Sie stopft Karatschs Schlafanzug unter das Kissen zurück.

Kann ich eigentlich ein Stück von deinem Film sehen?

Klar.

Hannes haut erleichtert auf eine Taste, und das Gesicht von Meret erscheint auf dem Bildschirm.

11.

Auf dem Rückweg zur Bancroft Road kommt kein schwarzer Mann mehr auf sie zu. Aber jemand hat sein Zelt auf dem Stück Rasen zwischen den kaputten Sitzbänken aufgebaut. Unter dem Streulicht der einzigen Straßenlaterne, die sich besorgt über ihren traurigen Standort beugt, tritt der Reißverschluss des Eingangs wie eine exakte Narbe aus dem gespannten Stoff hervor.

Davor lehnen sich ein paar Wanderstiefel aneinander, der Größe nach die einer Frau.

Kennedy, Karatsch und Wünsche gehen weiter. Jo bleibt stehen und wünscht sich, mit einer Taschenlampe am Eingang dieses Iglus aus Polyester herumkratzen zu können, bis ein Mädchen öffnet, das in erster Linie schön ist und erst in zweiter obdachlos. Er geht näher an das Zelt heran und bückt sich, um einen der beiden Wanderschuhe hochzuheben. Eine Blüte darunter, helllila, und mehr Kraut als Blume, richtet sich wieder auf, als hätte sie auf Erste Hilfe gewartet. Den Namen der Blume hat Jo wie ein Gefühl auf der Zunge, während die Blüte ungewöhnlich lange weiße angriffslustige Giftkrokusgriffel ausstreckt, die etwas mädchenhaft Nacktes, etwas Obszönes haben.

Verpiss dich, sagt eine Frauenstimme gedämpft durch die Haut des Zelts.

Sorry.

Behutsam setzt Jo den Wanderschuh wieder ab. Vor Schreck ist ihm aber der Name der Pflanze wieder eingefallen. Herbstzeitlose. Plötzlich sieht die Frau in dem Zelt, die zu der Stimme gehört, für ihn wie die Frauen in Schießbuden auf der Kirmes aus. Dünn wie ihre Zigaretten und das Haar so straff zum Pferdeschwanz gebunden, dass es schütter aussieht, heißen sie in seiner Vorstellung alle Helga.

Er geht weiter. Diese Nacht wird kurz sein. Ihre Herzen werden klopfen, und draußen wird der Wind wehen. Sonntag müssen sie früh aufstehen, um die Fähre bei Dover zu bekommen.

Eine gute halbe Stunde später fängt Karatsch in Kennedys Schlafzimmer bereits an zu schnarchen. Friedrich Wünsche hat sich ins Klappbett eines kleinen Mädchens zurückgezogen, das jetzt auf einem Hausboot lebt. Kannst du dir eigentlich vorstellen, was für einen Ärger wir mit den Schuhgeschäften am Ort haben, seitdem wir die handgemachten Filzschlappen aus dem Thüringer Wald verkaufen?, hat er Karatsch vor dem Schlafengehen noch gefragt, während der sich mitten in Kennedys Wohnzimmer die Zähne putzte und auf sein Unterhemd und danach auf den Boden kleckerte dabei. Kennedy hat sich auf das Cordsofa gelegt und eine graue Armeedecke über sich ausgebreitet. Nur Jacke und Schuhe hat er zum Schlafen ausgezogen. Das Licht einer kleinen kürbisfarbenen Lampe auf dem Kaminsims lässt sein Gesicht warm aufscheinen. Falls sie ihn bei der Metropolitan Police nehmen, sagt er, wird er das Tattoo am Hals weglasern lassen. Er fährt sich mit der Hand über die Schlagader, schließt dabei die Augen und hält sie auch geschlossen.

Geh schlafen, Junge, sagt er.

In Jos Rücken stapelt sich schmutziges Geschirr in der Spüle. Der Topf, in dem Bolognesesoße klebt, weicht noch immer ein. Die Tasse mit dem Aufdruck von Lady Di und Prinz Charles steht umgedreht auf der Abtropfe. Mit einem Mal fällt es ihm leicht, sich Vera vorzustellen, hier in Kennedys Haus, in der Bancroft Road, in dieser Nachbarschaft von vierstöckigen Sozialbauwohnungen, wo gegenüber Kinder in verwaschenen Schlafanzügen unter einem gleichgültigen Vierundzwanzig-Stunden-Streulicht auf den Außenfluren spielen. Jo schließt die Augen. Er verjagt Karatsch aus dem Doppelbett und Wünsche gleich mit aus dem Kinderzimmer. Kennedy bekommt noch eine Chance. Soeben haben Mutter und er die Schlafzimmertür zwischen sich und ihrem einzigen Gast Jo geschlossen. Sie fangen an zu streiten, während er selber jetzt unter Kennedys grauer Armeedecke liegt und mithört. Was könnte Veras letzter Blick gemeint haben, bevor sie die Tür zuzog? Hol mich hier raus? Oder lass mich bloß hier? Oder: Ich bin eine treue Seele, aber leider nicht monogam? Die beiden hinter der Tür sind mit einem Mal ganz still. Nach wenigen Herzschlägen bekommt die Stille einen Rhythmus. Sie schlafen miteinander, was er auf dem Cordsofa als Tatsache nimmt. Nicht als Sensation. Ganz still sind sie miteinander, als dürften vor allem die Familienfotos auf dem Kaminsims nichts davon mitbekommen. Als müssten sie ihre Leben außerhalb dieser Wohnung sauber voneinander getrennt halten. Dann öffnet sich die Tür wieder, und Mutter oder die Silhouette ihrer möglichen Anwesenheit kommt aus dem Schlafzimmer und läuft an Sohn, Sofa und Armeedecke vorbei zur Küche. Er folgt. Ohne ihn anzuschauen sagt sie, in wenigen Monaten wird wieder Silvester sein. Sie zündet sich eine Zigarette an und bläst den Rauch in Ringen aus. Wenige Monate später werden milchweiß die Obstbäume blühen, sagt sie, hier und überall und auch hinter Karatschs Bungalow. Dann kommt der Sommer, dann Herbst, gefolgt vom milchweißen Wirbel des Winters. Und dann?, fragt sie. Sie dreht ihm das Gesicht zu. Kommt dann die Zukunft oder nur die nächste Jahreszeit? Sie kreuzt die Arme. Wenn man glücklich ist, sagt sie, weiß man oft nicht, dass man glücklich ist. Aber hinterher weiß man es. Doch wenn man traurig ist, weiß man immer genau, wie traurig man ist, oder, Sohn?

12.

Sehr früh am nächsten Morgen wacht Vera im Wohnzimmer auf Karatschs Sitzgarnitur auf. Draußen ist es noch fast dunkel. Aber nicht so dunkel, dass man einen schwarzen nicht von einem weißen Faden unterscheiden könnte, würde Meret jetzt sagen.

Meret hat sie gestern Abend in Hannes' Film gesehen, wie sie auf die kleine Tür neben dem Personalaufgang von Haus Wünsche zulief. Mein Gott, was für ein Kleid sie trug, aber es stand ihr. Als sie die Tür öffnen wollte, klemmte die. Meret warf sich mit der bloßen Schulter dagegen, bis endlich der Blick frei war auf den Park mit den Kastanien im Hintergrund, zwei große

Stehaschenbecher im Vordergrund. Auf der Schwelle ging sie in die Knie. Ein geladenes und entsichertes Bild. Ihre bloße Haut im tiefen Rückenausschnitt war so weiß, als wäre dort Schnee auf Schnee gefallen. Wovor hast du eigentlich Angst?, fragte in dem Moment Hannes' Stimme von hinter der Kamera. Angst? So viel auf einmal war in Merets Haltung gewesen, wie sie da hockte, so viel Anmut, Skepsis, so viel Abwehr, Zerbrechlichkeit und bereits Zerbrochensein. Die Kamera schaute ihr zu. Aber was sah sie eigentlich? Vor Meret lag ein Tempo-Tuch. Sie hob es an, darunter war eine tote Amsel. Meret drehte das Gesicht zur Kamera, aber blieb in der Hocke. Sie sagte, die allermeiste Angst habe ich vor den Beinen von toten Vögeln. Sie ließ das Tempo-Tuch wieder fallen und wischte sich die Hand am schwarzen Kleid ab. In dem Moment fing ihr Gesicht an zu flimmern, fast brannte es. Die Ohren wanderten nach vorn, wanderten nach hinten. Sie sagte etwas, aber war nicht mehr zu verstehen. Als sie sich wieder aufrichtete, verschwand das Bild mit ihrer Bewegung.

Da habe ich wohl was ausprobieren wollen, was nicht so ganz geklappt hat, hatte Hannes am Ende der Sequenz verlegen zu Vera gesagt.

Hast du wohl. Veras Stimme war zu ihrer eigenen Überraschung sehr harsch geworden, und Hannes hatte sie verunsichert angeschaut.

Was ist?

Hast du nicht gesehen, sie hat geweint, hatte Vera gesagt und war ohne eine gute Nacht zu wünschen zurück auf die Sofagarnitur oben im Wohnzimmer gegangen.

Dort zieht sie jetzt die grüne Wolldecke bis zum Kinn und schläft wieder ein.

In der Küche findet sie später eine Dose löslichen Kaffee. So muss sie nicht die elektrische Kaffeemaschine von Karatsch benutzen. Sie setzt Wasser auf und denkt an Kennedy, von dem sie im Morgengrauen irgendetwas geträumt hat, und an das ältere muslimische Paar, dem sie an dem Morgen, als Mr. Panton gestorben war, den Flyer vom Sussex College in den Briefkasten geworfen hat, weil beide so schlecht Englisch sprachen wie sie einparkten, oder weil sie selber an dem Morgen so traurig war. Kennedy hatte kurz nach seiner Rückkehr aus Kabul versucht, mit dem Mann ein paar Worte von Fenster zu Fenster zu wechseln, worauf der Mann plötzlich den Kopf zurückzog und verschwand, um kurz darauf mit der Frau vor sein Haus zu treten. In Eile hatte sie ihren Schleier arrangiert. Vollmond war in jener Nacht gewesen. Mann und Frau schauten erst auf den vergitterten Fischteich, dann in den Himmel, dann zu Kennedy herüber. Lovely day, sagte der Mann mit schwerem Akzent. Lovely day hatte Kennedy den Nachbarn seitdem genannt. Die Erinnerung an diesen Spitznamen hatte in den Tagen darauf Vera die innere Anspannung bei ihren häuslichen Problemen in der Fremde erträglicher gemacht.

13.

Der Sohn fährt wieder, sagt Karatsch, als sie zwanzig vor acht vor Kennedys Haus um den Volvo herumstehen. Der Milchmann kommt, während sie sich von Kennedy verabschieden. Drei Flaschen stellt er auf der Türschwelle des Nachbarn ab. Das Teichgitter liegt auf der Seite. Wo sind die Fische hin? Ein Haus weiter sitzen drei Kinder ebenfalls auf der Türschwelle und schauen zum Milchmann herüber.

Die Fähre von Dover zurück nach Calais geht um zehn. Kennedy wünscht Bon voyage! Er sieht verheult aus, was am Alkoholkonsum von gestern Abend liegen mag. Hinter Karatsch schlägt er die Beifahrertür zu und geht zu seinem Haus zurück.

Am Zaun baut er sich auf, mit den Armen fest um den Leib, als sei ihm kalt oder als habe er beschlossen, zum Abschied nicht zu winken.

Fahr los, Sohn, sagt Karatsch und spitzt den Mund. Bon voyage, flötet er. Meint ihr, der kann auch Deutsch, wenn er schon Französisch spricht?

Soll vorkommen, dass man eine Sprache in einer Woche lernt, wenn man richtig verliebt ist, sagt Friedrich Wünsche. Jo lässt mit kurzem Blick zu ihm im Rückspiegel den Motor an. Die drei Kinder sitzen noch immer auf der Schwelle und winken. Drei Kinder, wie drei Milchflaschen so hell.

Das Navi schickt sie über die Commercial Road Richtung Autobahn. Friedrich Wünsche zeigt aus dem Fenster.

Da rechts, sagt er, dort waren früher die Docklands, und wenn man sich den Frühnebel wegdenkt, könnte man auch die Silhouette der Manhattan Towers am Horizont sehen.

Smog, sagt Karatsch, ich will nach Hause.

Es ist Sonntag. Auf halber Strecke ihres Weges werden sie vom kleinen Hafen Dünkirchen Muscheln mitnehmen. Die Commercial Road ist an diesem frühen Morgen eine breite, kaum befahrene Straße zwischen zwei oder dreistöckigen Wohnhäusern, deren Mauern Karies haben. Obstläden, Imbisse mit Chicken halal oder Friseurläden sind geschlossen. Der Volvo taucht über den Black Wall Tunnel unter der Themse hindurch. Danach verläuft eine sechsspurige Autobahn direkt an den Küchenfenstern der letzten Häuser von London vorbei, bis kein Haus mehr kommt, aber auch keine richtige Landschaft.

Bin ich froh, wenn wir wieder zu Hause sind, sagt Karatsch, zu Hause ist es doch am schönsten. Er reibt sich die Lider, so dass die Augäpfel ein schmatzendes Geräusch von sich geben.

Noch viele, viele Meilen bis Dover, liest Jo von der Kilometerangabe am Straßenrand ab. Zwei oder drei Meilen vor Fayerham liegt ein totes Rebhuhn neben der Fahrbahn. Dann passiert lange nichts.

Was willst du eigentlich einmal werden, Joseph Conrad?, fragt Friedrich Wünsche kurz vor Canterbury, wo zwei Pferde gescheckt wie bergische Kühe auf einer Weide stehen. Wie viel Gewicht die Frage plötzlich hat, weil Wünsche ihn mit vollem Namen anspricht. Joseph Conrad, Mutter hat Jo nach ihrem Vater so genannt. Warum, weiß man nicht.

Ich will einfach Joseph Conrad werden, sagt Jo und sucht die Augen von Wünsche im Rückspiegel.

Du willst Schriftsteller werden?

Nein, zur See fahren.

Und kann mir mal jemand sagen, was das jetzt heißt?, unterbricht sie Karatsch. Er zeigt auf ein Verkehrsschild am Rand der Autobahn. No hard shoulder, liest er vor.

Kein befestigter Seitenstreifen, sagt Friedrich Wünsche.

Was, mehr nicht? Karatsch sackt enttäuscht in sich zusammen.

Dover. Es ist 9:30 Uhr. Bei der Auffahrt zur Fähre steht eine Möwe mit steifen Beinen und vorgewölbter Brust, als wolle sie die Pässe sehen. Jo manövriert im Verladehafen den Volvo auf Position I in Wartereihe II. Karatsch kräht: Kaffee holen! Du bist der Jüngste, Sohn. Du gehst.

Die Schlange an der Kaffeebar ist lang, eine einzelne Frau bedient in einem ärmellosen dunkelblauen Kleid. Sie hat schöne Arme, in die man sich verlieben könnte, aber steht ältlich gekrümmt an ihrer strahlend neuen Espressomaschine, vor der sie sich zu fürchten scheint.

Als Jo mit drei Bechern Kaffee zurückkommt, lassen die ersten Autos den Motor wieder an. Die Auffahrt zur Fähre ist freigegeben, und er freut sich auf den Rhythmus der Schwellen, wenn der Wagen auf die Rampe fährt. Er freut sich auf den Geruch nach Diesel und Meer und Fisch. Er liebt es, wenn die Dinge deutlich die Sprache ihres Materials sprechen. Nie enttäuschen sie einen durch falsche Worte. Auf der Fähre wird er kein Full English Breakfast zu sich nehmen, das, egal ob Rührei oder Toast, nach Karton schmeckt. Davon ist ihm auf der Hinfahrt schon einmal übel geworden. Er wird sich einen Smooth Drink holen, der mehr kostet als das ganze Frühstück, und draußen auf Deck herumstreunen. Mit den Rauchern wird er dort stehen, vorn am Bug, wo das Meer weiß ist und ein Laken aus Gischt. Oder eher ein Kessel siedender Milch? Er wird an das andere Schiff denken, das er soeben verlassen hat, die *Hiroshima*. An manchen Tagen schien der riesige Container im Fahren still zu stehen und dabei den immer gleichen Abstand zur fernen Horizontlinie zu halten, die das, was man sieht, von dem trennt, was noch keiner gesehen hat.

Ab jetzt fahre ich, her mit dem Autoschlüssel, sagt Karatsch, kaum dass sie in Calais angelegt haben. Er sagt es in einem Ton, der befiehlt: Her mit dem schönen Leben. Der Volvo verlässt die Fähre. Eine Industrieroute führt vom Hafen ins Stadtzentrum von Dünkirchen. *Route de la maison blanche*, liest Friedrich Wünsche laut vom Straßenschild ab und zeigt auf den Natozaun, der die *Straße des weißen Hauses* von einem verwahrlosten Gelände trennt, bei dem es nichts zu schützen oder verteidigen gibt außer ein paar lückenhaft verlegten Steinplatten, die hässlich, aber bestimmt panzertauglich sind. Ein weißes Haus ist nirgendwo zu sehen.

Sieht hier ja aus wie früher in der DDR, sagt Karatsch, ich weiß, wovon ich rede. War ja oft genug drüben. Er dreht sich zu Friedrich Wünsche auf dem Rücksitz um. Habe ja auch ein

Buch über die Musikszene in Peitz geschrieben, und ich sag dir eins: So ein Buch, das verleiht dem Leben einen Pin.

Wie bitte?, fragt Friedrich Wünsche. Was denn für einen Pin?

Karatsch stellt das Autoradio lauter.

Lasst einfach mal los, Leute, sagt er.

Baby, please come home, singt ein Mann, der klingt, als hätte er sehr lange, sehr dünne und fettige Haare. Die Aufnahme muss aus den Sechzigern sein.

Ist ja ein Weihnachtslied, sagt Karatsch empört und stellt das Radio wieder ab. Angestrengt sieht er aus. Gleich wird er einen Witz erzählen.

Kennt ihr den?

Karatsch schwitzt, das Gesicht ist rot wie drei Fleischtomaten. Mit der Linken wischt er sich immer wieder über das rechte Auge. Danach schaut er jedes Mal mit großer Geste auf seine Uhr.

Wie spät ist es denn?, fragt Jo.

Kann ich nicht erkennen, sagt Karatsch. Sein rechter Mundwinkel hängt plötzlich tiefer als sein linker. Ist das Missmut wegen Mutter oder eine Art angestrengter Verzweiflung, auch wegen Mutter? Jo schaut zum Himmel. Chrysanthemenwolken. Die helfen jetzt auch keinem, aber darunter taucht bereits aus dem Bauklötzchengewimmel einer mittelgroßen Stadt ein quadratischer Turm auf. Dünkirchen, sagt Friedrich Wünsche und zeigt Richtung Horizont. Karatsch ruckt mit dem Steuer nach links, wie um dem Turm oder einer weiteren Erwähnung des Ortsnamen Dünkirchen auszuweichen.

Was war das noch mit den Muscheln?, fragt Friedrich Wünsche trotzdem, du wolltest doch auf der Rückfahrt welche mitnehmen?

Jo auf dem Beifahrersitz dreht sich zu Wünsche um. Als sei durch seine Bewegung das Gleichgewicht im Wagen außer Kontrolle geraten, schlingert der Volvo plötzlich. Ich will das so nicht, sagt Karatsch entschuldigend, alles das will ich so nicht. Er arbeitet am Lenkrad, als führe er Autoscooter, so lange und so wild, bis er auf der Gegenspur landet, die eigentlich von Dünkirchen fort und wieder zum Fährhafen führt.

Stopp, wir sind nicht mehr in England! Jo greift ins Lenkrad.

Karatschs Gesicht klebt fast hinter der Scheibe, während er stur auf der Gegenspur weiterfährt.

Du taugst als Autofahrer so wenig wie als Vater, rutscht es ihm härter heraus, als er will. Wieder greift er nach dem Lenker, den Karatsch umklammert, als sei er sein Rettungsring. Die Finger werden zu Brezeln, aber sie werden eher zerbrechen und in seinen Schoß krümeln, als dass er das Steuer loslässt. Das sieht Jo genau. Die Straße vor ihnen scheint plötzlich eine kaum zu bändigende eigene Strömung zu besitzen, die sich auch ohne Karatschs Zutun beschleunigt.

Bitte bremsen, sagt Friedrich Wünsche da leise und legt von hinten Karatsch beide Hände auf den Kopf. Bitte, Franz-Josef, halt an!

Dass jemand sich gerade jetzt an seinen richtigen Namen erinnert, scheint Karatsch wie ein Schlag zu treffen. Er ruckt das Steuer noch ein Stück weiter nach links und lässt den Wagen am falschen Straßenrand ausrollen. Sie steigen aus. Der Volvo hängt schräg im Graben. Bis zum Horizont ist die Landschaft kalkweiß, mit vereinzelten Baubaracken aus Blech, die sich an einer schmalen, dürftig grauen Grasnarbe orientieren wie an einem ausgetrockneten Fluss. Von irgendwoher schlägt dreimal eine Kirchturmuhr. Es ist Viertel vor zwei. Mandschurei, sagt Karatsch und zeigt auf die ungefähre Landschaft, die ihn umgibt, um sich gleich darauf über eine Ansammlung straßenverstaubter, aber zäher Blumen zu krümmen. Ein paar zartlilafarbene sind auch dabei. Er kotzt auf Herbstzeitlose, denkt Jo und geht einige Schritte beiseite, damit Karatsch sich nicht schämen muss. Als er sich wieder aufrichtet und dem Sohn folgen will, schleppt deutlich die eine Hälfte des Körpers die andere hinter sich her. Ein Riss scheint durch den Körper zu gehen, doch empfindet Karatsch offenbar keinen Schmerz. Er lächelt sein linkslastiges Lächeln, das noch schiefer ist als sonst. Dann fällt der Unterkiefer herunter, als gehöre er nicht mehr zum Gesicht. Wie blöd das aussieht. Trotzdem scheint Karatsch angestrengt nachzudenken und im Schnelldurchlauf fast jede Begebenheit aus fast jeder Phase seines Lebens abzurufen, aber nicht, weil die Erinnerung daran ihm so viel bedeutet, sondern weil es ihm offenbar unmöglich erscheint, dem Ganzen noch eine Bedeutung abzugewinnen.

Lächle mich mal an, Karatsch, sagt Friedrich Wünsche und stößt Jo unauffällig in die Seite.

Jetzt lächeln? Karatsch hebt den linken Arm, um ihm einen Vogel zu zeigen.

Lächle, bitte!

Die Farbe von Wut steigt in Karatschs Gesicht, aber kein Lächeln.

Geht nicht mit dem Lächeln, oder?

Wieder zeigt Karatsch ihm mit links einen Vogel.

Kannst du mir auch mit rechts einen Vogel zeigen?

Ein Schultergelenk zuckt. Das Gesicht auch, und mit dem Ausdruck von maßloser Enttäuschung friert es ein.

Geht nicht, sagt Karatsch, Vogel geht nicht.

Was hast du denn?

Habe Schulter, sagt Karatsch und hebt ein kleines Stück den linken Unterarm. Ein Stück Holz, das nicht zu ihm gehört, und an dessen Ende eine Hand zittert.

Sprich mir mal nach, sagt Friedrich Wünsche, sag, ich benötige Hilfe.

Das konnte er doch noch nie sagen, sagt Jo, quälen Sie ihn doch nicht so.

Belötige nie niemands, sagt Karatsch mit einer Zunge, die die Wörter nur noch unvollständig hinter sich her schleppt.

Wir müssen sofort ins Krankenhaus, sagt Friedrich Wünsche. Er legt Karatsch die Hand auf den Kopf und drückt ihn mit der Geste eines Polizisten, der soeben eine Verhaftung vorgenommen hat, auf die Rückbank des Volvos, bevor er sich neben ihn setzt.

Was?, heult Karatsch und macht ein wildes Gesicht und zerrt am Gurt. Endlich hat auch Jo gemerkt, dass man in diesen Zustand nicht einfach weitere Fragen werfen kann wie Steine. Er hilft Karatsch beim Anschnallen, der danach fröhlich seinen Gurt wie einen Hosenträger gegen die Brust schnacken lässt.

So!

Nochmals lässt er den Gurt schnacken und mustert Wünsche.

So, jetzt will ich kuscheln, sagt er.

Franz-Josef, ich bitte dich. Friedrich Wünsches Stimme ist streng.

Er meint wahrscheinlich *Muscheln*, sagt Jo, sitzt schon hinter dem Steuer und dreht den Zündschlüssel.

Ist er verrückt geworden?

Nein, Schlaganfall, sagt Friedrich Wünsche, auch nicht so schön.

Die Gegenrichtung, in deren Graben sie noch halb hängen, ist frei bis zur Silhouette von Dünkirchen. Jo fädelt sich in den Verkehr rechts wieder ein. Friedrich Wünsche sagt etwas. Dann noch etwas. Danach wandert nur noch ein Strom stummer Halbsätze im Auto hin und her, während Jo allein vorn sitzt, mit links lenkt und mit rechts in das Navi die Suche nach dem nächsten Krankenhaus eingibt. Alle drei, hat er in dem Moment gespürt, sehen sie blass und zerbrechlich aus in diesem Septemberlicht, das durch die Frontscheibe fällt. Denn plötzlich ist klar, was eigentlich auf der Tagesordnung steht, früher oder später, aber für jeden ganz sicher. Karatsch hat nur als Erster damit angefangen und ist mit einem Schlag aus der Schwebe des Jetzt ein Stück weit ins ewige Nichts abgerutscht.

Gott, ist mir schwindlig, sagt Friedrich Wünsche leise, als entgleite auch ihm der Boden unter den Füßen.

Wir sind gleich da, sagt Jo und lässt das Fenster herunter. Kirchenglocken läuten näher. Es ist zwei Uhr.

Wie ist die Adresse von dem Krankenhaus? Wünsche schreibt bereits eine SMS.

14.

Du hast hier geschlafen?, fragt Vera, als Hannes gegen Mittag in einem zerknitterten Hemd mit himmelblauen Karos in die Küche kommt.

Schlimm?

Gar nicht.

Die Vorstellung, dass er die ganze Nacht über unten im Haus war, ärgert sie erst ein wenig, dann findet sie sie beruhigend und erregend zugleich. Auch Hannes brüht sich einen löslichen Kaffee auf.

Ich habe vielleicht ein Zeug geträumt, da unten auf Karatschs Couch, sagt er. Erzählen kann man das nicht.

Wieso nicht?

Mein Privatfilm, sagt Hannes.

Sie erinnert sich, dass sein Nachname, der ihr aber nicht einfällt, etwas mit der Stimmung in leeren Schulhäusern, mit dem Geruch von verlassenen Klassenzimmer und Turnhallen und mit jenen öden Sonntagen zu tun hat, an denen man sich mit zwei oder drei anderen und ohne Ziel auf dem verregneten Schulhof herumtreibt.

Karatschs Telefon klingelt in der Diele. Vera knotet den fusseligen Bademantel fester, bevor sie aufsteht. Es ist Meret, die am anderen Ende sagt, dass sie sofort nach Dünkirchen müssen. Wegen Karatsch. Dass sie selbstverständlich mitkommt in die Clinique Vilette, wegen Vera, und dass sie, gleich nachdem die SMS von Friedrich kam, die Zugverbindungen nach Belgien nachgeschaut hat. Sie sind sonntags so schlecht, dass man schneller auf dem Mond ist als an diesem verdammten Meer, welches eigentlich fast vor der Haustür liegt, sagt Meret. Dass sie deswegen Karatschs Kleintransporter nehmen müssen, sagt sie, und da sie selber keinen Führerschein mehr hat und Vera zu aufgeregt sein wird, muss Hannes fahren.

Hannes Hungerland? Mit Merets Stimme dicht an ihrem Ohr, hat Vera sich plötzlich wieder an den Nachnamen erinnert.

Genau der, sagt Meret, ich rufe ihn gleich an.

Warte, sagt Vera, greift nach dem abschraubbaren Krönchen der Plastikmadonna gleich neben dem Telefon, wirft einen Blick von der Diele in die Küche, wo Hannes mit beiden Händen in den Hosentaschen vor dem Küchentisch steht, ein wenig den Bauch vorstreckt und so intensiv nach unten schaut, als läse er Zeitung. Aber er starrt nur auf seine Kaffeetasse. Die untersten Knöpfe seines Hemdes hat er geöffnet. Vorhin, als sie auf dem Sofa unter ihrer grünen Wolldecke zum zweiten Mal wach geworden ist, hat sie sich nach der Wärme eines Mannes gesehnt, der sich hinter sie legt, um sie von den Kniekehlen aufwärts bis hinauf zum Hohlkreuz zu küssen, und der sie so hineinzieht in diese wundervolle Schläfrigkeit der Liebe, während er mit seinem Körper das gestärkte Zelt eines Betttuchs aufzurichten beginnt, das nach dem Hauswaschmittel von Sainsbury's riecht.

Er ist hier, sagt Vera zu Meret, er hat hier geschlafen.

Wer?

Hannes.

Dann herrscht Stille, bis Meret leise, aber mit einer fremden, scharfkantigen Stimme zu sich selber sagt: Brauche ich Hilfe? Brauche ich nicht, danke auch.

Sie legt auf.

Keine Minute später ruft sie wieder an.

Nicht dass ihr ohne mich fahrt. Sie lacht: Immer wenn der Weg durch Belgien geht, muss ich unbedingt mit.

Soeben ist Fräulein Möller im Nähmaschinenschritt am Lotto-büdchen vorbeigelaufen. Danach ist der Marktplatz wieder leer und so verlassen, als mache das Jahrhundert an diesem Sonntag-mittag im Herzen der kleinen Stadt einfach Pause. Hannes und sie warten im Kleintransporter vor Haus Wünsche. Auf Meret. Welches Gefühl müsste sie noch haben, jetzt, außer dem der Eile? In wenigen Stunden wird sie wieder einen dieser Kran-kenhausgänge entlanggehen müssen, die käsegrün oder lehm-gelb oder taubengrau gestrichen sind, um zwischen Schwingtür und Schwingtür das richtige Gesicht für einen Karatsch aufzu-setzen, der einmal ein Baum von einem Mann gewesen ist, be-vor ihn der Schlag traf. Ach, die Dementen werden sie für den Rest ihres Lebens nicht vergessen, Salomé, hatte Reverend Jo-nathan einmal gesagt und ihr dabei zugesehen, wie sie die dün-nen Arme von Mrs. Lee in die Ärmel eines frischen Nachthemds fädelte, bevor sie auch dem alten Kopf nachhalf, der die Halsöff-nung nicht fand. Ja, so wird man geboren, so wird man sterben, und manchmal ist der Geruch, den jemand verströmt, kurz be-vor er für immer geht, so schlimm, dass es schwerfällt, ihm das zu verzeihen. Nichts von all dem wird sich gleich und im Voraus klären lassen, wenn sie in Karatschs Zimmer, wenn sie in diese Atmosphäre aus Unwohlsein, Hitze oder schleichendem Fieber tritt. Wird er die Fassung verlieren? Die Patienten in den anderen Betten werden zur Decke schauen oder Schluckauf bekommen, weil er weint? Jedenfalls werden Schwestern, wie sie bis eben selber eine war, im Zimmer herumschweben oder -trampeln und nicht wissen, dass sie eine angsteinflößende Explosion in Weiß sind, wenn sie geheimnisvoll oder nachdenklich die Schläuche prüfen, aber eigentlich nichts, aber auch gar nichts dabei denken. Karatsch wird an eine von vielen Infusionen, an eines von vielen Sauerstoffgeräten gefesselt liegen. Ein einsamer, großer, trauriger, in feste weiße Gummigaze gepresster Fuß wird unter seiner Bettdecke hervorschauen. Wie oft hat sie das in den letzten Monaten gesehen. Und jetzt soll auch Karatsch an der Reihe sein und wie zerbrochenes Geschirr daliegen? Mit der Nase wird er versuchen, sie zu fokussieren, weil sein Gesichtsfeld nach dem Schlag eingeschränkt ist. Verwirrt wird er aussehen, weil er in seinem Bewusstsein herumstolpert und den Lichtschalter nicht findet. Wer ist diese Frau da drüben, die nur noch punktuell erotische Botschaften aussendet für ihn, wird er sich fragen.

Bringt sie den Tod?

Hat er sie einmal geliebt?

Und sie?

Wie heißt die Klinik noch mal?, fragt Hannes im Auto neben ihr und legt seine Hand auf den Beifahrersitz, ohne ihr Bein zu berühren.

Clinique Vilette in Dünkirchen, hat Meret gesagt.

Woher weiß sie das alles? Er gibt die Anschrift ins Navi ein.

Sie weiß immer alles, sagt Vera.

In dem Moment reißt Meret von außen die Beifahrertür auf. Sie trägt ein dunkles Schneiderkostüm mit einem ziemlich kurzen Rock.

Ich sitze vorn, du hinten, sagt sie, und Vera steigt um.

Hannes schüttelt den Kopf, sagt aber nichts und fährt los. Vera schaut aus dem Seitenfenster. Als sie kurz vor der Autobahnauffahrt beim alten Gaskessel vorbeikommen, denkt sie, bestimmt fällt irgendwo in einem Wald genau jetzt ein Baum um, und keiner ist da.

Ja, genauso fühlt sich dieser Augenblick hier an.

Ab Venlo nehmen sie die Autobahn Richtung Eindhoven und passieren die Grenze, die keine mehr ist. Draußen ist einer jener Tage, an denen man im Windschatten noch die letzte Wärme tanken könnte. Innen im Wagen riecht es nach Karatschs Zigarren und stärker noch nach Merets Parfüm. An der ersten Tankstelle auf belgischer Seite steigen sie aus. Vera hat nichts dabei, weder eine Karte noch Bargeld, und Merets ec-Karte funktioniert an der elektronischen Kasse nicht.

Scheißbelgien, sagt sie.

Hannes zahlt den Sprit, während Vera sich den Schlüssel zur Toilette holt. Als sie zurückkommt, stehen Hannes und Meret zwischen einem Ständer mit fertigen Blumensträußen und der letzten Grillkohle des Jahres. Die automatische Tür hinter ihnen seufzt, will sich schließen, ruckt, seufzt und bleibt offen stehen. Sie küssen sich? Nein, sie küssen sich nicht. Meret ist etwas ins Auge geflogen, und Hannes versucht zu helfen. Er sieht konzentriert und etwas gereizt dabei aus. Zurück auf der Autobahn, zeigt er auf das Navi. Clinique Vilette, sagt er, 18 Rue Parmentier, Dunkerque. Voraussichtliche Ankunftszeit 18.27 Uhr. Alle schweigen.

Hannes Augen suchen Veras im Rückspiegel. Sie sind so blau wie die helleren Karostreifen auf seinem Flanellhemd. Sie wird rot. Sein Blick erinnert sie an Kennedy und dessen Blick, diesem Ausdruck bei Männern, die noch viel vorhaben, aber wissen, für manches ist es schon zu spät.

Warum konntest du eigentlich nicht als Vera Conrad verschwinden? Meret hat sich zu ihr umgedreht.

Ach, sagt Vera, die hätte sich nicht getraut.

Warum?

Die hatte keine Sommersprossen.

Der Himmel draußen ist jetzt, gegen späteren Nachmittag, von einer tiefen Bläue, wie sonst das Meer, spiegelblank, azurn, glitzernd wie ein kostbarer Stein. Er dehnt sich nach allen Seiten, groß und ruhig, und man hätte Lust, hineinzuspringen. Das Licht im August ist für dieses Jahr längst vorbei. Aber schönes, sonniges Herbstwetter hat mehr Reiz als schönes Wetter zur Sommerzeit, weil es unerwartet kommt, die Luft frisch ist und mit Abschied darin. Es wird nicht mehr lange anhalten, wird nicht mehr lange anhalten können. Es ist ein Glücksfall, ein Geschenk, eine unerwartete Fügung, so ein Wetter.

Vera?

Ja?

Meret ist nicht mehr angeschnallt. Sie kniet auf dem Beifahrersitz und umklammert die Kopfstütze.

Warum bist du eigentlich wieder zurückgekommen?

Weißt du doch längst.

Sag es mir.

Draußen vor dem Autofenster fliegt ein einzelnes Haus vorbei. Hotel Flandern. Die Schrift steht in fetten Buchstaben senkrecht von der Hausecke ab.

Vera sagt: Weg bin ich wegen all der Leute, die ich schon so lange kenne. Aus dem gleichen Grund bin ich wieder zurückgekommen. Ich dachte immer, das ist schlimm, dass ich bei uns nur die sein kann, die alle kennen. Jetzt weiß ich, genau die kann ich nur sein.

Dann bist du auch wegen mir zurückgekommen?

Auch.

Das freut mich jetzt aber, sagt Meret und trommelt auf die Kopfstütze. Ich weiß, ich habe einen Vogel. Alle denken das. Ich auch. Aber auf den ist wenigstens Verlass.

Deswegen setzt du dich jetzt bitte auch wieder richtig hin, Meret, befiehlt Hannes in einem Ton, in dem man mit einem Kind spricht. Meret gehorcht.

Und das mit dem Ausweis, was sollte das?, fragt sie noch, während sie den Rock glattstreicht und sich wieder anschnallt.

War ich nicht, die auf dem Bild. Sah man doch, sagt Vera.

Meret lacht und holt eine Packung Schokoladenpralinen aus ihrer Tasche.

Na ja, wahrscheinlich hattest du auch noch andere Probleme da in der Fremde, sagt sie und knistert mit einem dünnen lila Papier, während sie die Schokolade für Hannes auspackt. Dann hält sie die Packung zwischen den beiden Kopfstützen hindurch für Vera hin.

Da, Vollmilch und Zartbitter, aber innen sind sie alle gleich.

Stunden später, als es schon Nacht ist und sie zu fünft, aber ohne den sedierten Karatsch aus der Clinique Vilette kommen, läuft Friedrich Wünsche mit dem Volvo-Schlüssel los, um den Wagen zu holen. Meret kann nicht mehr laufen. Sie hat für den Ausflug neue Schuhe angezogen. Während Meret barfuß und sie alle in ihren Schuhen Wünsche ein Stück entgegengehen, greift Jo bei der Auffahrt zur Notaufnahme um einen der Laternenmasten. Er nimmt Schwung und legt sich fast waagerecht in die Luft. Sekunden scheint er sich so zu halten, wie ein Akrobat.

Was du alles auf dem Schiff gelernt hast! Vera lacht.

Wenn ich ehrlich bin, eine Menge. Er geht auf sie zu, während er sich die Hände an den Hosen abwischt. Weißt du eigentlich noch, Mutter, wie wir die neuen Sicherheitsschuhe, die gelbe Regenkleidung, das blau karierte Flanellhemd und die drei

Marken-T-Shirts fürs Schiff gekauft haben? Wir haben alle die Sachen zusammen gekauft.

Ja, weiß ich.

Packen musste ich dann allein. Er küsst sie auf die Stirn. Verlegen schaut sie zu Hannes.

Wie hast du ihn eigentlich kennengelernt, Mutter?

Wen?

Kennedy.

Vera blickt zu ihrem Sohn hoch.

Warst du schon immer so groß?

Er nickt.

In diesem Jahr wird das Jahr im September beginnen, und sie würde jetzt gern rauchen.

Dank an Hans Wetzel und alle anderen,
die mir geholfen haben. J. K.